edgar rai
wenn nicht, dann jetzt

RL rütten & loening

edgar rai

wenn nicht, dann jetzt

roman

rütten & loening

ISBN 978-3-352-00828-3 | Rütten & Loening ist eine Marke der Auf-
bau Verlag GmbH & Co. KG | 1. Auflage 2012 | © Aufbau Verlag GmbH
& Co. KG, Berlin 2011 | Einbandgestaltung bürosüd, München, unter
Verwendung eines Motivs von © Anna Huerta/plainpicture/Johner |
Typografie Anna Schoida, Berlin | Gesetzt aus der Adobe Garamond Pro
durch Greiner & Reichel, Köln | Druck und Binden CPI – Clausen &
Bosse, Leck | Printed in Germany | www.aufbau-verlag.de

Auch als E-Book erhältlich

I

1

Mit geschlossenen Augen wartete Jan, bis der letzte Akkord verklungen war. Was erstaunlich lange dauerte. Wann immer er glaubte, die Stimmen der Instrumente hätten sich verflüchtigt, kreisten doch jedesmal noch Reste von ihnen um die Kronleuchter. Er versuchte, Sergeja herauszuhören – Waldhorn –, doch darin war er nie besonders gut gewesen.

Stille. Wie in einem Sarg.

Dann klickte der Taktstock auf die Oberkante des Notenpults. Der Zauber war verflogen. Jan öffnete die Augen. Außer ihm und den beiden Technikern vorn im Parkett saß niemand im Zuschauerraum.

»Ladies and Gentlemen«, hörte er ein heiseres Krächzen, »I think we will have a short intermission.«

Jan hatte sich in die vorletzte Reihe gesetzt, dritter Platz von links. Das hatte den unbestreitbaren Vorteil, dass Sergeja den gesamten Mittelgang entlangschweben musste, um zu ihm zu gelangen. Ein großartiges Schauspiel. Wie damals. Dieses Schwebeding hatte sie echt drauf. Unter Tausenden hätte Jan diesen Gang erkannt. Die Bühnenbeleuchtung malte einen Strahlenkranz um ihren Kopf wie ihn Bernini nicht besser hinbekommen hätte, und ihre Bluse hing nicht an ihr, sie umgab Sergeja. An Jan schwebte schon lange nichts mehr. Falls ihn etwas umgab, dann war es Wehmut. Und die zog nach unten, ordentlich.

Sergeja setzte sich neben ihn, vielmehr faltete sie elegant ihr linkes Bein und ließ sich darauf nieder, bettete ihre Handtasche in den Schoß, stützte den Ellenbogen auf die Rücklehne und drehte Jan ihren Oberkörper zu. Bis zu diesem Moment hatte er noch geglaubt, Herr der Situation zu sein. Doch dann streifte ihn Sergejas Duft und katapultierte ihn fünf Monate in die Vergangenheit zurück. An diesem Tag, dem 14. Februar, hatte sie mit ihrem Orchester in Frankfurt gastiert. Anschließend waren Jan und sie essen gegangen. Und bei dieser Gelegenheit hatte Jan sich unsterblich in die Frau verliebt, die er fünfzehn Jahre zuvor hatte sitzenlassen.

»Ich dachte, wir hätten uns drüben im Café verabredet?«, sagte sie jetzt.

»Ich wollte dich spielen hören.«

»Seit wann magst du Mozart?«

Mozart. Hätte er sich denken können. Wann immer Jan etwas nicht kannte, aber sicher war, es schon tausendmal gehört zu haben, war es Mozart. »Mozart nervt«, sagte er. »Um auf den zu stehen, muss man zumindest in Österreich geboren sein. Und selbst das ist keine Garantie.«

Sergeja schenkte ihm ein Lächeln: »*Ich* mag Mozart, und ich bin in Slowenien geboren.«

»Hat ja auch lange genug zu Österreich gehört.«

»Bis 1918«, erwiderte sie.

Sie wollte recht haben. Jan hätte vor Glück am liebsten irgendetwas Blödes gemacht. Er liebte es, wenn sie rechthaberisch war. Es fühlte sich an, als wären sie seit hundert Jahren ein Paar und hätten sich noch immer etwas zu sagen. »Einmal k. u. k., immer k. u. k.«, entgegnete er.

Sie blickte ihn an und bereitete den Todesstoß vor. »Und trotzdem wolltest du mich spielen hören.«

Er antwortete nicht. Sergeja wusste es sowieso, alles. Dass er hier saß war bereits eine Kapitulationserklärung.

Sie war barmherzig genug, das Thema zu wechseln: »Sind die etwa für mich?«

Der Blumenstrauß, der den Stuhl neben Jan einnahm, war so groß, dass es eigentlich keine Erklärung dafür gab, weshalb Sergeja ihn erst jetzt bemerkte.

Umständlich entfernte Jan die Folie. Das Geknister war bis auf den zweiten Rang zu hören. Auf der Bühne drehten sich ihnen Köpfe zu. »Ich dachte, du magst weiße Rosen …«

»Du weißt genau, dass weiße Rosen meine Lieblingsblumen sind.«

Sergeja warf einen schnellen Blick zur Bühne und legte eilig den Strauß auf den benachbarten Stuhl. Die Blüten ragten über die Sitzfläche und ließen ermattet die Köpfe hängen. »Du solltest mir keine Blumen schenken«, erklärte sie.

»Nicht der Rede wert«, wehrte Jan ab.

»Wirklich«, ihre Stimme spannte sich wie eine Violinsaite, »du solltest mir keine Blumen schenken.«

Jan wusste nichts zu erwidern. Schließlich sagte er: »Zu spät.«

»Und was soll ich mit denen machen während der Probe?«

Ihnen die Herzen rausreißen und darauf herumtrampeln, dachte Jan, sagte aber: »Ins Wasser stellen?«

Sergejas so kunstvoll gefaltetes Bein glitt lautlos vom Stuhl, ihr Oberkörper drehte sich zur Bühne, ihr Blick folgte. »Du hättest nicht kommen sollen.«

Natürlich hätte er nicht kommen sollen. Das wusste er so gut wie sie. Zumal Sergeja ihm diesen Satz neulich erst vorgesetzt hatte, nach dem Konzert in Frankfurt. Aber dass sie ihn dennoch aussprach, konnte nur eins bedeuten: Sie war sich ihrer Gefühle nicht sicher. Das Rennen war noch nicht gelaufen. Ihr Schweigen wog ebenso schicksalsschwer wie die Stille nach Mozarts Schlussakkord. Geistesabwesend nahm Jan die Klarsichtfolie, faltete sie auf ein Viertel ihrer Größe, zog mit dem Daumennagel die Falzlinie nach und trennte ein Rechteck ab. Dann begannen seine Finger, es zu falten.

Jan nickte in Richtung der Bühne. »Was wird denn heute Abend gespielt?«

In Wahrheit interessierte ihn das Programm nicht mehr als die Pollenflugvorhersage. Doch erstens wollte er Sergejas Schweigen brechen, und zweitens wusste er, dass sie für nichts mehr zu begeistern war als für ihre Musik.

»Mozart, Beethoven, Schumann.« Ihre Mundwinkel verzogen sich zu etwas, das er als Ermüdungszeichen deutete. »Das einzig

Spannende an dem Programm ist unser Gastdirigent. Niemand weiß, ob er einen Einsatz gibt, ob er nur mit dem Taktstock wedelt, oder ob er gerade einen Herzinfarkt hat.«

Beide schmunzelten. Ein Aufatmen, ein Anflug von Leichtigkeit. Wie Mozart, wenn er sich ausnahmsweise sein Tutu auszog und wirklich mal Musik machte. Jan blickte auf seine Hände. Die untere Hälfte der Folie hatte sich in etwas verwandelt, das Ähnlichkeit mit einem gebauschten Rock hatte. Nicht uninteressant.

»Magst du kommen und es dir anhören?«, fragte Sergeja plötzlich. »Eine Karte hab ich noch.«

Ihr Blick schwang sich zu den gülden verzierten Brüstungen der oberen Ränge empor. Logen der Eitelkeit. Jan musste hier kein Konzert erlebt haben, um das zu wissen.

»Heute Abend?«, fragte er.

»Vielleicht erlebst du das Konzert, bei dem der große Rosenegger endlich seinen Herzinfarkt erleidet«, überlegte sie. »Das ist der Grund, weshalb seine Konzerte auf Monate ausgebucht sind: Jeder will dabei sein, wenn es passiert.«

»Leicht morbide, findest du nicht?«

»Ich glaube, er will es so.«

Selbstverständlich würde er kommen. Was konnte es Schöneres geben, als einem alten Mann mit Taktstock dabei zuzusehen, wie er seinen eigenen Herzinfarkt dirigierte, untermalt von Mozart, Beethoven und Schumann?

Doch da war etwas, das Jan zurückhielt. Eine Karte hab ich noch, hatte Sergeja gesagt, Betonung auf *eine*. »Wer hat denn die andere Karte?«

Jan musste sehr genau hinsehen, um die Veränderung in ihrem Gesicht zu bemerken. Sie vollzog sich subkutan.

Dann sagte sie es: »Einar.«

Einar: Ein Name wie ein Wespenstich in die Halsschlagader.

Sergeja bemühte sich, so zu tun, als sei alles wie fünf Sekunden zuvor. »Er hatte diese Woche beruflich in Berlin zu tun«, erklärte sie. »Da passte das natürlich ganz gut.«

»Natürlich«, wiederholte Jan.

Sie sah ihm offen ins Gesicht. »Das wäre doch eine gute Gelegenheit, dass ihr euch mal kennenlernt.«

Jan konnte es nicht glauben: Sie meinte das tatsächlich ernst. Ironie war noch nie ihre Stärke gewesen. Er suchte nach einer Antwort, doch für diese Situation war sein Wortschatz nicht gerüstet. Es konnte keine »gute« Gelegenheit geben, Einar kennenzulernen.

»Du weißt doch«, brachte er hervor, »ich stehe nicht auf Mozart.«

Sergeja legte ihm eine Hand auf den Unterarm. Ein Gefühl, als würde jemand den Stecker ziehen. Innerhalb von Sekunden erstarb jede Gegenwehr. »Gib dir einen Schubs, ja?«, bat sie.

Wenn ich hier jemandem einen Schubs gebe, überlegte Jan, dann Einar. Er blickte zu den Musikern hinüber. Zweiter Rang wäre passend – der Schubs –, möglichst weit vorn, neben den Kontrabässen.

»Früher oder später werdet ihr euch sowieso über den Weg laufen«, warf Sergeja ein.

Ach ja? Ginge es nach Jan, hätten sie geschmeidig die nächste Eiszeit abwarten können, bevor Einar und er sich *früher oder später* über den Weg liefen. Noch immer verweigerte er eine Antwort.

Sergejas Hand verstärkte liebevoll ihren Druck: »Dann weiß Einar auch endlich, wer Mias leiblicher Vater ist.«

Jan hätte den Rosen am liebsten die Köpfe abgebissen. Hektisch friemelten seine Finger an der Folie herum. Dem gebauschten Rock von vorhin waren inzwischen Flügel gewachsen. Und offenbar war es kein Rock, sondern ein Kleid. Wenn Sergeja wenigstens nicht ständig seinen Namen aussprechen würde: Einar! Und was, bitte, sollte »leiblicher« Vater bedeuten? Dass es noch einen anderen gab? Dass fucking Einar neuerdings die Rolle des nicht-leiblichen Vaters übernahm?

Und wie kam sie auf »endlich«? Sergeja hörte sich an, als seien Einar und sie bereits seit Jahren ein Paar. Dabei konnten sie noch nicht lange zusammen sein. Jan hatte ihn gegoogelt: Dr. Einar Schmähling, Richter am Bundesgerichtshof, Mitglied des Großen Senats für Zivilsachen – was immer das bedeute-te –, Honorarprofessor an der Universität Bonn, Vorsitzender der juristischen Studiengesellschaft und offenbar immer ein sympathieheischendes Lächeln im Gesicht. Jedenfalls auf den Fotos, die Jan von ihm gefunden hatte. Da blickte Doktor Einar dem Betrachter mit seinen wässrigen Schlaumeieraugen durch eine schmalrandige Brille entgegen, obenrum eine graue Igelfrisur, untenrum das väterliche Lächeln, und unter Garantie immer einen gutgemeinten Rat für jeden denkbaren Lebenspart auf Lager. Achtundfünfzig war der Typ, zwölf Jahre älter als Jan! Ein Kind aus erster Ehe hatte er auch. Und die war vor noch nicht einmal drei Monaten geschieden worden. Von »endlich« konnte also keine Rede sein.

Jan sah Sergeja an, und dann hörte er sich sagen: »Mit deinem Lächeln könnte man mühelos die Welt retten.«

»Heißt das, du kommst?«

»Schätze schon.«

»Prima!«

Wenigstens kein Bruckner, dachte Jan. Bruckner war noch schlimmer als Mozart. Am 14. Februar, bei Sergejas Gastspiel in Frankfurt, hatte Jan sich gefühlte achtzehn Stunden von musikalischen Felsblöcken steinigen lassen, nur um sie anschließend zum Essen ausführen zu können.

Sergejas Hand löste sich von seinem Arm. Sie lehnte sich zurück, zog eine Eintrittskarte aus ihrer Handtasche und legte sie auf die Armlehne. »Erster Rang, Mitte.« Sie deutete über ihre Köpfe. »Die besten Plätze.«

Von wegen, Sergeja konnte nichts mit Ironie anfangen: Da sagte sie ihm doch tatsächlich ins Gesicht, der beste Platz im großen Saal des Berliner Konzerthauses sei ausgerechnet der neben Einar.

»Danke.«

Auf der Bühne setzte Betriebsamkeit ein: Violinen wurden gestimmt, Kontrabässe formten dunkle Töne, die wie Säulen zur Decke emporwuchsen. Gleich wäre die Pause zu Ende und Jans Audienz beendet. Mit Verwunderung registrierte er, dass dem Folienkleid mit den transparenten Flügeln ein Kopf entsprungen war.

»Ich habe noch etwas für dich«, sagte Sergeja im Flüsterton. Sie badete ihn in einem Blick ihrer smaragdgrünen Augen. Dann hielt sie plötzlich einen Briefumschlag in der Hand. »Ich habe lange überlegt, ob ich dir den wirklich geben soll«, sagte sie. »Ob du es nicht falsch verstehen würdest.«

Jans erster Gedanke war eine Zahlungsaufforderung. 99 Prozent aller Briefe, die durch seine Hände gingen, waren Zahlungsaufforderungen. »Was ist das?«

Sie hielt ihm den Umschlag hin. Teures Papier. »Jan Bechstein« stand darauf, in geschwungenen Buchstaben, geschrieben mit Füller, von Sergeja. »Mach ihn auf.«

Jan betrachtete den Origami-Engel in seinem Schoß, fragil wie Glas, die Hände zum Gebet erhoben.

»Ich werde nie begreifen, wie du diese Kunstwerke faltest«, sagte Sergeja.

»Ich auch nicht«, antwortete Jan, setzte den Engel neben sich ab, nahm den Umschlag, riss ihn auf und hielt plötzlich eine Einladung in der Hand.

Eine Hochzeitseinladung. Sergeja Bechstein und Dr. Einar Schmähling gaben ihre Hochzeit bekannt. Eine Handvoll zähe, tonnenschwere Sekunden lang war Jan der festen Überzeugung, er heiße Dr. Einar Schmähling. Dann war es eingesickert.

»Glückwunsch«, sagte jemand, dessen Stimme der von Jan ähnelte.

»Ich hätte auch nicht gedacht, dass mir das noch einmal passieren würde«, überlegte Sergeja, den Blick zur Bühne gerichtet.

Von einem Moment auf den anderen hatte Jan einen galligen Geschmack auf der Zunge, der ihm die Kehle zusammenschnürte.

»Wir heiraten übrigens in Brevicka«, sagte sie.

Jan starrte sie an.

»In Slowenien«, ergänzte sie.

Ohne dass er es unterdrücken konnte, begann in seinem Kopf alles mögliche hervorzusprudeln: Jan sah das kleine Würfelhäuschen ihres Großvaters am Ende der Straße, hatte den abgestandenen Geruch der Kammer unter dem Dach in der Nase, schmeckte den Regen, der auf das kleine Fenster prasselte, fühlte das Klappsofa, das viel zu eng für sie hätte sein müssen und auf dem doch so viel mehr Platz gewesen war, als sie gebraucht hätten.

»In *unserem* Dorf, meinst du.«

»Ich bitte dich, Jan«, erwiderte Sergeja. »Das war nie *unser* Dorf.«

Und ob es das war, dachte Jan. Und es ist noch immer unser Dorf. Und wird es immer bleiben. »In *unserer* Kapelle?«, fragte er.

»Wie du dich vielleicht erinnerst, gibt es nur eine Kapelle im Ort. Und es ist nicht *unsere*.«

Jan erinnerte sich an die Beerdigung ihres Großvaters. Dafür war Sergeja aus Deutschland angereist, aus Heidelberg, wo sie Musik studierte. An den winzigen Friedhof neben der Kapelle, den Geruch von Waldpilzen und lehmiger Erde. Er sah Sergeja am Grab stehen, durchscheinend wie Alabaster. Eine erstarrte Melodie. Bereits in diesem Moment hatte er geahnt, dass es kein Zurück für ihn geben würde. Etwas in ihm hatte es geahnt.

»Einar fand, es wäre eine schöne … Geste«, unterbrach Sergeja seine Gedanken. »Außerdem, du weißt doch, was man bei uns sagt: Eine Frau muss da heiraten, wo sie getauft wurde, sonst bringt es Unglück.«

»Zurück auf Los«, murmelte Jan.

»Wenn du so willst …«

Verlogener Drecksack, dachte er. Einar. Aber schlau. Er gab vor, mit Sergeja noch einmal von vorn anfangen zu wollen, in

Wirklichkeit wollte er natürlich Jans Platz einnehmen, den alten Baum neu anpinkeln, die Vergangenheit überschreiben. Und wenn Sergeja ehrlich zu sich selbst war, dann wusste sie das. Musste es wissen.

Jan hatte noch geraucht, damals, und nachdem der Sarg in der Erde verschwunden war, hatte sich, ohne dass er hätte sagen können, wann, seine Marlboroschachtel in einen Schmetterling verwandelt, der auf seiner Handfläche saß. Er hätte gern die passenden Worte für Sergeja gehabt. So Typen gab es ja: die in jeder Lebenslage immer genau das Richtige sagten. Kein Mensch wusste, wo die das hernahmen. Und Jan schon gar nicht. Also trat er an sie heran und gab ihr den Schmetterling, und zum Dank krönte Sergeja ihre Tränen mit einem Lächeln und setzte den Schmetterling behutsam auf dem Erdhaufen neben dem Grab ab, als könne sich die Seele ihres Großvaters auf diesen Flügeln in den Himmel schwingen.

Vorn schob sich der große Rosenegger zentimeterweise auf die Bühne zurück. Die Stimmen der Instrumente fanden zueinander.

Sergeja stand auf, beugte sich herab und gab Jan einen Kuss auf die Wange. »Ich muss …«

Wieder wurde er von ihrem Geruch gestreift. Melancholie der gravitätischsten Abart.

Sie strich ihren Rock glatt. »Sei mir nicht böse, Jan, aber ich möchte die Blumen lieber nicht nehmen. Bis nach dem Konzert sind sie ohnehin nichts mehr, außerdem sind einige meiner Kolleginnen echte Klatschbasen. Da wird sofort getuschelt.«

Jan nickte stumm. Dann nahm er den Engel, den er aus der Folie gefaltet hatte. »Willst du den hier? Bringt Glück.«

Sergeja nahm ihn. Mit ihrem Lächeln hätte sich tatsächlich die Welt retten lassen. Nicht aber Jan, der war verloren.

»Danke.« Sie war im Begriff, sich abzuwenden, als ihr noch etwas einfiel. »Du denkst an morgen?«

Jan dachte an Selbstmord.

»Mia«, erklärte sie.

Jan dachte noch immer an Selbstmord. Oder Freitod. Klang irgendwie bedeutsamer.

»Unsere Tochter wird morgen sechzehn.«

Kaum zu glauben, aber Jan bekam tatsächlich ein Lächeln zustande. »Ich denke an nichts anderes.«

Und dann saß er im Zuschauerraum, zwei Sitze neben sich einen Strauß weißer Rosen, auf der Armlehne die Eintrittskarte fürs Fegefeuer.

2

»Eines Tages wird das alles auf dich zurückfallen, mein lieber Sohn«, hatte Doreen damals gesagt.

Berichtigung: Sie hatte es prophezeit. Mit dem ihr eigenen Anspruch natürlicher Überlegenheit. Dabei hatte sie Jan den Rücken zugewandt, mit dem Zeigefinger die Gardine des Küchenfensters zur Seite geschoben und hinausgeblickt. So, wie sie es immer tat. Als ziehe unten auf der Straße die Zukunft vorbei.

»Eine wie Sergeja findet man nur einmal im Leben«, murmelte sie noch, dann fiel die Gardine wie der Vorhang nach einer Theateraufführung. Das letzte Wort war gesprochen.

Lange hatte Jan gehofft, seine Mutter eines Besseren belehren zu können, einmal am längeren Hebel zu sitzen. Schließlich aber hatte sich auch diesmal ihre Prophezeiung bewahrheitet: Es war alles auf ihn zurückgefallen. Das war ja generell das Schlimmste an Müttern: dass sie am Ende immer recht behielten. Auf der anderen Seite hatten all ihre Prophezeiungen nicht verhindern können, dass auch ihr Mann entflohen war, Reinhard, und sie mit ihren Kindern hatte sitzenlassen, Söhnen noch dazu. Ein Makel, der für immer an ihr haften würde. Selbstredend hatte Doreen auch vorhergesehen, dass auf Reinhard alles zurückfallen würde, eines Tages, dass er seine Entscheidung bitter bereuen würde. Doch dazu war es nicht gekommen. Jans Vater starb früh in den Armen einer unsittlich jungen Frau. Gehirntumor. Zu früh, um zu bereuen. Insgeheim würde Doreen ihm das niemals verzeihen.

Natürlich hatte Doreen auch für Reinhards Gehirntumor eine Erklärung parat, die mit ihrem Selbstbild in Einklang zu bringen war: »So was kommt von so was«, hatte sie nach seiner Beerdigung orakelt.

Jan verstand sofort. »Du meinst, unser Vater hat Krebs bekommen, weil er dich verlassen hat?«

Doreen wusste, sie würde sich lächerlich machen, wenn sie jetzt »natürlich« sagte, aber im Grunde ihres Herzens war das ihre Überzeugung. »Wer weiß das schon …«, erwiderte sie.

Jan war noch immer in Berlin, als ihm all das durch den Kopf ging, unterwegs irgendwo in Tiergarten, auf einem nächtlichen Spaziergang entlang der Spree. Den Tag über hatte sich die Stadt aufgeheizt, jetzt strich vom Wasser her ein kühlender Luftzug über das Ufer. Berlin befreite sich vom Schmutz des Tages. Sich den Weg zum Hotel zu merken hatte Jan längst aufgegeben. Solange er die Spree nicht aus den Augen verlor, würde ihn der Fluss zwangsläufig früher oder später an den Ausgangsort zurückführen.

Nein, das Konzert mit Rosenegger am Dirigentenpult, Sergeja auf der Bühne und Einar auf dem Nachbarsitz hatte Jan sich nicht aufgebürdet. Er blickte auf die Uhr: Inzwischen waren sie wahrscheinlich bei Schumann angelangt. Sofern dieser Rosenegger noch lebte. Bei dem Gedanken: Mozart *und* Einar war eindeutig *Einar* zu viel gewesen. Jan hatte die Rosen auf dem Stuhl liegenlassen und die Karte einer gepuderten, parfumgetränkten Dame geschenkt, die wahrscheinlich in den frühen Dreißigern mal ein Verhältnis mit dem damals noch nicht ganz so großen Rosenegger gehabt hatte und nun ganz aufgelöst im Foyer herumstand, weil sie keine Karte mehr hatte ergattern können. Die Vorstellung, dass Einar vier Stunden lang in ihrer Duftwolke würde ausharren müssen, war zugegeben ein schwacher Trost, doch es war einer.

Dennoch war Jan in Berlin geblieben, hatte sich eine Galgenfrist zugesprochen. Nach seinem Treffen mit Sergeja hatte er sich außerstande gefühlt, nach Frankfurt zurückzufahren, Stefanie gegenüberzutreten, die am Abend aus London zurückkommen würde. Stefanie. Noch etwas, das nicht so lief, wie Jan sich das vorstellte. Außerdem hatte Mia morgen Geburtstag. Ihren sechzehnten. Jan kannte seine Tochter zwar kaum, dennoch war sie seine Tochter, und er wollte sie sehen. Hoppla, wie war das? Er wollte sie sehen? Das klang neu.

Er hatte Stefanie erklärt, dass er geschäftlich nach Berlin müsse. Musste er auch. Gestern. Natürlich hätte er ihr auch sagen können, dass er vorhatte, sich mit Sergeja zu treffen. War doch nichts dabei. Schließlich waren er und Sergeja seit fünfzehn Jahren getrennt, und sie hatte einen neuen Freund, Schlaumeier Einar. Doch das hätte Fragen nach sich gezogen, und Jan mochte es nicht, wenn Dinge Fragen nach sich zogen.

Er wollte die Seite wechseln, den Rückweg antreten. Auf einer Brücke, die von steinernen Löwen bewacht wurde, blieb er stehen. Von irgendwo war ein rhythmisches Stampfen zu hören. Eine Weile betrachtete er den schwarzglänzenden Fluss, dann erschien, in Gestalt über dem Wasser schwebender Lichter und umherzuckender Leuchtflecken, ein Ausflugsdampfer. Als der sich näherte, wurde aus dem rhythmischen Stampfen Musik, und Jan erkannte eine wogende Menschenmenge auf dem Oberdeck. Schließlich tauchte der Dampfer in den Brückenbogen ein, die Musik wurde hin und her geworfen, bis sich alles zu einem infernalischen Brei vermengte, und die Menschenmenge grölte unisono den Refrain mit: *It's raining men. Hallelujah!*

Jan konnte den Zeitpunkt, an dem sich die Prophezeiung seiner Mutter erfüllt hatte, relativ exakt bestimmen. Es war der Abend des 14. Februar gewesen, etwa neunzig Minuten, nachdem Bruckners Vierter Sinfonie endlich die Luft ausgegangen war. Er saß mit Sergeja im Restaurant, und sie erwähnte zum ersten Mal den Namen Einar. Es gäbe da jemanden, sagte sie, Einar.

»Wer ist Einar?«, wollte Jan wissen.

Sergeja drehte ihr Gesicht so, dass die auf dem Tisch stehende Kerze den perfekten Schatten auf ihre Wange malte. »Einar ist Einar«, bekam er zur Antwort.

Seitdem lief Jan mit einer offenen Wunde durchs Leben. Genaugenommen seit dem Morgen nach dem Konzert. Doch das ist eine andere Geschichte.

Er blickte dem Boot nach, bis es hinter der nächsten Flussbiegung verschwand. Für einen Moment war noch der Widerschein der Lichter zu sehen – Rot, Blau und Violett –, zuletzt erstarb die Musik, und das Wasser erstarrte in undurchdringlicher Dunkelheit.

Jan wollte den Weg fortsetzen, als sein Handy klingelte: »Schatzi, wo steckst du?«

Stefanie. Er hätte sie vom Flughafen abholen sollen. Shit.

»Ich hab's vergessen«, gab er ohne Umschweife zu.

Für einige Sekunden herrschte Schweigen. Niemand ließ sich gerne sagen, dass er vergessen worden war. »Hättest du nicht wenigstens sagen können, dass du einen Unfall hattest oder so?«

Hätte ich Zeit gehabt, darüber nachzudenken, überlegte Jan, hätte ich das wahrscheinlich getan. »Kannst du nicht noch mal anrufen?«, schlug er vor. »Dann lass ich mir was einfallen.«

»Das ist nicht witzig, Jan.«

»Nein, ist es nicht.«

»Ist was passiert?«

»Wieso?«

»Du klingst so komisch.«

Und ob etwas passiert war. Er hatte Sergeja getroffen. Und morgen hatte Mia Geburtstag, ihre gemeinsame Tochter. Von der Stefanie noch gar nichts wusste, obwohl sie und Jan jetzt seit acht Monaten … zusammen waren, irgendwie. Die Wahrheit war ein hartes Geschäft.

»Ich bin noch in Berlin«, gestand Jan, und bevor Stefanie nachfragen konnte, erklärte er: »War ein ziemliches Durcheinander – heute. Bin irgendwie ganz schön geschafft.«

Es folgten zähe Sekunden, in denen keiner etwas zu sagen wusste. »Wann kommst du denn?«

»Morgen«, antwortete Jan, »morgen Abend. Ich dachte, ich seh mir noch ein bisschen was an, wo ich schon mal hier bin.«

Die Sekunden stapelten sich. Offenbar erwartete Stefanie etwas von ihm. Doch was? Mit jeder verstreichenden Sekunde spürte Jan es deutlicher.

»Bei mir lief es übrigens auch nicht gut«, sagte sie schließlich.

Doppel-Shit. Ihr Casting. Der Grund, weshalb sie in London gewesen war. Und er hatte vergessen, danach zu fragen.

Sie hatte den Auftrag bekommen, das neue Gesicht zu finden für – was war es noch? Lezard? Chloe? Jedenfalls irgendetwas, das man schon mal gehört hatte. Der dickste Fisch seit Bestehen ihrer Agentur. Und Jan hatte es vergessen.

»Das ist ja dumm«, sagte Jan, was so ziemlich das Dümmste war, was einem in dieser Situation einfallen konnte. Immerhin kam er diesmal von selbst darauf, was er als Nächstes sagen sollte: »Was ist denn passiert?«

»Nichts. Wir haben in zwei Tagen 120 Leute durchgeschleust, aber das richtige Gesicht war einfach nicht dabei.«

»Und jetzt?«

»Weiß ich auch noch nicht.« Mit jedem neuen Wort schien Stefanie vor Müdigkeit tiefer in ihr Sofa zu sinken. Jan konnte es praktisch vor sich sehen. »Lass uns morgen reden, ja, Schatzi? Ich hatte ein anstrengendes Wochenende, mein Freund hat vergessen, mich vom Flughafen abzuholen, und dieses Telefonat trägt auch nicht dazu …«

»Okay«, entgegnete Jan.

Sie war ihm in den Schoß gefallen, letztes Jahr im Oktober. Es hatte in Strömen geregnet, und der Wind hatte die Blätter scharenweise den Bürgersteig entlanggetrieben. Einer von diesen Tagen, an denen man stundenlang einfach nur aus dem Fenster starren und an nichts denken mochte. Doch dann hatte ein weißer Mini mit schwarzem Verdeck in der zweiten Reihe vor Jans Showroom gehalten, eine eins achtzig große Blondine mit einem Kaschmircardigan von unbestimmter Farbe war ausgestiegen, hatte sich unter dem Regen wegzuducken versucht und war lachend auf den Laden zugelaufen.

Sie habe eine kleine Agentur und benötige ein Leihklavier für ein Fotoshooting, erklärte Stefanie. Eines, das edel aussehe, aber nicht zu viele Kosten verursache, falls etwas Unvorhergesehenes passiere. Geld könne sie Jan keins anbieten, dafür werde sein Klavier später werbewirksam auf dem Plakat zu sehen sein. Sie schüttelte sich den Regen aus den Haaren. Ob er sich so etwas vorstellen könne?

Jan ließ seine Hand über die Kante des nächstgelegenen Klavierdeckels fahren und tat, als müsse er überlegen: »Suchen Sie sich eins aus.«

Als sie es zurückbrachten, schien die Sonne. Es war Freitagabend, fünf Minuten vor Ladenschluss. Ein Kleintransporter hielt vor dem Schaufenster, dahinter der weiße Mini. Aus dem Transporter kletterten der Fahrer sowie ein Kabelträger, der Hulk Hogan hätte doubeln können. Dem Mini entstieg Stefanie. Offenbar hielt sie es für angezeigt, den Rücktransport persönlich zu überwachen. Kurz darauf war das Klavier wieder an Ort und Stelle, und der Lkw samt Fahrer und Hulk Hogan dieselte von dannen. Nur Stefanie stand noch im Laden.

Diesmal war sie es, die ihre Finger über den Klavierdeckel gleiten ließ. »Ich hab Hunger«, stellte sie fest. »Gehen wir was essen? Ich lade Sie ein – als kleines Dankeschön.«

Jan war ehrlich überrascht. Es war nicht so, dass er sich selbst komplett unattraktiv gefunden hätte. Ging schon alles. Er wusste, unauffällig seine Stärken zu betonen (sein Lächeln und in guten Momenten auch seinen Witz und seine Schlagfertigkeit) und seine Schwächen zu überdecken (alles andere). Aber eine wie Stefanie? Da wäre er so erst einmal nicht draufgekommen. Sonntagmorgen, zwei Tage später, frühstückten sie gemeinsam in ihrem Bett, und das war's dann. So schnell kann's gehen.

Natürlich gab es Konflikte. Zunehmend. Schließlich war Stefanie eine Frau. Ganz ohne Konflikte waren die bekanntlich nicht zu haben. Gelegentlich war sie *bossy*. Das konnte ganz plötzlich über sie hereinbrechen – wie die Katze von Jans Bruder Uwe, die sich heimlich von hinten an einen heranschlich, um einen genau in dem Moment anzuspringen, da man es am wenigsten erwartete. »Ich will, dass du in meiner Wohnung bist, wenn ich heute nach Hause komme«, hieß es dann. Einfach so. Nicht: »Ich möchte dich sehen«, oder: »Können wir uns heute Abend treffen?«, oder: »Komm, sei brav, Schatzi.« Nein, es hieß: »Warte auf mich. Im Körbchen.« Doch solche Dinge passierten eher selten, und hinterher entschuldigte sich Stefanie stets angemessen für ihre »Ausrutscher«, wie sie sie nannte. Eine andere Sache war dieses Schatzi-Gedöns. Hätte Jan auch nicht haben müssen. Doch sobald sich gewisse Dinge erst einmal eingeschliffen hatten, waren sie schwer wieder auszuwetzen. Da war Langmut gefragt. Wusste jeder, der mal so etwas wie eine Beziehung gehabt hatte.

Mehr Sorgen bereitete Jan ein anderes Problem. Eines, das sich in den vergangenen Wochen und Monaten immer unwilliger verschleierte und inzwischen gänzlich unbekleidet in Stefanies Wohnung umherlief. Und das nicht, um sich hin und wieder kurz zu zeigen, sondern um Stefanie wie eine selbsternannte Freundin auf Schritt und Tritt zu begleiten. Es stalkte sie gewissermaßen. Das Problem war: Stefanie würde diesen Herbst siebenunddreißig werden. Hatte Jan so erst einmal kein Problem mit. Stefanie jedoch hörte, wie sie nicht müde wurde zu versichern, ihre biologische Uhr ticken. Wann immer sie darüber sprach, bekam ihre Stimme einen Unterton, als trage sie eine riesige Standuhr mit sich herum, die sie jede Woche um ein ganzes Jahr altern ließ. Jan dagegen hörte nix. Kein Wunder also, dass er Stefanie seine eigene Tochter bislang verschwiegen hatte.

Er war so in Gedanken, dass er an der Straße, in der sich das Hotel mit dem originellen Namen »Sonnenschein« versteckt hielt, beinahe vorbeigelaufen wäre. Viermal musste er klingeln, ehe der

Nachtportier den Türsummer drückte. Als Jan auf dem ausgetretenen Treppenläufer mit müden Knien die Stufen in den dritten Stock hinaufstieg, schlug ihm der muffige Geruch von alten Möbeln und Mottenkugeln in schlecht gelüfteten Räumen entgegen. Immerhin: Das Zimmer war sauber, und aus dem Duschkopf kam Wasser.

Als er endlich im Bett lag und einen letzten Blick auf sein Handy warf, stellte er zwei Dinge fest: Es war halb drei Uhr morgens, und er hatte eine SMS bekommen. Von Stefanie. *Bis morgen, Schatzi.* Täuschte er sich, oder klang da eine Drohnung durch? Es war spät, er war mit Müdigkeit ausgegossen bis in die Fingerspitzen, und lesen würde Stefanie die Antwort ohnehin nicht mehr. Doch wenn er ihre SMS jetzt nicht beantwortete, würde sich über Nacht dunkles Gewölk über ihm zusammenbrauen. Also schrieb er: *Ich freu mich.* Eine glatte Lüge. Seit er am Nachmittag Sergeja getroffen hatte, klaffte seine Wunde stärker denn je. Sobald er seine Augen schloss, sah er sie zwischen den Sitzreihen des Konzerthauses auf ihn zukommen, sog ihr Lächeln ein, roch ihren Duft.

Die Kühlung der Minibar sprang an und brummte wie eine Schiffsturbine. Warum nicht, dachte Jan, der zu aufgewühlt war, um zu schlafen. Und dann geschah etwas Unverhofftes: Einen Gin, zwei Schnäpse und eine schlechte Flasche Weißwein später hatte das Brummen der Minibar einen schmeichelnden Klang angenommen, der Fernseher im Nachbarzimmer führte freundliche Selbstgespräche, das Licht der Straßenlaterne verströmte die Heimeligkeit eines Kaminfeuers, die Matratze duftete nach einer glücklichen Kindheit, und Jan war von neuer Zuversicht durchströmt.

Sein Freund Matthias hatte ihm einmal erklärt, man müsse seinen Erfolg visualisieren. Nur wer seinen Erfolg visualisiere, könne ihn auch erreichen. Also, wenn es daran lag, überlegte Jan, dann konnte der Wiedervereinigung von Sergeja und ihm nicht mehr viel im Weg stehen. Auf dem Rücken liegend, den

Blick zur Decke gerichtet, visualisierte er, was das Zeug hielt: Er sah Sergeja auf der Beerdigung ihres Großvaters, wie der Wind mit ihren Haaren spielte, während der Sarg in der Erde versank. Er sah sich selbst, auf dem Traktor ihres Cousins, schaukelnd wie auf einem Kamel, im Schoß Sergejas Apfelkuchen. Und er visualisierte sich und Sergeja gemeinsam, vereint in der Dachkammer ihres Großvaters, wo alles begann.

Bevor er endgültig einschlief – im Hof zwitscherte bereits der erste Vogel –, erlebte Jan einen Moment seltener Klarheit. Einen, wie ihn nur Betrunkene erlebten: Wenn völlig unerwartet eine Erkenntnis aus einem scheinbar unentwirrbaren Dickicht von Gefühlen und Hormonen trat und flüchtig, aber scharf umrissen Gestalt annahm.

Die große Frage lautete: War es zu spät?

Die Antwort: Ja. Definitiv.

Es sei denn, Jan gelang der große Coup. War sein Leben »bigger than life«?

Bei Odysseus hatte es auch funktioniert. Hatte Jan als Kind im Fernsehen gesehen und anschließend monatelang von geträumt: Kirk Douglas, mit diesem Kinn, das selbst wie eine Axt aussah, wie er seinen Bogen spannte und mit dem ersten Schuss seinen Pfeil durch sämtliche Ösen jagte. Zwanzig Jahre war der zuvor unterwegs gewesen, hatte Kriege geführt, Schlachten geschlagen, Frauen unglücklich gemacht und Göttinnen beglückt. Und am Ende war er auf sein verschwiemeltes Eiland zurückgekehrt, und Penelope hatte nie einen anderen gewollt und sich nur einem der Freier versprochen, um dem ewigen Werben endlich ein Ende zu bereiten. Die Frage lautete also: Hatte Jan das Zeug zum Odysseus?

Als in dieser Nacht endlich sein Schiff ins Reich der Träume ablegte, hatte Jan tatsächlich ein Lächeln auf den Lippen.

3

Schulen waren Tempel der Trauer und Melancholie. Für die Noch-Schüler waren es Orte voller Liebesleid, Intrigen und quälend ermüdender Lateinstunden bei Neonlicht, für die Nichtmehr-Schüler waren es die Schreine ihrer Jugend, angefüllt mit dem Wissen um die eigene Vergänglichkeit. Mias Schule machte da keine Ausnahme. Im Gegenteil: Der kathedralenartig aufragende Klinkerbau mit den schmalen Fensterschlitzen wirkte selbst in der schönsten Junisonne feindselig, abweisend und geheimniskrämerisch.

Jan wartete vor dem Schultor, einer zwei Meter fünfzig hohen Eisenkonstruktion mit Dornen auf der Oberkante. Er fragte sich, wie sehr sich Mia wohl verändert hätte und ob aus dem launigen Pubertätsknäuel vom letzten Jahr ein vollständiger Mensch hervorgegangen war. Oder ob sie noch immer wie eine Barbie mit entschärftem Sprengstoffgürtel umherlief, der bei der falschen Bewegung detonieren konnte.

So lange hatte er seine Tochter nicht gesehen. Seit bald einem Jahr. Das war der Deal: Einmal im Jahr fuhr Jan zwei Wochen mit Mia in den Urlaub. Eine Vereinbarung, der sich Sergeja und er einigermaßen hilflos ausgeliefert hatten, ein Placebo, ein Dokument seiner Unfähigkeit. Doch ab sofort würde sich das ändern. Künftig würde er mehr Anteil am Leben seiner Tochter nehmen. Um etwas Neues zu beginnen, war es schließlich nie zu spät. Außerdem wollte er Sergeja zurück. Hatte er beschlossen, letzte Nacht in der kurzen Pause zwischen Wodka und Weißwein. Und wenn Jan eins über Frauen wusste, dann, dass der Weg zur Mutter über das Kind führte. In diesem Fall auch noch über sein eigenes. Da ging was, musste etwas gehen. Als Erstes galt es also, die Symphatien seiner Tochter zu gewinnen, anschließend die Hochzeit von Sergeja und Einar zu verhindern.

Klang zwanghaft, schon klar, änderte aber nichts. Eine wie Sergeja, hatte Doreen gesagt, traf man nur einmal im Leben. Und sie hatte recht gehabt. Natürlich. Mütter.

Er spürte Nervosität in sich aufsteigen. Wie würde Mia reagieren, wenn Jan plötzlich unangemeldet am Schultor stand? Eine Zigarette wäre jetzt gut gewesen. Aber Jan hatte aufgehört, vor acht Monaten, Stefanie zuliebe. Und doch gab es noch immer Momente, in denen er sich das Gefühl einer Zigarette zurückwünschte. Manche Leerstellen verschwanden einfach nie.

Er zog die lieblos in Goldpapier eingepackte Schachtel aus seiner Umhängetasche und ließ sie von einer Hand in die andere wandern. Hatte ihn den gesamten Vormittag gekostet, das richtige Geschenk zu finden. Na ja, den halben. Die erste Hälfte hatte er als Tribut an den Wodka und den Wein von letzter Nacht entrichten müssen. Auf jeden Fall hatte er es sich nicht einfach gemacht. Was wünschte sich eine Sechzehnjährige zum Geburtstag? Lange war Jan auf der Suche nach Inspiration durch Mitte geirrt, bevor er diesen winzigen Juwelier in einem Hinterhof entdeckt hatte, den »Goldschmied«, eine zwanzig Quadratmeter große »Schmuckmanufaktur«, wie man ihn aufklärte. Die Frau hinter der Theke ignorierte ihn nach Kräften – streng nach dem Alt-Berliner Motto: jeder Kunde ein Feind, jeder Kaufwunsch eine Kriegserklärung –, am Ende aber nahm Jan ihre Kriegserklärung an, indem er sich vor ihr aufbaute und sagte: »Können Sie mir vielleicht helfen?«

Sie blickte von ihren Fingernägeln auf und fragte: »Was wollen Sie denn?«

Da beschloss Jan, dass sie die Höchststrafe verdient hatte und er den Laden nicht verlassen würde, ohne etwas gekauft zu haben. Er ließ sich alles zeigen. Wörtlich: alles. Und als er damit fertig war, noch einmal die Schubladen vom Anfang. Und dann wählte er diesen wirklich anmutigen, grazilen, schlichten und dabei sehr edlen Armreif aus, zahlte extra mit Visa, lehnte sich über die Theke und starrte der Verkäuferin auf die Hände, während sie die Schachtel einpackte.

Als die Pforten sich öffneten und die Schüler grüppchenweise auf den Hof purzelten, erkannte Jan seine Tochter trotz der Distanz und der Eisenstangen, die sein Sichtfeld in Streifen schnitten, auf den ersten Blick. Ist doch keine Kunst, hätte man meinen sollen, doch Mia hatte sich so sehr verändert, dass Jan sich fragte, wie er sie überhaupt hatte erkennen können.

Letztes Jahr noch hatte sie kurze Glitzerröcke bevorzugt, die ihre langen, weißen Beine zur Geltung brachten, hatte lange blonde Haare gehabt und am liebsten enge T-Shirts getragen, in denen sie wie ein Kaubonbon ausgesehen hatte. Jetzt waren ihre Haare dunkel gefärbt, kurz wie ein englischer Rasen, und sie trug schwarze, zerlöcherte Jeans, schwarze, abgetragene Boots und ein schwarzes, zerlöchertes Männerhemd. Innerhalb eines Jahres war aus dem maximalpubertierenden Barbiepüppchen ein vollständiger Grufti geworden.

Gewachsen war sie außerdem, überragte ihre Freundinnen um einen halben Kopf. Bald wäre sie so groß wie Jan. Nur der Gang erinnerte noch an die Mia des Vorjahres. Und daran erkannte er sie. Es war derselbe schwebende Gang wie der ihrer Mutter. Da hätten nicht einmal Springerstiefel etwas dran ändern können.

Trotz ihres düsteren Outfits lachte Mia, unbeschwert, als könnten ihr weder dieses Gebäude noch der Lateinlehrer noch der Guantánamo-Sicherheitszaun irgendetwas anhaben.

Während er seine Tochter beobachtete, rutschte Jan Stück für Stück das Herz in die Hose. Am liebsten hätte er einen Wagen mit laufendem Motor dabeigehabt. Ein Mann von sechsundvierzig Jahren, und der erste Impuls beim Anblick der eigenen Tochter war Flucht. Wo auch immer ihn der eingeschlagene Weg hinführen würde: Es würde ein langer Weg sein, steil und steinig. Doch das war der von Odysseus auch gewesen.

Mias Gruppe, ein halbes Dutzend junger Frauen, überquerte den Schulhof und steuerte auf Jan zu, ließ sich aber auf halber Strecke auf einigen grob behauenen Basaltwürfeln nieder, die entweder beim Abladen übereinandergefallen waren oder aber ein Kunstwerk darstellen sollten. Oder beides. Auf jeden Fall war es *der* eine Platz auf diesem Schulhof, an dem man garantiert gesehen wurde. Eines der Mädchen kramte aus ihrer Handtasche – Rucksäcke und Schulranzen waren offenbar gestern – ein Päckchen Zigaretten hervor und reichte es herum. Auch Mia nahm sich eine, ließ sich Feuer geben und inhalierte betont lässig. Ob Sergeja davon wusste? Unwillkürlich fragte sich Jan, ob Mia bereits ihren ersten Sex gehabt hatte, ob sie inzwischen einen Freund hatte und wie der wohl aussah. Alles Fragen, die er sich vor einem Jahr noch nicht gestellt hatte.

Kurz bevor Mia ihre Zigarette so lange von sich weggehalten hatte, dass sie als aufgeraucht gelten konnte, bemerkte Jan, wie sich ein junger Mann aus einer Ansammlung hängender Schultern und lässig in die Stirn geschüttelter Haare löste und sich todesmutig an das auf den Basaltblöcken thronende Hyänenrudel heranwagte. Dabei stand er unter genauester Beobachtung von mindestens vier Jungs- und drei Mädchengruppen. Irgendetwas an Mias Nicht-Reaktion, mit der sie ihn zur Kenntnis nahm, sagte Jan, dass sie seinen Vorstoß erwartet hatte.

Der junge Mann stellte sich vor sie – ein langer Schlacks mit Armen, die bei einer Windböe abreißen und wegfliegen konnten –, kramte ungelenk ein Päckchen aus seinem Rucksack und reichte es Mia. Vor allen anderen. Über dreißig Meter hinweg konnte Jan mühelos sein Herz rasen hören. Mia war aufgestanden, nahm es an sich, schien selbst unsicher, wie sie reagieren sollte, steckte es in ihre Umhängetasche, die nicht ganz so schwarz war wie ihr restliches Outfit, und setzte sich wieder. Der junge Mann schlich von dannen, erleichtert und zugleich gedemütigt, stakste zum Tor herüber – Jan erblickte das apokalyptische Ausmaß seines Seelenschmerzes –, und dann war er vorbeigeschlurft. Mia drehte sich beiläufig nach ihm um, und dabei fiel ihr Blick auf einen Mann mittleren Alters, der am Schultor stand wie ein Spanner, ihr aber irgendwie bekannt vorkam.

»Jan?«, fragte eine Stimme, und da stand sie, Mia, direkt vor ihm, lediglich durch die Gitterstäbe von ihm getrennt, und war zwei Zentimeter größer als er. In ihren Augen dasselbe Leuchten wie in Sergejas. »Was machst du denn hier?«

Gute Frage, dachte Jan. Dann erinnerte er sich an das Geschenk, das er in der Hand hielt. Hoffentlich konnten sie es umtauschen. Mias Ohren waren von jeweils einem halben Dutzend Piercings durchstochen, und um ihren Hals baumelten an Lederriemen und Silberketten alle möglichen Glücksbringer. Jans goldener Armreif würde sich ausnehmen wie die geraubte Prinzessin auf einem Piratenschiff.

»Hab was für dich.« Er reichte das Päckchen durch die Stäbe.

Mia sah ein bisschen aus wie eben, als dieser Schlacks vor ihr gestanden und sie nicht gewusst hatte, ob sie weinen oder lachen sollte.

»Der ist echt schön.« Zögerlich drehte Mia den Armreif. Als sei ihm nicht zu trauen. Entweder, er gefiel ihr tatsächlich, oder sie war eine verdammt gute Lügnerin.

Drei Minuten Fußweg von ihrer Schule entfernt, gab es einen Platz mit umzäunten Basketballfeldern und einem Eisdielen-Bar-Café-Ding. Dort saßen sie unter einer grün-weiß gestreiften Markise, um die die Sonne herumschlich, und Mia hatte eine Pyramide aus Sahne und Schokoladensoße vor sich, unter der ein halbes Dutzend Eiskugeln darauf wartete, enttarnt zu werden, inklusive kandierter Kürbiskerne oder was heute sonst so angesagt war.

Mia war immer noch skeptisch: »Ich versteh es nicht.«

»Du wirst heute sechzehn, was gibt's da nicht zu verstehen?«

Mit einem extrem langstieligen Löffel stach sie ihren Sahneberg an. »Wenn du meinst …«

Die folgende Unterhaltung gestaltete sich nicht ganz so, wie Jan sich das erhofft hatte. Er fragte Mia, wie es gehe (»geht so«) und wie es in der Schule laufe (»läuft so«), sagte ihr, wie groß sie geworden sei (»bin seit zwei Jahren nicht mehr gewachsen«) und dass die Jungs bestimmt Schlange stünden (»Mann, Jan, das ist voll peinlich«), weil sie so toll aussehe (»erst recht voll peinlich«). Mia schien sich dagegen noch immer zu fragen, weshalb Jan hier war. Sein Interesse war echt, das spürte sie. Er wollte *wirklich* wissen, wie es ihr ging. Aber, ganz ehrlich: Seine Anwandlungen kamen locker ein Jahrzehnt zu spät.

Wo Mia dieses Jahr am liebsten hinfahren wolle, fragte Jan, in den Ferien. Das hatte er noch nie gemacht: Mia gefragt, was *sie* wollte.

In den vergangenen zwölf Jahren waren sie stets an denselben Ort gefahren: nach Prerow. Liegt auf dem Darß. Stefan, ein befreundeter Anwalt aus Frankfurt, hatte sich dort Ende der Neunziger ein kleines rotes Holzhäuschen mit Garten zugelegt, das er Jan seither im Sommer für zwei Wochen überlassen hatte, damit der dort seinen Vater-Tochter-Urlaub verbringen konnte. Die ersten fünf dieser Urlaube waren Jan als ein einziges Martyrium in Erinnerung geblieben: Er hatte sich überfordert gefühlt, allein mit so einem kleinen Kind. Was sollte er machen, wenn etwas passierte, wenn es hustete oder Fieber bekam? Also hatte er Doreen gebeten mitzukommen, hatte sich mit ihr und Mia die 52 Quadratmeter auf zwei Ebenen geteilt und die vierzehn Tage sekundenweise rückwärts gezählt.

Nach dem zweiten dieser Urlaube hatte Jan sich stark genug gefühlt, die Sommer mit Mia allein zu überstehen, nach dem fünften dann sogar stark genug, es seiner Mutter zu sagen, mit allen Konsequenzen: »Das heißt, wir fahren dieses Jahr ohne dich.« Von da an waren es keine Martyrien mehr gewesen, doch richtig coole Abenteuerurlaube, wie Jan sie seiner Tochter gern geboten hätte, wurden es auch nicht. Oft hatte er das Gefühl, sich ungeschickt anzustellen, bekam überdeutlich die mangelnde

Vertrautheit zu spüren. Es stellte sich einfach nicht diese Selbstverständlichkeit ein, die er bei den anderen Familien beobachtete – selbst bei denen, wo immer nur gestritten und gemeckert wurde. So blieben ihre Urlaube Pflichtveranstaltungen, die sie mit Eisessen, einem überraschend gefundenen Bernstein und gelegentlichen Kremserfahrten zum nahegelegenen Leuchtturm herumbrachten. In den letzten beiden Sommern hatte dann nur noch sehr wenig darüber hinwegtäuschen können, dass Prerow in Kombination mit Jan für einen Teenager so interessant war wie Tofu-Würstchen für einen Leoparden.

Und jetzt fragte Jan plötzlich Mia, was *sie* wollte?

Abwehrend rührte sie mit dem Löffel in der Luft: »Ich stecke gerade mitten in den MSA-Prüfungen.«

MSA. Jan dachte nach. Menstruation? Gab es neuerdings Menstruationsprüfungen?

»Mittlerer Schulabschluss.«

Shit. Er wusste wirklich gar nichts von seiner Tochter. Wo wollte man hin, im Urlaub, mit sechzehn? Zelten? Wandern? Scherz. So blöd war selbst Jan nicht, dass er glaubte, sechzehnjährige Mädchen seien auf Wandertouren scharf. Da hätten sie ja gleich wieder nach Prerow fahren können. Vielleicht ein Wellness-Hotel, schlug er vor, in Österreich oder … hey, warum nicht Spanien? Nur eben möglichst bald, dachte er im Stillen, auf jeden Fall noch vor dem 15. August. Maria Himmelfahrt. Und geplanter Hochzeitstag von Sergeja. Sergeja Himmelfahrt sozusagen.

Während er Mia dabei zusah, wie sie sich durch ihren Sahneberg kämpfte, verließ Jan vorübergehend die Gewissheit, auf Odysseus' Spuren zu wandeln. Hier saß er, ihm gegenüber eine junge Frau, zu der ihm jede wirkliche Verbindung fehlte, obwohl sie ein Teil von ihm hätte sein sollen, und er von ihr. Er hatte die Welt erobern wollen, mit dreißig, hatte sich als Geschäftsmann um den Globus jetten sehen, die große Geste wie angeboren. Anschließend hatte er fünfzehn Jahre lang auf der Stelle getreten und Mia und Sergeja verdrängt, so gut es ging. Und die meiste Zeit war es ziemlich gut gegangen.

Er war nicht dabei. Das war das beherrschende Gefühl, das sich jetzt einstellte. Er war nicht dabei gewesen, als Mia das erste Mal mit Wachsmalkreide ihren Namen geschrieben hatte, war nicht dabei gewesen, als sie ihr Seepferdchen gemacht hatte, war nicht bei der Einschulung gewesen und hatte nicht an ihrem Bett gesessen, als sie zehn Tage lang vierzig Fieber gehabt hatte. Er hatte nicht den Stolz auf ihr erstes Fahrrad erlebt, nicht den Sprung vom Felsen, nicht die ersten Tränen enttäuschter Liebe. Die Liste war endlos, und je mehr Dinge Jan einfielen, die er nicht miterlebt hatte, umso tiefer wurde der Abgrund, der sich vor ihm auftat. Er hatte sich die Illusion, sich etwas erspart zu haben, erhalten, so gut es ging. Jetzt begann ihm zu dämmern, dass er etwas versäumt hatte, etwas Entscheidendes. Kühnheit ging anders.

Ein weiterer Grund, der Jan, um im Bild zu bleiben, den Wind aus den Segeln nahm, war: Die Frauen waren nicht mehr das, was sie zu Kirk Douglas' Zeiten gewesen waren. Sie saßen nicht länger brav zu Hause, zogen die Brut groß und warteten mal eben zwanzig Jahre auf die Rückkehr des Angebeteten. Die Frau von heute forderte Selbstverwirklichung ein, erhob Ansprüche auf persönliches Glück, wollte Doktor Einar Schmähling heiraten.

In regelmäßigen Abständen warf Mia an Jans Schulter vorbei einen Blick hinüber zum Platz mit den Basketballfeldern. Unter den Körben wurde mächtig gerungen, Testosteronwolken schwängerten die Luft, Rufe zuckten über den Tartanbelag.

»Ist er dabei?«, wollte Jan wissen.

»Wer?«

»Der Typ, der dir vorhin das Geschenk gegeben hat.«

»Felix?« Mia brauchte keine Sekunde, um zu wissen, wer gemeint war. »Sollte mich wundern, wenn der sich heute noch mal blicken lässt.« Ihre Stimme schwankte zwischen Trauer und Genugtuung.

»Und«, fragte Jan weiter, »wer ist dieser Felix?«

»Felix ist Felix«, erwiderte Mia.

Ganz die Mutter.

Die Erwähnung seines Namens ließ Mia vorübergehend verstummen. Mühsam arbeitete sie sich durch ihren Eisberg, während das Koffein des dritten Cappuccinos in Jan seine Bahnen zu ziehen begann. Sobald er zurück in Frankfurt war, würde er sich erst einmal auf Kaffee-Entzug setzen. Minutenlang sagte Mia kein Wort, brütete über Felix. Jedenfalls nahm Jan das an.

Bis sie den wirklich sehr schönen Armreif betrachtete, ihn im Sonnenlicht drehte, Jan ansah und sagte: »Ich will nicht mehr mit dir in Urlaub fahren.«

»Gar nicht mehr?«

Mia zog entschuldigend die Schultern hoch. »Ich bin sechzehn, Jan.«

Eine List musste her. Und zwar hurtig. Nicht umsonst hatte Odysseus den Beinamen »der Listenreiche«. Für einige Augenblicke standen in Jans Gehirn ein halbes Dutzend Schaltkreise gleichzeitig unter Strom – um genau in dem Moment, da Mia aufstehen und gehen wollte, einen Geistesblitz zu produzieren. Das hieß: Ob es ein Geistesblitz war, würde sich erst noch erweisen müssen. Krank. Er war unheilbar krank. War er natürlich nicht. Hätte er aber sein können. Wer wusste schon, wie lange er noch zu leben hatte? Von einem Moment auf den anderen konnte alles vorbei sein.

»Mia, warte.«

Unauffällig presste Jan drei Finger in seine Leiste und verzog kurz das Gesicht. Hätten die Vorboten einer Nierenkolik sein können, ein gereizter Blinddarm. Aber eben auch Leberkrebs im Endstadium. Oder war die Leber auf der anderen Seite? Natürlich würde er ihr nicht sagen, wie furchtbar krank er war und welche Krankheit es war und dass die Ärzte glaubten, nächstes Jahr um diese Zeit … Beinahe schon meinte er selbst zu spüren, wie sich das Unheil in ihm ausbreitete.

»Ich weiß, dass es zu spät ist, dir jetzt noch mit der Vaternummer kommen zu wollen«, setzte er an.

»Gut beobachtet«, entgegnete Mia.

»Ich hatte nur gehofft … Ich meine: Wer weiß, wie oft wir noch eine Chance haben, gemeinsam in Urlaub zu fahren.« *Wo doch niemand weiß, wie viel Zeit mir noch bleibt.*

Mia überkamen Zweifel. So weit, so gut.

»Wir fahren, wohin du willst«, schlug Jan vor und erhöhte gleich darauf den Einsatz: »Du suchst das Land aus.« Und weil, wer ein ordentlicher Odysseus sein wollte, auch sein Leben riskierte: »Und das Hotel.« Kurz flackerte das Wort »Privatinsolvenz« auf.

Wieder drehte Mia den Armreif im Sonnenlicht. Irgendwie, sagte sie, hätte sie das Gefühl, bestochen zu werden. Der Armreif, das mit dem Hotel …

Na und!?, schoss es Jan durch den Kopf. Eilig sagte er: »Das ist keine Bestechung. Ich wollte nur …«

Was konnte er noch sagen? Er war todkrank, würde für ihren Sommerurlaub einen Kredit aufnehmen, hatte an Mias Geburtstag gedacht, ihr den Armreif besorgt …

Mia stand auf. »So geht das nicht.«

»Aber …«

»Danke für den Armreif.«

»Aber …«

Sie gab ihm einen Kuss auf die Wange. »Ich schulde dir nichts, Jan.«

Was für eine tolle junge Frau, dachte er. Absurderweise hätte er für einen kostbaren Moment bersten mögen vor Stolz. Erst sechzehn und schon so unbestechlich, so reif, so bei sich. Kein Wunder – bei der Mutter. Er blickte Mia nach, wie sie über das Kopfsteinpflaster federte, hinüber zu den Käfigen mit den Basketballkörben, und dann war sie verschwunden, und Jan saß da, wie er gestern bereits dagesessen hatte – nachdem Sergeja zurück auf die Bühne gegangen war. Sollte einen nicht wundern, dachte er, dass man, wenn man Frau und Kind sitzenließ, später selbst sitzengelassen wurde. Vielleicht, dachte er weiter, war das der entscheidende Unterschied zwischen Odysseus und ihm: Odysseus war dazu gezwungen worden, seine Familie zurückzulassen.

4

»Hörst du mir überhaupt zu?«

Nein, machte er nicht. Aber heute, fand Jan, wäre das auch etwas viel verlangt gewesen. Er hatte nämlich Scheiße am Hacken – sofern man davon sprechen konnte, etwas am Hacken zu haben, wenn man knöcheltief drinstand.

»Natürlich höre ich dir zu«, behauptete Jan.

Karin, Jans Sekretärin, Buchhalterin, gute Seele der Firma und noch so einiges andere, presste ihre Lippen aufeinander und zog halb spöttisch eine Augenbraue in die Höhe. Ihre Tische standen einander gegenüber, sie konnte also nicht anders, als Jan beim Telefonieren zuzusehen.

Jan machte sein Sagen-Sie-jetzt-nichts-Gesicht und wandte sich dem Hörer zu: »Ich freue mich, dass es in Hamburg besser läuft als in London und ihr der Welt demnächst das neue Gesicht« – für wen noch mal? – »präsentieren werdet.«

Karin kritzelte etwas auf ihren Post-it-Block, riss den Zettel ab und patschte ihn neben Jans Telefon.

»Ca-na-li?«, las Jan.

Karin weitete die Augen: Schön, dass Sie lesen können.

»Canali«, wiederholte er schnell, »das neue Gesicht von Canali.«

Diesmal machte *er* große Augen: Wer oder was war Canali?

Jans Sekretärin bekritzelte den nächsten Zettel, riss ihn ab, beugte sich über ihren Tisch und klatschte ihn auf den ersten. Jan ignorierte ihn. Letztlich war es ihm egal, wer oder was Canali war.

Stefanies Schweigen tönte lauter als jedes Nebelhorn. Schließlich unterbrach sie es, indem sie sagte: »Wie müssen reden, Jan. Wenn ich zurück bin, müssen wir reden.«

Entweder, Jan bildete neuerdings eine Phobie aus, oder das

hörte sich schon wieder nach einer Drohung an. »Die Uhr«, sagte er.

»Wie bitte?«

Sie hörte mal wieder ihre Uhr ticken. »Nichts. Ich meine: Klar. Wir reden, wenn du wieder da bist.«

Jans Handy begann über den Schreibtisch zu knarzen. Auf dem Display leuchtete ein Name: Sergeja. Keine Einbildung. Schwer zu sagen, was das mit ihm machte. Auf jeden Fall spürte er, wie sich seine Adern weiteten und sein Blut in die Beine sackte.

Stefanies scharfe Stimme erinnerte ihn daran, dass er in der anderen Hand ebenfalls ein Telefon hielt. »Du nimmst meine Bedürfnisse nicht ernst, Jan.«

Doch, tat er. Es war nur so, dass … »Es tut mir wirklich leid, Stefanie, aber ich habe einen Anruf auf der anderen Leitung, und da muss ich unbedingt ran. Lass uns reden, wenn du wieder da bist, ja?«

»Jan?«

»Ja?«

»Das ist mir wirklich wichtig.«

Tick, tack, tick, tack. »Okay.«

»Und Jan?«

»Ja?«

»Ich bin in Köln, nicht in Hamburg.«

In der anderen Hand vibrierte sein Handy wie ein verängstigtes Küken. »Alles klar.«

Als er den Hörer endlich auflegte, streifte Jans Blick Karins Post-it-Zettel: KÖLN.

Er sah sie an – SAGEN SIE JETZT NICHTS! – und ging ans Handy: »Sergeja!«

»Nein, hier ist Mia.«

»Mia!«

Karin verdrehte die Augen, stand auf, ging in den Showroom hinüber und goss die drei Pflanzen im Schaufenster. Für heute war ihr Bedarf an Jans Privatleben gedeckt.

»Mia«, wiederholte Jan. Er war selbst erstaunt über die Freude, die er empfand. »Wie laufen deine MSA-Prüfungen?«

»Die sind erst nächste Woche. Jan?«

Ganz schön oft, dass er heute seinen Namen hörte. »Ja?«

»Ich will Surfstunden«, sagte Mia.

Holla, dachte Jan. Automatisch presste er drei Finger in die Leiste, worauf seine Stimme durch einen tragischen Unterton angereichert wurde. »Heißt das, wir fahren doch zusammen in Urlaub?«

»Einzelstunden«, präzisierte Mia. »Das Hotel heißt ›Bella Caterina‹ und ist in Riccione. Ist auch gar nicht sooo teuer. Der Flughafen ist Rimini, Federico Fellini. Irgendein Maler, glaub ich. Es gibt Flüge von Frankfurt mit Alitalia. Ich schick dir eine Mail mit den Daten. Ist das okay?«

Und ob das okay war! Jan bohrte sich die drei Finger noch etwas tiefer ins Fleisch. »Woher der plötzliche Sinneswandel?«

»Und ich komme nur mit, wenn du mich nicht ständig mit deinen blöden Fragen löcherst.«

Si, signorina, appunto! Oder so ähnlich. »Mia?«

»Hm?«

»Ich freu mich«, brachte Jan hervor, »ehrlich.«

Und plötzlich war er wieder da: Odysseus. Bereit, die Segel zu setzen.

Durch das Panoramafenster seines Büros beobachtete er, wie Karin die Broschüren im Ständer neben dem Eingang sortierte. Sie mochte den Ausstellungsraum nicht, sagte, es sehe aus wie bei einem Bestatter, nur dass an Stelle von Särgen Klaviere herumstünden. Das Büro mochte sie ebenso wenig. Einen Schuhkarton mit Sehschlitz nannte sie es. Ein Wunder, dass sie nicht schon längst gekündigt hatte. Machte sie aber nicht. Hielt Jan seit acht Jahren hartnäckig die Treue. Er fragte nicht nach. Am Ende brachte er sie noch auf dumme Gedanken.

Ganz unrecht hatte Karin nicht. Dem Showroom haftete tatsächlich eine gewisse Nüchternheit an. Das konnte man kalt und unangenehm finden, man konnte es aber auch als Zeichen der Demut auffassen. Karin bevorzugte Ersteres, Jan Letzteres. Was das Büro anging: Da hatte Jan den Argumenten seiner Mitarbeiterin wenig entgegenzusetzen. Es war zwar kein Schuh-, sondern ein Gipskarton, und der Sehschlitz maß immerhin einen Meter mal drei achtzig, doch am Ende blieb es ein Karton mit verglaster Frontseite. Wer viel guten Willen aufbrachte, konnte sich einbilden, Jans Showroom sei ein Tonstudio und der Karton mit dem Sehschlitz der Regieraum. So sah Jan ihn gerne: Als Kommandobrücke. Und er dahinter vor einem Pult mit tausend Knöpfen und Reglern, die er mit verbundenen Augen zu bedienen wusste.

Karin war inzwischen zum Schaufenster und den Pflanzen zurückgekehrt und suchte nach braunen Blättern, die sie hätte abzupfen können. Hatte sie eben schon gemacht, aber man konnte nie wissen: Vielleicht war inzwischen eins nachgewelkt. Im Büro gab es keine Blumen. Ohne Tageslicht keine Blumen. Karin hatte es zweimal mit irgendetwas versucht, das ihr Mann ihr empfohlen hatte und das mit wenig Licht auskommen sollte – ihr Mann war Frührentner und Hobbygärtner –, aber wenig Tageslicht war eben immer noch mehr als gar kein Tageslicht. Jetzt hegte und pflegte sie die drei Pflanzen im Schaufenster, die einzigen »Lebenszeichen in diesem Stall voll toter Kühe«. Mit den toten Kühen waren die Instrumente gemeint. Sie mochte eben nicht nur den Showroom und das Büro nicht, sie mochte auch die Klaviere nicht. Aber missen mochte sie das alles offenbar auch nicht. Lustig, irgendwie.

Sie pickte noch einen Papierschnipsel und etwas Unsichtbares vom Teppichboden, wobei ihr Oberkörper für einen Moment zwischen den toten Kühen verschwand und ein nach hinten ausschlagendes Bein zum Vorschein kam, dann steuerte Karin wieder das Büro an. Jan beobachtete sie durch die Scheibe. An ihrem entschlossenen Schritt meinte er zu erkennen, dass ihn gleich ein Satz erwartete, der mit »es geht mich ja nichts an« beginnen würde.

Karin nahm ihren Stuhl in Besitz und rollte sich an den Tisch heran. Jan wartete gespannt.

»Es geht mich ja nichts an … Aber ich finde, Sie sollten ihrer Freundin langsam mal reinen Wein einschenken.«

Jan konnte sich denken, was Karin mit »reinem Wein« meinte. Weshalb er auf keinen Fall nachfragen würde. »Stimmt«, sagte er.

Karin knurrte befriedigt.

»Es geht Sie nichts an«, fügte er hinzu.

Wahrscheinlich gab es niemanden, der mehr über ihn wusste und ihn besser kannte als seine Sekretärin. Schöner Buchtitel: *Die ganze Wahrheit über Jan Bechstein*, von Karin Bender. Kein Telefonat, das sie nicht mitgehört hätte, keine Rechnung, die nicht durch ihre Hände gegangen wäre. Auch den Dauerauftrag für die Alimente hatte sie eingerichtet. Eigenwillige Mischung aus geschäftlich und privat. Genau wie die Anrede: »Sie« plus Vornamen – wo gab es denn so etwas? Jan überlegte, ob er noch jemanden mit Vornamen ansprach und trotzdem siezte.

Nö.

Seine Putzfrau war Frau Lindow, seine Steuerberaterin Elke, sein Arzt Jürgen, seine Anwältin Frau Kasperczak.

Verglichen mit dem, was Karin über *ihn* wusste, wusste Jan über sie recht wenig. Sie ging stramm auf die Sechzig zu – »achtundfünfzig, mein Lieber, acht-und-fünfzig« –, wobei das mit dem Stramm-Gehen durchaus wörtlich zu nehmen war. Jan mochte ihren soldatischen Schritt, ihre schnoddrige Berliner Art und dass sie ihr Herz auf der Zunge trug. Am liebsten mochte er, wenn sie sich echauffierte, sich aufrichtete, die Arme vor der Brust kreuzte und sagte: »Mein lieber Herr Bechstein, so geht das nich.«

Ihr Mann, der Erwin, war mächtig stolz auf seine Karin. Hin und wieder holte er sie abends ab oder brachte ihr etwas aus dem Garten vorbei. Dann trug er, egal ob bei dreißig Grad plus oder zehn Grad minus, karierte Flanellhemden mit Druckknöpfen an den Brusttaschen. Er hatte ein künstliches Hüftgelenk, und so, wie er sich die Stufe vor der Eingangstür hochschob, würde das andere sicher auch bald fällig werden. Jan mochte sich gar nicht vorstellen, wie schmerzhaft es für Erwin sein musste, in seinem Gemüsebeet zu knien.

Kinder hatten sie keine. Als Jan einmal nach dem Grund fragte, antwortete Karin nur: »Dafür haben wir uns einfach zu spät kennengelernt.«

Nun saß sie ihm gegenüber, sah ihn über den Rand ihrer Brille hinweg an und drückte ihren Rücken gerade. Das war die letzte Stufe vor dem Echauffieren.

»Mia und ich fahren jetzt doch zusammen in Urlaub«, verkündete Jan.

»Freut mich für Sie«, entgegnete Karin. »Können wir uns jetzt Ihren *beruflichen* Problemen zuwenden?«

Jan bekam sein Lächeln nicht mehr aus dem Gesicht. »Nichts lieber als das, liebe Karin.«

Und schon stand er wieder knöcheltief in der Scheiße.

Die lang ersehnte Lieferung war endlich in Hamburg angekommen. Drei Vierzig-Fuß-Container voller Klaviere. Diese Information war in Begleitung einer guten und einer schlechten Nachricht eingetroffen. Die gute: Die Klaviere waren vollzählig. Die schlechte: Der untere Container stand genauso tief wie Jan jetzt in der Scheiße, nämlich im Wasser. Vierundzwanzig Klaviere waren gewissermaßen über den … Dings geschippert. Wie hieß noch gleich dieser Fluss bei den Griechen? Jan gab im Suchfeld »Odysseus« und »Todesfluss« ein. Styx, genau.

Es war nicht so, dass die Lieferung nicht versichert gewesen wäre. Nur zeigte die Erfahrung, dass es gerne Monate dauerte, bis die Versicherung endlich den Schaden ersetzte. Noch schlimmer aber war, dass Jan auf die Ersatzlieferung vier bis sechs Wochen würde warten müssen und sämtliche Klaviere Kundenbestellungen waren. Das bedeutete: Jan würde sich nicht nur mit unwilligen Versicherungsfuzzis herumschlagen müssen, sondern auch mit verärgerten Händlern, die wiederum empörte Kunden vertrösten sollten. Und das wiederum bedeutete: Fünfzehn bis zwanzig Prozent der Kunden würden von ihrem Kauf zurücktreten – und die Händler dem nächsten Kunden möglicherweise ein anderes Fabrikat empfehlen. Endkunden. Schlimmer als Mütter. Wollten ein Instrument, das die nächsten drei Generationen im Wohnzimmer herumstehen würde, aber vier Wochen Lieferverzögerung waren unzumutbar. Und recht haben wollten sie natürlich auch noch.

Am Ende würde Jan auf den nachbestellten Klavieren der abgesprungenen Kunden sitzenbleiben, die er dann entweder so günstig an die Händler abtreten müsste, dass unter dem Strich kein Gewinn mehr blieb, oder er müsste sie über Wochen in der dreitürigen Garage seines Freundes Matthias zwischenparken. Schon jetzt spürte Jan dessen gönnerhafte Hand auf seiner Schulter, patt patt, die Von-oben-nach-unten-Geste, die keiner so beherrschte wie er: Kein Problem, Jan. Du weißt doch, wenn du in Schwierigkeiten steckst … Dabei hätte Matthias ohne Jan nicht einmal sein Abi geschafft.

Einmal die Woche trafen sich Jan und er. Dann verpasste Matthias ihm eine Abreibung in seinem Tennisclub. Mich kriegst du nie – das war die Message. Dabei war Matthias nicht nur beruflich, sondern auch gewichtsmäßig bereits vor zwanzig Jahren an Jan vorbeigezogen und hatte seinen Vorsprung von Jahr zu Jahr ausgebaut. Doch so war das eben, wenn man mit ungleichen Startbedingungen ins Rennen ging. Von Matthias gab es Fotos, wie er als Dreijähriger mit einem frisch ausgepackten Head-Kinderschläger auf den Weihnachtsbaum eindrosch. Jan hatte mit achtundzwanzig das erste Mal einen No-name-Schläger in Händen gehalten.

Die folgenden drei Stunden verbrachte Jan damit, seine Händler abzutelefonieren, seine Unschuld zu beteuern, Klaviere in Aussicht zu stellen, die noch gar nicht produziert waren, Versprechungen zu machen, die er nicht würde einhalten können. Derweil telefonierte Karin mit der Spedition, der Versicherung,

Korea, füllte Anträge aus und faxte Bestellungen. Mit jedem Gespräch verdüsterte sich ihre Miene etwas mehr, und als sie um 18.05 Uhr den Telefonhöhrer das letzte Mal auf die Gabel drückte, deuteten ihre Mundwinkel senkrecht nach unten.

Wenn Karin sich von ihrem Stuhl erhob und ihn so an den Tisch rollte, dass die Sitzfläche zur Hälfte darunter verschwand, war das so wie bei einem Maler, der seine Farbwalze unter den Wasserhahn hielt: Schluss für heute.

»Da hatte ich schon deutlich bessere Tage«, stellte sie fest.

Erstaunt bemerkte Jan, dass er guter Stimmung war – dass ihn dieser Tag, trotz Stefanie und der Tatsache, dass sie miteinander reden mussten, und trotz der vierundzwanzig gestorbenen Klaviere, nicht kleingekriegt hatte. Auf seinem Monitor waren seit einiger Zeit Wellen zu sehen, Surfer, blendend weißer Sand und Wasser, so blau, dass man es auf Ampullen ziehen wollte. Riccione. Vielleicht sollte auch er ein paar Surfstunden nehmen.

Er löste seinen Blick von den Wellen und sah Karin über seinen Laptop hinweg an: »Mia und ich fahren in Urlaub«, wiederholte er den Satz vom Nachmittag.

»Wie schon gesagt: Freut mich ungemein.«

5

»Das machen wir doch nur, um uns eine Illusion von Unabhängigkeit zu erhalten, die absolut kindisch ist.«

Falsch, dachte Jan. Nicht *wir*, sondern *ich* mache das, um mir die Illusion von Unabhängigkeit zu bewahren. Er versuchte, eine bequeme Position auf Stefanies Sofa zu finden, was, wie er wusste, unmöglich war. Er hatte es die letzten hundert Mal nicht geschafft, da war mit einer spontanen Eingebung nicht mehr zu rechnen.

Stefanie ging vor dem Fernseher auf und ab. Tolle Beine, die in einen tollen Hintern mündeten. »Was ist denn so schlimm daran, sich eine gemeinsame Wohnung zu nehmen?«, fuhr sie fort. »Du bist sechsundvierzig und ich bald siebenunddreißig …«

»Wenn man das will, ist daran gar nichts schlimm«, entgegnete Jan.

»Und warum tun wir es dann nicht endlich?«

Da war es wieder. Neulich wollte Sergeja, dass Jan *endlich* mal Einar kennenlernte, jetzt sollte er *endlich* mit Stefanie zusammenziehen. »Weil ich nicht will?«

Unter seinem Hintern knirschte das Sofa munter vor sich hin. Weißes Leder. Stefanie behauptete, dass praktisch jedes Staubkorn einen Fleck darauf hinterließ. Jan hätte interessiert, woher sie das wusste. Bislang hatte er noch nie einen Fleck entdecken können. Ein riesiger Flatscreen-Fernseher und davor ein Sofa, auf dem man kein Bier trinken und keine Chips essen durfte. Wo war denn da der Sinn?

Wie meist hatten sie sich bei ihr getroffen. Wie immer eigentlich. Stefanie kam nicht gerne zu Jan, fühlte sich bei ihm nicht wohl. Sie fand, seine Wohnung wirke vernachlässigt. Als Jan einmal wissen wollte, woran sie das festmache, bekam er zur Antwort, man merke einfach, dass es die Wohnung eines Mannes sei, der nicht viel Wert auf Ambiente lege und keine Liebe zum Detail besitze. Das war das Wort, das sie benutzte: Ambiente. Als Konsequenz seiner mangelnden Liebe zum Detail trafen sie sich also nahezu ausschließlich bei Stefanie, was Jan einerseits ganz recht war, andererseits dazu geführt hatte, dass seine Wohnung inzwischen auch auf ihn einen vernachlässigten Eindruck machte.

Sie kam um den Couchtisch, setzte sich neben ihn und klemmte ihre Hände zwischen die Knie. Ihre schlanken Arme waren so makellos wie das Leder ihres Sofas. »Ich möchte, dass wir den nächsten Schritt gehen.«

Nein, wollte sie nicht. In Wahrheit wollte sie den übernächsten Schritt in Angriff nehmen. Jan wusste, dass er sich überglücklich hätte schätzen sollen – eine Frau wie Stefanie, nach der sich automatisch die Köpfe drehten, sobald sie einen Raum betrat, brain meets Boxenluder –, und dennoch fühlte sich das alles vollkommen verkehrt an.

Als Stefanie ihren Blick senkte, um auf ihre verschränkten Hände zu starren, rutschte ihr eine goldene Strähne von der Schulter. Wäre Jan Fotograf gewesen, hätte er sofort seine Kamera gezückt. Oft sah sie noch immer wie ein Hochglanz-Cover aus, wie ein Geschenk. Trotz ihrer demnächst siebenunddreißig Jahre. Und so, wie sie im Moment neben ihm saß, voll trauriger Sexyness, hätte Jan eigentlich auf der Stelle über sie herfallen müssen. Doch auch das fühlte sich verkehrt an. Die Aussicht, gleich mit ihr im Bett zu landen, erschien ihm eher als Kraftakt, denn als Vergnügen.

Wahrscheinlich hatte es mit seinem Alter zu tun. *Midlife-Crisis.* Auch die hatte er gegoogelt – gleich, nachdem er mit Dr. Einar Schmähling fertig gewesen war. Von einem psychischen Zustand der Unsicherheit war da zu lesen gewesen, von Unzufriedenheit mit dem bisher Erreichten. Dahinter, in Klammern: beruflich, partnerschaftlich, familiär. Diese drei Worte hatten bei Jan eine tiefe Kerbe geschlagen. Als würde er über Bord springen mit drei dicken Kugeln am Bein: Beruf, Partnerschaft, Familie.

»Hast du irgendwas?«, fragte Stefanie besorgt.

»Wieso?«

»Du drückst dir schon die ganze Zeit die Hand auf die Hüfte.«

Es ist die Leiste, dachte Jan, nicht die Hüfte. »Ist nichts«, versicherte er und löste den Griff.

Am Ende des Artikels über Midlife-Crisis war außerdem zu lesen gewesen, dass, sofern die »Belastungen« nicht in eine »psychische Erkrankung« mündeten, die »Betroffenen« aus diesem »Lebensabschnitt« mit dem Gefühl gestärkter innerer Reife und bewussterer Lebenshaltung hervorgingen. Wie lange dieser »Lebensabschnitt« andauerte war leider nirgends zu erfahren, und woran man das »Münden in eine psychische Erkrankung« erkannte, ebenfalls nicht.

»Jan?«

»Hm?«

»Ich hab mir eine Wohnung angesehen. Gestern, in Schöneberg. Eine wirklich schöne Wohnung.«

»Wie groß?«

»Schön groß. Vier Zimmer, 128 Quadratmeter, mit Balkon und Gästetoilette.«

Vier Zimmer … Das machte Sinn: ein Schlafzimmer, ein Wohnzimmer, die Bibliothek und das Billardzimmer. »Wie hoch ist die Miete?«

»Gar nicht. Es ist eine Eigentumswohnung.« Ihre Finger lösten sich aus der Umklammerung ihrer Knie und klopften einen unhörbaren Takt auf den Oberschenkeln.

Eigentum. Bereits das Wort klang so, als komme man da so schnell nicht wieder heraus. »Wovon soll *ich* denn eine Eigentumswohnung bezahlen?«

»Gar nicht, Jan. Ich weiß, dass du nicht das Geld für eine Eigentumswohnung hast. Aber ich hab es.«

»*Du* hast das Geld für eine 128-Quadratmeter-Eigentumswohnung?«

»Die Hälfte, ja. Die andere Hälfte geben meine Eltern dazu.«

»Du hast dir gestern eine Eigentumswohnung angesehen, und heute geben dir deine Eltern die Hälfte dazu?«

Stefanie verzog unwillig die Mundwinkel. Auch sie mochte es nicht, wenn Dinge Fragen nach sich zogen. »Es war nicht die erste Wohnung, die ich mir angesehen habe«, gestand sie. »Ich möchte sie kaufen, Schatzi, für uns. Aber das geht nur, wenn du mitziehst.«

»Weshalb hast du mir nichts gesagt?«

»Weil du doch nur nach einem Grund gesucht hättest, sie dir nicht anzusehen.«

Jan musste sich eingestehen, dass sie recht hatte. Er hätte nicht nur nach einem Grund gesucht, er hätte auch einen gefunden.

»Deine Mutter meint ja, *dich* habe man immer schon zu deinem Glück zwingen müssen«, schob Stefanie nach.

Jan zuckte zusammen. Sobald seine Mutter ins Spiel kam, wurde es gefährlich. Mit allem anderen wurde er irgendwie fertig, aber Doreen war wie ein ferngelenkter Sprengkörper, der unterhalb des Radars flog. »Du hast mit meiner Mutter gesprochen?«

»Neulich, als du dein Handy hier vergessen hattest. Jetzt guck nicht so entsetzt, Schatzi. Ich wäre nicht rangegangen, wenn nicht auf dem Display ›Mutter‹ gestanden hätte. Die macht übrigens einen sehr netten Eindruck, deine Mutter.«

Mia, schoss es Jan durch den Kopf. Hatte Doreen ihr etwas über Mia gesagt? Nein. Sonst wäre Stefanie längst ausgeflippt.

»Bist du sicher, dass nicht doch was mit deiner Hüfte ist?«, fragte sie besorgt.

Es ist die Leiste! »Es ist nichts!«, beharrte Jan und zog die Hand zurück, die sich unbemerkt wieder in seine Eingeweide gedrückt hatte.

Doreen, ausgerechnet. Für die war die Welt dann in Ordnung, wenn Mann und Frau verheiratet waren, zwei Kinder, ein Eigenheim mit Garage und einen Grünstreifen vor der Tür hatten. So wie bei Jans Bruder Uwe. Hauptsache, der Schein blieb gewahrt. Wie hatte Stefanie es eben formuliert? Seine Mutter mache übrigens einen sehr netten Eindruck. Das war's: Hauptsache, alles machte einen sehr netten Eindruck.

Jan sah sie an: Wahrscheinlich liebte sie ihn tatsächlich. Dabei hätte sie wahrlich einen Besseren verdient: einen, der erfolgreicher war, attraktiver, ehrlicher. Und der mehr Commitment zeigte.

Er nahm ihre Hand. »Du willst mich also zu meinem Glück zwingen?«

»Wenn es sein muss, ja.« Sie legte ihre freie Hand auf die, mit der er bereits ihre andere genommen hatte. »Ich liebe dich, Schatzi.«

Jan schämte sich dafür, ehrlich, doch er konnte nicht anders, als festzustellen, dass »Liebe« und »Eigentum« denselben gedanklichen Reflex bei ihm auslösten: Da komme ich so schnell nicht wieder heraus. Midlife-Crisis, garantiert.

Eine romantische Sehnsucht stieg in ihm auf. Die Sehnsucht, dasselbe zu wollen wie Stefanie. Das konnte nicht gut gehen: »Ich möchte wirklich gerne mit dir zusammenziehen, Stefanie, aber ich kann das so schnell nicht entscheiden.«

»Heißt das, wir machen es?«

»Das heißt, ich kann das so schnell nicht entscheiden.«

»Du hast das ganze Wochenende.«

Nein, hatte er nicht. »Stefanie, es tut mir wirklich leid, aber ich fliege am Samstag nach …« *Riccione. Mit meiner Tochter.* O nein, das konnte er jetzt nicht bringen, unmöglich. »Korea! Zu Sin Young. Du weißt schon: Die Firma, die meine Klaviere fertigt.«

Stefanie sah ihn an, als habe er ihr gerade den Termin für den Weltuntergang durchgegeben. »Und wie lange?«

»Eine Woche, mindestens. Vielleicht sogar länger. Da geht gerade alles drunter und drüber.«

Es war die größte Lüge, die er Stefanie in ihrer achtmonatigen Beziehung aufgetischt hatte. Mia hatte er ihr immer nur verschwiegen, das war etwas anderes. Manchmal, dachte Jan, war das Leben ein niederträchtiger Begleiter. Es brachte einen dazu, Dinge zu sagen oder zu tun, von denen man bereits vorher wusste, dass sie irgendwann eine Havarie produzierten. Und dennoch ... Wie lange würde es dauern, bis diese Lüge aufflog? Früher oder später musste Stefanie von Mia erfahren, und dann würde herauskommen, dass er nicht in Korea gewesen war, sondern in Italien, mit seiner Tochter, in der Hoffnung, seine Exfrau zurückzugewinnen. Welch pittoresker Schlamassel!

»Aber der Makler kann die Wohnung nur bis Montag zurückhalten«, riss Stefanie ihn aus den Gedanken. »Und ich hab ihm schon gesagt, dass wir *seeehr* konkret interessiert sind.«

»Dann musst du eben versuchen, ihn hinzuhalten. Sag ihm, ich bin in Korea und dass wir erst entscheiden können, wenn ich wieder da bin. Einer Frau wie dir schlägt niemand eine Bitte ab.«

»Und wenn es nicht funktioniert?«

»Dann hat es eben diese Wohnung nicht sein sollen. Du hast doch selbst gesagt, dass es nicht die erste war, die du dir angesehen hast. Es gibt noch andere ...«

»Ich will aber die!«

Jan legte seine Hand auf ihre, die auf seiner lag, die wiederum auf ihrer lag. »Und ich will mich so schnell nicht entscheiden«, flehte er.

»Okay, Schatzi.« Stefanie schob eine Pause ein, für die die Bezeichnung »dramatisch« ein Euphemismus gewesen wäre. »Du fliegst nach Korea, und ich halte solange den Makler bei der Stange. Und wenn du wieder da bist, treffen wir eine Entscheidung.«

»Versprochen«, antwortete Jan.

Ihre Hände lösten sich voneinander, und dann besiegelten sie ihr Versprechen mit einem Kuss und dann mit einem zweiten und einem dritten, und dann knirschte das weiße Leder unter ihnen, und Stefanie flüsterte zärtlich: »Nicht auf der Couch, Schatzi.«

6

Das Foyer des Sheraton-Hotels war so gemütlich wie das Wartezimmer eines Schwabinger Schönheitschirurgen. Um hier einen Keim zu finden, hätte man den Fahrstuhl auseinanderschrauben müssen. Jedes Absatzklicken wurde von einem Dutzend spiegelglatter Flächen zurückgeworfen. Der Geruch war entsprechend: rosa Blümchen auf Bakterienkiller.

Jan schleppte sich und seine Tasche – ein Werbegeschenk von Sin Young – zu einigen unbenutzt aussehenden Ledersesseln und ließ sich in einen hineinfallen. Der Tragegurt war gerissen, heute morgen, beim ersten Anheben. Die Tasche war groß genug für eine Hammondorgel, aber bei mehr als zehn Kilo riss der Gurt. Ein bisschen wie Stefanies Couch, auf der man nichts trinken, nichts essen und keinen Sex haben durfte.

»Einar meint, es wäre am besten, wenn wir uns einfach in der Lobby treffen«, hatte Sergeja gesagt, als sie den Treffpunkt vereinbart hatten.

Einar meint also …

Jan blickte auf seine Uhr: eine Viertelstunde zu früh. Das auf schlanke achtzehn Grad gekühlte Foyer blies ihm eisigen Wind in den verschwitzten Nacken, während vor den gläsernen Schiebetüren zweiunddreißig Grad im Schatten darauf lauerten, ihm eine volle Breitseite zu verpassen. Aber zuvor würde er Mia treffen, und Einar. Und Sergeja.

Er wusste inzwischen, was Mias Sinneswandel bewirkt hatte – weshalb sie plötzlich doch bereit gewesen war, mit ihm in den Urlaub zu fahren. Sergeja hatte es bei ihrem Telefonat durchblicken lassen. Sie und Einar wollten vor der Hochzeit unbedingt noch zu zweit verreisen, vorgezogener Honeymoon. Bereits vor Monaten hatten sie das geplant, die Flüge gebucht, die Villa auf Sardinien gemietet. Also hatte Sergeja darauf bestanden, dass

Mia ihren jährlichen Sommerurlaub mit Jan absolvierte. Ihr Plan war: Jan fuhr mit Mia weg, sie mit Einar, und an Maria Himmelfahrt kamen dann alle glücklich in Slowenien zusammen, Freunde und Verwandte inklusive, um ihre Hochzeit zu feiern. Friede, Freude, Eierkuchen.

Jans Plan sah naturgemäß etwas anders aus: Er würde den Urlaub dazu nutzen, zunächst Mia und anschließend Sergeja davon zu überzeugen, dass Einar nicht der Richtige für sie war. Anschließend würde es in Slowenien eine einmalig romantische Versöhnungsfeier geben, ohne Freunde und Verwandte und leider auch ohne Einar, der auf einer Eisscholle in der ewigen Einsamkeit trieb. Friede, Freude, Dauerglück.

Über ihm spannte sich ein dynamisch gezacktes Glasdach, bei dessen Anblick jeder Koreaner seine zarten Feng-Shui-Hände über dem Kopf zusammengeschlagen hätte. Durch die Scheiben erblickte Jan ein makelloses Blau, in dem sich die Flugzeuge wie weiße Insekten tummelten. Im Minutentakt schwebte eins von ihnen herab, plusterte sich auf, setzte zur Landung an und verschwand hinter dem Flughafenterminal.

Drei Sessel weiter saß ein Mann in einem anthrazitfarbenen Einreiher an einem handtellergroßen Tischchen und erläuterte seinem Blackberry, dass ohne neue Kommunikationsstrukturen beim Handel mit Emissionszertifikaten an ein Erreichen der Klimaziele nicht zu denken sei. Jan betrachtete die Gänsehaut an seinen Unterarmen. Nach seiner Einschätzung hätte bereits ein Ausschalten der Klimaanlage ausgereicht, um jedes denkbare Emissionsziel zu erreichen. Er blickte erneut auf seine Uhr, kam aber nicht mehr dazu, die Zeit zu registrieren, weil sich in diesem Moment die Fahrstuhltür öffnete und Einar, Sergeja und Mia ins Foyer traten, jeder einen Rollkoffer hinter sich herziehend. Jan erhob sich wie ferngesteuert. Nun würden sich Einar und er also endlich persönlich kennenlernen, wie schön.

Einar voran, kamen sie auf ihn zu. Genaugenommen kam vor allem Einars ausgestreckte Hand auf ihn zu. Ein trockener, verbindlicher Händedruck folgte, und bevor Jan eine Gelegenheit hatte, Mia und Sergeja zu begrüßen, sagte Einar: »Das war aber auch an der Zeit.«

Jan grinste freundlich: Träum weiter, Paragraphenreiter. Er küsste Mia auf die Wange, die irgendwo zwischen gelangweilt und genervt festzustecken schien, anschließend küsste er Sergeja auf die Wange, wobei er sie mit zwei Fingern an der Hüfte berührte, ihren Duft inhalierte, den Blick ihrer Smaragdaugen einfing und sich schwor, Einar mit einer geraden Linken niederzustrecken, falls der es wagen sollte, ihr in seiner Gegenwart den Arm um die Schulter zu legen. Würde er schaffen, ziemlich sicher. Wenn es hart auf hart käme, überlegte Jan, könnte er ihn umhauen.

Einar ließ seine Armbanduhr aufblitzen: »Warum gehen wir nicht ins Glass House und essen noch eine Kleinigkeit?«

Mia guckte demonstrativ in die entgegengesetzte Richtung, Sergeja hakte sich bei Einar ein, und Jan sagte: »Ja, warum nicht?«

Einar stiefelte los, Sergeja an seiner Seite, Mia und Jan folgten. Mit jedem Schritt gab sie ein leises Klirren und ein dumpfen Stampfen von sich. Statt des Steckers, der ihm aus Berlin in Erinnerung war, hatte sie heute einen Ring in der Nase. Außerdem trug sie drei verschiedene Dinge um den Hals: ein Lederband mit einem silbernen Dorn, der Ähnlichkeit mit einem Senkblei hatte, eine großgliedrige Silberkette sowie eine Art Hundehalsbund mit einer ziemlich dicken Kugel als Anhänger. Um den Kopf hatte sie ein schwarz-weißes Band gebunden, das Jan beim zweiten Hinsehen als abgeschnittene Krawatte identifizierte, und ihr Oberkörper steckte in einem Männerhemd mit großen Karos in Rot und Orange. Die zerlöcherte Jeans und die abgewetzten Boots von neulich schien sie anbehalten zu haben. Ein paar Schlagzeugstöcke hätten ihr gut gestanden, eine Bass-Drum und vier Tom-Toms. Und eine Girlie-Punkband, um das Bild abzurunden. Als Kontrapunkt trug sie, wie Jan bemerkte, den Armreif, den er ihr geschenkt hatte.

»Bin gespannt, ob beim Metalldetektor der Nasenring anschlägt«, sagte Jan.

»Wirst du dann ja sehen«, gab Mia zurück.

»Schlechte Laune?«

»Ich hab's dir gesagt«, zischte Mia. »Ich fahr nur mit, wenn du mir nicht ständig blöde Fragen stellst.«

Jan deutete mit dem Kinn auf Einars und Sergejas Rücken. »Sieht nicht so aus, als hättest du eine Wahl.«

»Lass es besser nicht drauf ankommen.«

Jan bemerkte, dass Sergeja Sandalen mit Absätzen trug. Hatte sie früher nicht gemacht. Sah aber gut aus. Immer noch Beine wie ein Revuegirl. Und dieses zarte Sommerkleid umspielte ihre Hüften, als könnte sich so ein Kleid nichts Schöneres wünschen. Es war zum Heulen.

»Woher weiß ich, wann eine Frage eine blöde Frage ist?«, wollte Jan wissen.

»Merkst du dann schon«, gab Mia zurück.

Gentleman Einar trat hinter Sergeja und schob ihr den Stuhl unter, als sie sich setzte. Sehr aufmerksam. Dann saßen sie alle: Im Glass House Lobby Café des Sheraton-Hotels, das sich insofern vom Rest des Foyers unterschied, als es Wohnlichkeit zu simulieren versuchte: diagonal gestreifter Teppichboden, orangefarbene Sitzpolster, Musik aus unsichtbaren Lautsprechern, die zum einen Ohr rein und zum anderen wieder rausging.

Einar sah gut aus, zumindest hätte Doreen ihn als attraktiven Mann bezeichnet. Und sie wäre nicht allein gewesen. Er war eine gute Handbreit größer als Jan und hatte mindestens dreimal so viele Haare – trotz der zwölf Jahre Altersunterschied. Doch was ihn attraktiv machte, war etwas anderes. Er strahlte ein paar Dinge aus, unter anderem: Selbstsicherheit, Kompetenz und Verlässlichkeit. Vor allem aber Erfolg. Wollte Sergeja allen Ernstes einen Mann heiraten, der alles war, was Jan nicht war? Er glaubte es keine Sekunde.

Zum Urlaubsstart hatte Einar den gediegenen Freizeitlook gewählt – casual aber teuer –, und sein Lächeln war tatsächlich identisch mit dem, das Jan auf den Fotos im Internet gesehen hatte: *Wenn Sie mal einen gutgemeinten Rat brauchen ...* Zum ersten Mal bekam Jan eine Ahnung davon, wie sich Frauen fühlten, die für eine knackigere Jüngere verlassen wurden. Er fühlte sich, als verlasse Sergeja ihn für einen erfolgreicheren Älteren.

»Hab schon viel von Ihnen gehört«, bemerkte Einar beim Blick in die Karte.

»Kann ich mir denken«, entgegnete Jan.

Mia tippte auf ihrem iPhone herum, Sergeja wünschte sich, sie und Einar wären bereits auf Sardinien.

Jan ging davon aus, dass Einar am Ende darauf bestehen würde, die Rechnung zu begleichen. Friede, Freude und so weiter. Also wählte er das Clubsandwich für 17,20 Euro. Kein Druckfehler. Ein Sandwich für 17,20 Euro. Mit saftiger Truthahnbrust, garniert mit knusprigem Speck, Tomate, Ei, knackigem Salat, serviert mit Pommes frites. Wahrscheinlich kamen hier ausschließlich bilinguale Truthähne mit abgeschlossenem Hochschulstudium und Auslandserfahrung unters Messer.

Sergeja nahm die Karte und hielt sie so, dass sie Mias iPhone abdeckte. »Tu mir den Gefallen und iss etwas«, sagte sie.

»Keinen Hunger«, erwiderte Mia und schob die Karte beiseite.

»Du hast scheinbar nie Hunger«, bemerkte Einar.

Mia schickte ihrem künftigen Stiefvater einen Blick, für den Jan ihr gern einen Tapferkeitsorden verliehen hätte.

»Du verhungerst noch«, setzte Sergeja nach.

»Könnte ich vielleicht einfach mal in Ruhe gelassen werden!«

Sergeja bestellte einen Obstsalat mit Joghurt, Einar einen Avocado-Ingwer-Salat für sich sowie Tomaten mit Mozzarella für »die junge Dame hier«. Mia verdrehte die Augen.

Als die Bedienung ihnen den Rücken zuwandte, faltete Einar die Hände, ließ die Daumenkuppen gegeneinander tippen und blickte Jan aufmunternd an. Er war drahtig, mit dünnen, schmalen Schultern. Ein Läufertyp. Marathon, jede Wette. Ein ausgemergelter, freudloser, prinzipientreuer, absolut disziplinierter Kilometerfresser.

»Sie laufen, stimmt's?«, fragte Jan.

Einars Schultern strafften sich. »Gutes Auge.«

»Marathon?«

»Respekt.«

»Welche Zeit?«

»Zuletzt, in New York, drei Stunden sechsundzwanzig.«

Und trotzdem haue ich dich um, wenn es drauf ankommt, dachte Jan. Er ersparte sich einen Kommentar, und Einar ersparte ihm die Frage, ob auch er laufe. Machte er nicht. Bedurfte keiner Erklärung.

»Ein Mann in meinem Alter muss sich fit halten.« Einar lächelte wie über einen gelungenen Scherz. »Sonst läuft ihm am Ende die Frau weg.«

Jan erwiderte Einars Lächeln: *Genau das steht dir bevor.*

»Zumindest«, Einar ergriff Sergejas Hand und drückte sie zärtlich, »wenn man eine so anspruchsvolle Frau hat wie Sergeja.«

Jan schoss das Blut in den Kopf. Sollte das eine Anspielung auf ihr Sexleben sein? Vorsicht Einar: Wer im Glass House sitzt, sollte nicht mit Steinen werfen. Jan suchte nach etwas, das er hätte falten können, fand aber nichts. Odysseus hatte Monster und Ungeheuer besiegt, da würde er ja wohl mit einem achtundfünfzigjährigen Duracell-Häschen fertig werden, das mit seinem Alter kokettierte und darauf anspielte, noch einen funktionierenden Schwanz in der Hose zu haben. Leg ihr den Arm um die Schulter, dachte er, und ich mach dir aus deiner Brille eine Zahnspange. Glücklicherweise kam in diesem Moment das Essen.

Jan versuchte, sein Sandwich zu kapern, Sergeja löffelte ihr Obst, Einar stocherte im Salat, und Mia ignorierte die drei Tomatenfilets mit den passend abgezirkelten Mozzarellascheibchen, die ihren Teller dekorierten.

Einar versuchte, das Gespräch in Gang zu halten. »Wie ich höre, handeln Sie mit Klavieren.«

Jan kämpfte mit der Mayonnaise, die über seinen Daumen lief. »Ist ein großes Wort – handeln. Ich kaufe sie billig in Korea ein und verkaufe sie hier nicht ganz so billig weiter.«

»Verstehe. Klingt …«, Einar schob ein Avocadostückchen von rechts nach links, »… interessant.«

Jan änderte die Taktik und versuchte, über die linke Seite zu kommen, wo die ersten Gurkenscheiben zur Flucht ansetzten. »Nein«, stellte er fest, »tut es nicht. Klingt nicht spannend und ist es auch nicht. Aber es ist ein Geschäft, das ich mir selbst aufgebaut habe und das mich ernährt.«

»Verstehe.«

Offenbar gab es nicht viel, das Onkel Einar nicht verstand.

Jans Sandwich drohte zu havarieren. »Sie waren schon einmal verheiratet, nicht?«, fragte er beiläufig.

Einars Augen verengten sich. Sogar sein Brillengestell wurde schmaler. Richter: immer auf der Hut. »Genau wie Sie«, gab er zurück.

»Mit dem kleinen Unterschied, dass Ihre Scheidung gerade mal – was? – acht Wochen zurückliegt?«

Sergeja blickte Jan unsicher an. Was sollte das denn werden? Mia tat so, als höre sie nicht zu, registrierte aber jedes Wort.

»Zehn«, korrigierte Einar.

»Doch schon so lange.« Jan kapitulierte vor seinem Sandwich, ließ es auf den Teller fallen, zerteilte es mit dem Messer und spießte die Ingredienzen einzeln mit der Gabel auf. »Darf ich fragen, was Sie dazu bewogen hat, es postwendend mit der nächsten Heirat zu versuchen?«

Einar ließ seine Gabel los. Jan stellte sich auf ein Wortgefecht ein, stattdessen jedoch bekamen Einars Augen einen träumerischen Glanz. Offenbar fühlte er sich nicht im Mindesten herausgefordert. »Ich werde Ihnen die Wahrheit sagen, Jan: Sergeja zu begegnen war ein derart überwältigendes Erlebnis für mich, dass ich mich zum sofortigen Handeln gezwungen sah. Sehen Sie, ich bin Richter. Ich weiß, was gestohlene Lebenszeit bedeutet. Und nachdem ich Sergeja kennengelernt hatte, kam ich mir vor wie jemand, dem man das Leben weggenommen hatte. Jeder neue Tag ohne sie erschien mir wie ein Verbrechen.« Huldvoll blickte er Sergeja an. Seine Hand schien auf ihrer festgewachsen zu sein. Sie schenkte ihm ein Lächeln. Doch Jan sah diesen Funken in ihren Augen und war sicher: Da waren Zweifel. »Und indem sie meinen Heiratsantrag angenommen hat«, fuhr Einar fort, »hat sie mich für den Rest meines Lebens zum glücklichsten Mann auf Erden gemacht.«

Jan würgte ein Stück Truthahn herunter. Schwärmerisch verliebte Richter waren eindeutig eine Zumutung für ihre Umwelt.

Mia schien das ähnlich zu sehen. Sie stand auf und zog den Teleskopgriff aus ihrem Rollkoffer: »Ich warte draußen.«

»Aber du hast ja noch gar nichts gegessen«, sagte Sergeja.

»Hab auch nichts bestellt.« Mit einem Seitenblick auf Einar drückte sie sich die Stöpsel ihres iPhones in die Ohren und schlurfte davon.

Einar schob mit dem linken kleinen Finger seine Brille zurecht: »Schwierige Phase«, stellte er fest, um seiner Diagnose gleich darauf die Prognose folgen zu lassen. »Geht vorbei.«

»Einar hat schon einen erwachsenen Sohn«, erklärte Sergeja den Erfahrungsvorsprung ihres künftigen Gatten.

Ich weiß, dachte Jan, aus erster Ehe.

»War nicht immer einfach«, dozierte Einar, »aber auch Maximilian hat schließlich sein Abitur gemacht und studiert inzwischen Jura. Da sollte ich mich nicht beklagen, denke ich.«

Ach, wenn Doreen dich nur hören könnte! Die würde dich ja so was von verstehen. Deren jüngster Sohn hat erst sein BWL-Studium geschmissen, um anschließend mit seinem Germanistik-Studium gar nicht mehr richtig anzufangen. Heute muss der Ärmste koreanische Klaviere vertreiben, die aussehen wie Steinways, aber klingen wie Volkshochschule. Sergeja wich Jans Blick aus, doch sie spürte, dass er sie ansah, und sie wusste, was er dachte: Diesen Typen willst du HEIRATEN?

Als endlich die Rechnung kam und sie aus der Zwangsjacke dieses Gesprächs befreite, sagte Einar: »Lassen Sie. Das übernehme selbstverständlich ich.«

Ganz unter uns, dachte Jan: Um dich auszurechnen, muss man nicht einmal das kleine Einmaleins draufhaben.

Mia saß im Schatten des Vordachs auf ihrem Rollkoffer und sah sensationell gelangweilt aus. Sergeja musste ihr einen Stöpsel aus dem Ohr ziehen und ihr glaubhaft versichern, dass das Flugzeug nicht zu ihr kommen werde, bevor sie sich in Bewegung setzte. So zogen sie zum Terminal hinüber: drei identische schwarze Rollkoffer und eine Tasche so bunt wie ein LSD-Tripp. Jan vermutete, dass sie einen ziemlich bemitleidenswerten Anblick abgaben, wie sie bei zweiunddreißig Grad vom Hotel zum Terminal trotteten – vorneweg Einar mit einem blendend weißen Panamahut, dahinter Sergeja, eingeklemmt zwischen der erdrückenden Liebe ihres künftigen und der noch erdrückenderen Sehnsucht ihres Ex-Ehemanns, am Schluss Mia, die das Leben im Allgemeinen bereits unzumutbar zu finden schien, von ihrem im Besonderen gar nicht zu reden.

Für beide Flüge war Gate A 23 angegeben. Alitalia. Sergeja und Einar waren als erste dran. Sergeja umarmte Mia, als sei es ein Abschied für immer.

Einar steckte ihr mit gönnerhafter Geste einen 200-Euro-Schein zu. »Ich bin sicher, du findest eine Verwendung dafür«, sagte er.

»Keine Sorge«, antwortete Mia.

Einar reichte Jan die Hand: »Also dann: In vierzehn Tagen in Slowenien. Habt einen schönen Urlaub.«

Sergeja küsste Jan auf die Wange. Ihr Lächeln hätte einen zum Tode Verurteilten die Zuversicht geschenkt, im Paradies zu erwachen. In ihren Augen war wieder dieser Funke: Zweifel.

Sie drehte sich nicht noch einmal um. Als fehle ihr der Mut. Und dann geschah es doch noch: Kaum hatten sie die Schleuse passiert und Einar wusste sich in Sicherheit, legte er Sergeja den Arm um die Schulter und drückte sie an sich. Warte nur, dachte Jan. Hinten hat der Fuchs die Eier.

»*Meine* Begeisterung hält sich ebenfalls in Grenzen«, sagte Mia.

Jan sah sie an. »Einar und du – ihr seid richtig dicke Kumpels, stimmt's?«

»Aber klar doch. Ich kann's auch kaum erwarten, nach Karlsruhe zu ziehen«, erklärte sie. »Obwohl ... Ach, egal.«

Jan blickte zur Gangway, in der Sergeja und Einar verschwunden waren. »Immerhin hat er dir 200 Euro zugesteckt.«

»Er weiß eben, wie Bestechung funktioniert.« Auch Mia sah zur Gangway hinüber. Sie blickten beide ins Nichts. »Weißt du, warum er mir das Geld nicht schon gestern zugesteckt hat, oder heute morgen?«

»Damit ich dabei bin, wenn er es tut.«

»Tja: So ist er.«

»Sergeja scheint ihn zu lieben.«

»Ich glaube, sie liebt an ihm nur, was sie in ihn hineinprojiziert.«

Ganz schön abgeklärt, dachte Jan, für ein Mädchen mit sechzehn. »Ist das nicht immer so?«, fragte er.

Mia zog die Schultern hoch und wandte sich ab. Das Mysterium zwischenmenschlicher Anziehung schien sie zu ermüden.

Sie saßen schweigend vor der Glaswand und blickten zur Startbahn hinüber, an deren Anfang sich eine Warteschlange von einem halben Dutzend Flugzeugen gebildet hatte. In der dritten Maschine saßen Sergeja und Einar. Bevor sie zum Start ansetzte, ertönte bereits die Durchsage, dass Mias und Jans Flug »ready for boarding« sei.

Mia stand auf. »Lass es uns einfach hinter uns bringen.«

»Ideale Voraussetzungen für einen unvergesslichen Urlaub«, erwiderte Jan.

7

Als die Turbinen aufheulten und Jan in den Sitz gedrückt wurde, schloss er für einen Moment die Augen. Er hatte keine Flugangst, nicht mehr, doch eine gewisse Anspannung ließ sich nicht abschütteln. Mia saß neben ihm, die Ohren verstöpselt, und blätterte in einem Magazin, das wie eine Mischung aus taz und Gala aufgemacht war. Dass sich die Räder vom Boden lösten, schien sie gar nicht zu bemerken. Die Maschine tat sich schwer, der Flug war ausgebucht. Ganz Frankfurt wollte nach Rimini. Früher hatte Jan Flugangst gehabt. Ziemlich schlimme sogar. Doch er hatte sie verloren: am 4. 9. 1994, um 13.13 Uhr Ortszeit. Eigentlich hätte er seitdem abergläubisch sein müssen. Alle Menschen, die er in den Tagen darauf kennengelernt hatte, waren abergläubisch gewesen. Von denen hatte sich keiner wirklich gewundert.

Er hatte in einer Boeing 747 gesessen, einem dieser Riesenflugzeuge, die einem das Gefühl maximaler Sicherheit vermittelten. Auf dem Weg nach Seoul. Das Geld für sein Ticket hatte er sich bei seinem Freund Matthias geliehen, in dessen Garagen jetzt seine Klaviere zwischenlagerten. Wenn alles nach Plan lief, so hoffte Jan damals, könnte er ihm das Geld sehr bald zurückzahlen. In Seoul nämlich wollte er den Grundstein für seine kommende Karriere legen.

Er hatte eine Firma aufgetrieben, die für sehr wenig Geld sehr schlechte Klaviere fertigte. Ironischerweise das Gegenteil dessen, was sein Name erwarten ließ: Bechstein. Das stand in der Branche für Qualität und Tradition. Das Verlockende an den koreanischen Klavieren war, dass ihr Äußeres den größten Konzertbühnen zur Ehre gereicht hätte. Jan wollte den Vertrieb übernehmen. Exklusiv. Zunächst deutschlandweit, später dann für ganz Europa. Die Qualität der Instrumente interessierte ihn nicht, und von dem Innenleben eines Klaviers verstand er rein gar nichts. Aber die Dinger sahen super aus und kosteten wenig. Da wollte ein Geschäft gemacht werden.

Das Gefühl maximaler Sicherheit verkehrte sich in ein Gefühl maximaler Unsicherheit, als die 747 über den Alpen in ein Unwetter geriet. Wenn selbst eine solche Maschine wie eine Kinderrassel durchgeschüttelt wurde, fühlte man sich plötzlich sehr hilflos und sehr alleingelassen. Die Lorazepam, die Jan vor dem Start gegen seine Flugangst genommen hatte, verlor jede Wirkung, also schob er die zweite für den Notfall gleich hinterher. Der Pilot meldete sich über Lautsprecher und sagte, sie würden kurzfristig die Flugroute ändern, damit »niemand aus Versehen seinen Saft verschüttet«. Er schien guter Dinge zu sein.

Wenig später flogen sie in ein Gewitter. Die Kabine wurde von Blitzlichtern durchzuckt. Jans Hände hätten bereits seit Minuten kein Glas mehr halten können. Seine Sitznachbarin – eine betagte Dame, die immer mal wieder unauffällig mit dem Daumen ihre Zahnleiste festdrückte – legte ihm beruhigend eine Hand aufs Knie. Jan, der direkt über der Tragfläche saß, wusste, dass es ein Fehler wäre, aus dem Fenster zu gucken. Dass er lieber die Augen geschlossen halten und sich auf seinen Atem konzentrieren sollte. Ein. Aus. Ein. Aus. Aber dann machte er es doch. Guckte aus dem Fenster. Es war mittags um eins, dennoch war es dunkel. Er kam sich vor wie sehr tief unter Wasser. Von Zeit zu Zeit riss für Sekunden das bleierne Grau um ihn herum auf, und Jan erblickte zornige Löcher, in denen in Fetzen gerissene Wolken umhergeschleudert wurden.

Gerade als er hoffte, das Schlimmste überstanden zu haben, wurde Jan von einem Blitz geblendet, der ihn für lange Sekunden mit einer gleißenden Netzhaut zurückließ. Der den Blitz begleitende Donner brach über ihn herein, als versuche eine wütende Gottheit direkt über seinem Kopf die Kabine auseinanderzureißen. Seine Hände tasteten nach dem Kotzbeutel. In dem Moment hörte Jan, wie die erste Turbine erstarb, und spürte, wie sich das Flugzeug zur Seite neigte. Er schluckte die beiden Lorazepam für den Rückflug, denn er hielt es für unwahrscheinlich, dass er den noch erleben würde.

Wieder meldete sich der Pilot: »Wie Sie möglicherweise bemerkt haben, haben wir es seit einigen Minuten mit geringfügigen technischen Problemchen zu tun. Aus diesem Grund werden wir eine kurze, außerplanmäßige Zwischenlandung durchführen. Ich möchte Sie bitten, den Anweisungen des Kabinenpersonals gewissenhaft Folge zu leisten, da wir voraussichtlich nicht auf Asphalt landen werden.«

Damit sollte er recht behalten. Sie landeten auf einer Kuhweide, das heißt, die Landung nahm mehrere Weiden in Anspruch. Sofern »Landung« das richtige Wort war. Die Boeing rutschte einige Hundert Meter durch nasses, saftiges Gras – Jan sah im Regen auseinanderstiebende Kühe unter sich vorbeifliegen –, berührte mit einer Tragfläche den Boden, drehte ihren Siebzig-Meter-Rumpf um die eigene Achse und schlidderte mit dem Hintern voran und scheinbar in Zeitlupe in ein Wäldchen frisch gepflanzter Birken. Für einen Moment herrschte vollkommene Ruhe und Bewegungslosigkeit. Jan betrachtete die dicken Regentropfen, die zu Tausenden auf der Tragfläche zerplatzten. Keine fünfzig Meter weiter ragten Felswände auf.

Die Dame neben ihm ruckelte an ihrem Gebiss und presste die Kiefer aufeinander: »Das wäre geschafft«, sagte sie, als hätte sie von Anfang an eine Notlandung im slowenischen Hinterland gebucht.

Das nächste Dorf hieß Brevicka, ein Aufeinandertreffen zweier Straßen, um deren Kreuzungspunkt sich zwei Dutzend Häuschen und Gehöfte versammelten. Die 343 Passagiere wurden auf Scheunen und Ställe verteilt. Zwei Bauern trieben ihr Vieh hinaus in den strömenden Regen, um Platz für die unerwarteten Gäste zu schaffen. Jan suchte mit etwa fünfzehn Mitreisenden in einem wohnzimmergroßen Holzverschlag außerhalb des Dorfes Unterschlupf. In dem Moment, da er sich, auf dem lehmigen

Boden sitzend, gegen die Bretterwand lehnte und langsam zur Besinnung kam, bemerkte er, dass sich in seinem Körper merkwürdige Dinge abspielten. Zwar normalisierte sich sein Adrenalinspiegel langsam, im Gegenzug setzte jedoch die Wirkung der zwei Lorazepam ein, die er auf die ersten beiden genommen hatte. Und zwar mit erstaunlicher Vehemenz. Sein Puls raste, trotzdem fielen ihm die Augen zu. Außerdem schien sein Magen irgendwie nach oben zu wollen.

Erst auf der Notrutsche hatte Jan bemerkt, dass er noch immer die Kotztüte in der Hand hielt. Seither hatte er sie nicht mehr losgelassen. Als hätte er gewusst, dass er sie noch brauchen würde. Auf buttrigen Knien wankte er ins Freie, ging um den Schuppen herum, stützte sich auf einen Stapel aus Holzscheiten, die unter der überhängenden Dachkante zum Trocknen aufgestapelt waren, erbrach sich in die Tüte und schlief ein.

Jan hätte nicht sagen können, was zuerst dagewesen war: Das Vogelgezwitscher oder das Gefühl, dass ihm jemand seinen Atem ins Ohr blies. Als ihm die Kuh mit ihrer Zunge über das Gesicht fuhr, war er jedenfalls schlagartig hellwach. Er fühlte sich ausgeruht wie lange nicht mehr. Erholt geradezu. Das Gras war noch feucht, doch die Sonne schien. Aus den umliegenden Wiesen stiegen leuchtende Nebelschleier auf. Die Boeing lag zwischen den Felsen, als habe Gott dort sein Spielzeug liegenlassen. Jans Armbanduhr zeigte halb sechs Uhr. Morgens. Er hatte 14 Stunden geschlafen.

Seine Schuhe waren weg. Ein Mysterium, für das er auch später nie eine Erklärung finden sollte. Jan stand auf, streifte seine Hose glatt, pinkelte auf die Wiese und ging um den Schuppen. Seine Mitreisenden waren ebenfalls weg. Im Gegensatz zu seinen Schuhen ließ sich deren Verschwinden jedoch leicht erklären: Sie hatten ihn vergessen.

Umwabert von zarten Nebelschleiern und mit feuchten Grashalmen zwischen den Zehen, schlenderte Jan der aufgehenden Sonne entgegen ins Dorf hinunter. Die beiden Scheunen, die am

Weg lagen, waren ebenfalls leer. Offenbar hatte man alle außer ihm bereits ins fünfzig Kilometer entfernte Ljubljana geshuttelt. Er sah viele Kühe, aber nicht einen Menschen. Schließlich stülpte sich ein erstes kleines Häuschen aus dem Nebel, der sich in der Senke gesammelt und das Dorf eingeschlossen hatte. Davor, am Gartentor, stand ein Engel in einem schwarzen Kleid, mit rotbraunen Haaren und sehr großen, leuchtend grünen Augen.

Sie blickten einander lange an, Jan und der Engel, und dann folgte ein Dialog, den Jan in seinem ganzen Leben nie vergessen würde:

»Meine Schuhe sind weg«, sagte er.

»Mein Dedek ist tot«, antwortete Sergeja.

Das Haus, vor dem Jan sie antraf, war das ihres jüngst verstorbenen Großvaters.

»Kommst du?«, fragte sie.

Sie glitt durch den Vorgarten. Das Tor ließ sie geöffnet. Jan trat auf den schmalen Weg aus gestampfter Erde, schloss das Tor und folgte ihr. Vor dem Haus angekommen, hielt Sergeja inne und zupfte eine Handvoll Himbeeren von einem Strauch neben den Stufen.

»Die sind gut«, erklärte sie.

In diesem Moment sah Jan sie zum ersten Mal lächeln. Dann steckte sie den Schlüssel ins Schloss.

Einen Moment lang fürchtete Jan, der tote Opa liege noch irgendwo in der Wohnung herum. Tat er natürlich nicht. Er lag in seinem Sarg in der Kapelle und wartete auf seine Beisetzung. Seine Schuhe waren derb und klobig, doch sie passten ganz gut. Er sei ein Gottscheer gewesen, sagte Sergeja, als Jan sie fragte, woher sie so gut Deutsch könne. Gottscheer. Jan fand, das klang nach einer satanischen Sekte mit einer Vorliebe für Opferrituale.

»Deutsche Wurzeln«, erklärte Sergeja, zog den Sonntagsanzug ihres Großvaters aus dem Schrank und warf erst dem Anzug und dann Jan einen prüfenden Blick zu: »Könnte gehen.«

Die Hosenbeine waren zu kurz, die Ärmel ebenfalls. Dafür war in der Mitte noch Platz. Am Gürtel erkannte Jan, dass Sergejas Großvater drei Löcher mehr Bauchumfang gehabt hatte als er.

Sergejas geschwungene Lippen gaben den Blick auf symmetrisch gewachsene Zähne frei. »Perfekt«, befand sie, und zum ersten Mal lachten sie gemeinsam.

Sie studierte Musik, in Heidelberg, Waldhorn. Wie kommt man bloß auf Waldhorn, dachte Jan.

»Wenn du möchtest, zeige ich dir das Dorf«, schlug sie vor. »Dauert nicht lange.«

Gestern war Jan in einer 747 auf einer Kuhweide notgelandet, anschließend hatte er 14 Stunden zwischen zwei Holzstapeln geschlafen, um von einer Kuh wachgeleckt zu werden und festzustellen, dass alle außer ihm auf dem Weg nach Seoul waren und er ohne Schuhe, ohne Gepäck oder Papiere oder Geld oder ein Handy zurückgelassen worden war. Trotz allem dachte er: Mann, hab ich ein Glück.

In Brevicka gab es: ein altes Backhaus, das tatsächlich noch in Betrieb war (»Jedes Dorf macht sein eigenes Brot«), sehr viel mehr Kühe als Menschen sowie eine oberhalb des Dorfes gelegene Kapelle mit einem tennisplatzgroßen Friedhof, auf dem das Grab für den Großvater bereits ausgehoben worden war. Und dann gab es noch Sergeja. Hinzu kamen Autos, die im Halbstundentakt durch den Ort fuhren und Journalisten, Ingenieure oder einfach nur Neugierige heranbrachten, die wissen wollten, wo das Flugzeug zu finden sei. Was es in Brevicka *nicht* gab, war: eine Post, ein Geschäft, eine Herberge, Handy-Empfang, Internet. Zudem hatte der Sturm die Telefonleitung zum einzigen Fernsprechgerät gekappt (an der Straßenkreuzung).

Am Nachmittag, der Strom der durchfahrenden Autos versiegte langsam, und die wenigen Bewohner verschwanden wieder in ihren Häusern, führte Sergeja Jan die schmale Treppe hinauf in die Dachkammer, in der sie als Kind ihre Sommer verbracht hatte. Das Zimmer hatte vier schräge Wände, wie ein Zelt. Über der Klappcouch war eine Luke, neben der Tür stand eine Waschschüssel. Jan fiel auf, dass das Sofa frisch bezogen war, außerdem lagen ein Handtuch, ein Waschlappen und ein frisches Stück Seife auf dem Kopfkissen. Sergejas Koffer stand gepackt in einer Ecke, ihr Waldhorn lag obenauf.

»Du brauchst einen Platz zum Schlafen«, stellte sie fest. Es sei kein Problem, wirklich, sie werde einfach im Erdgeschoss schlafen, im Bett ihres Großvaters.

Sie hielt ihm eine geblümte Untertasse hin, auf der sich die Himbeeren verteilten, die sie am Morgen vom Strauch gezupft hatte. Kaum war die erste Beere zwischen seinen Zähnen aufgeplatzt, da wusste Jan, dass er gerade den Geschmack von Sergejas Kindheit auf der Zunge hatte. Am Abend kochte sie Lammgulasch, das sie gemeinsam am Esstisch des Großvaters zu sich nahmen, auf den beiden einzigen Stühlen im Haus. Dazu und danach tranken sie zwei Flaschen Rotwein mit handgeschriebenen Etiketten.

»Wie bist du eigentlich auf Waldhorn gekommen?«, fragte Jan irgendwann. Es wollte ihm einfach nicht in den Kopf gehen.

»Es ist zu mir gekommen«, antwortete Sergeja. »Ich hätte jedes Instrument gelernt, um Musik zu machen. Waldhorn war das einzige, das man sich in der Schule noch leihen konnte. Niemand wollte es.«

Jan war beeindruckt. Er hatte noch nie etwas so sehr gewollt, dass er dafür solche Widrigkeiten auf sich genommen hätte.

Weit nach Mitternacht fand er sich dann auf dem zu kurzen Sofa der Dachkammer wieder, spürte Sergejas Geruch nach, der ihn an das Gefühl des feuchten Grases unter seinen Füßen erinnerte, blickte durch die Dachluke in den Sternenhimmel, wunderte sich über diesen sonderbaren Tag und dachte, wie merkwürdig es war, dass Sergeja jetzt unter ihm im Bett ihres toten Großvaters schlief.

Gegen elf Uhr am nächsten Vormittag trafen Sergejas Eltern, ein Onkel sowie zwei Cousins ein. Praktischerweise hatten sie den Priester gleich mitgebracht. Zu sechst in einem VW Polo. Ihr Vater Zoran, gesprächig wie eine Eiche, war bereits Anfang der Neunziger mit seiner Familie nach Ljubljana umgezogen und arbeitete seit inzwischen zehn Jahren bei einem Automobilzulieferer – als Pfeiler, wie Jan vermutete. Sergejas Onkel war dem Vater nicht unähnlich. Als sie ihm von der Boeing berichtete, die auf den Weiden hinter der Anhöhe notgelandet war, mit über dreihundert Passagieren an Bord, war sein einziger Kommentar: »Hm.« Dubravka, die Mutter, war hingegen ebenso korpulent wie redselig und drückte Jan zur Begrüßung an die Brust wie ein altes Familienmitglied. So viel Herzlichkeit hatte er von Doreen in seinem ganzen Leben noch nicht erfahren.

Um elf versammelten sich die etwa dreißig Dorfbewohner um den defekten Münzfernsprecher an der Straßenkreuzung und rauchten. So weit Jan sehen konnte, war Sergeja die Einzige, die nicht rauchte. Er bat ihren Onkel um eine Zigarette, der ihm seine Marlboro-Schachtel in die Hand drückte, in der noch zwei Zigaretten steckten. Der Priester erschien, ein in Schwarz gehüllter Fleischberg mit einem riesigen goldenen Kreuz um den Hals, und nachdem auch er eine geraucht hatte, marschierte das Dorf geschlossen hinter ihm her zur Kapelle hinauf.

Die Kapelle war gerade groß genug, um die dreißig Menschen zu fassen, die sich zuvor im Dorf versammelt hatten. Es gab weder eine Empore noch eine Orgel. Das Taufbecken sah aus, als sei es an Ort und Stelle aus dem Felsen geschlagen und die Kapelle anschließend darum gebaut worden. Jan lehnte an der feuchtkalten Wand neben dem Eingang. Der Priester sprach entweder Slowenisch oder Latein. Jan ließ seinen Gedanken freien Lauf.

Eigentlich, dachte er, hätte er sich völlig fehl am Platz fühlen müssen – im Sonntagsanzug des Verstorbenen, den er nicht einmal gekannt hatte. Ein Fremder zwischen lauter Menschen, die ihn vor einer halben Stunde zum ersten Mal gesehen hatten. Zu seiner eigenen Verwunderung stellte sich jedoch das Gefühl ein, jetzt und hier genau da zu sein, wo er sein sollte. Ein vom Himmel Gefallener, der Aufnahme bei einem Engel gefunden hatte. Und da war noch etwas: Stolz? Auf jeden Fall war er sich seltsam geadelt vorgekommen, als Sergeja ihn gefragt hatte, ob er nicht mit zur Beerdigung kommen wolle.

Als der Sarg, umhüllt von dem Geruch nach Tannennadeln und Waldboden, in der Erde versank, huschten Schatten über den Friedhof. Jan blickte zum Himmel empor, wo kleine Wolken hastig über die Berghänge zogen. Hier unten jedoch, neben der Kapelle, stand die Zeit still. Sergeja trat ans Grab und führte ihr Waldhorn an die Lippen. Kaum waren die ersten Töne erklungen, senkte sich eine Seelenruhe von solcher Endgültigkeit auf den Ort herab, dass sie dem Wort »Friedhof« erst ihren eigentlichen Sinn verlieh. Es war, als entspringe die Melodie den Bergen, als vereine dieser Ort all seine Stimmen zu einem letzten Geleit. Einige Monate später würde Sergeja Jan fragen, wann genau er sich in sie verliebt hatte. Er hatte nie darüber nachgedacht, doch er wusste es sofort: Als ihre schlanken, blassen Arme das Waldhorn an ihre Lippen geführt, sich die Sonne im Metall gespiegelt hatte und ihre Melodie in den Himmel aufgestiegen war.

Jan kannte die Melodie nicht – auf jeden Fall kein Mozart –, doch auch er war ergriffen, bekam Gänsehaut, überall, sogar am Rücken. Alle waren ergriffen. Von denen, deren Gesicht Jan sehen konnte, hatten alle Tränen in den Augen. Sogar der Priester und Sergejas Vater Zoran. Mit ihrem Waldhorn brachte sie sogar eine Eiche zum Weinen. Dann verschleierte sich auch Jans Blick, er zündete sich verstohlen die letzte Marlboro an und begann, aus der Schachtel den Schmetterling zu falten, den Sergeja später auf dem Erdhaufen neben dem Grab absetzen sollte.

Am Nachmittag stand der nächste Abschied an. Sein eigener. Jan bestieg einen Lanz-Traktor unbekannten Baujahrs und setzte sich oberhalb des Hinterrades auf eine Pferdedecke. Der Traktor gehörte Andrej, einem Cousin Sergejas, der nur zwei Worte

Deutsch sprach, Jan dafür sämtliche Fingerknöchel quetschte, als er ihm die Hand gab. Er würde ihn nach Ziri mitnehmen, von wo ein Bus nach Ljubljana fuhr, wo sich die deutsche Botschaft befand. Das war's.

Bevor er auf den Traktor stieg, drückte Sergeja Jan einige druckfrische Tolar-Scheine mit vielen Nullen in die Hand und gab ihm ein Päckchen aus Alufolie.

»Danke.« Mehr brachte er nicht zustande. In seinem Rücken tuckerte der Traktor.

Erst als er oben saß, begriff Jan das ganze Ausmaß seiner Tragik: Wie sehr er nicht von hier weg wollte. Und wie sehr er Sergeja vermissen würde, vermisste, bereits jetzt – noch bevor sich Andrejs Traktor in Bewegung gesetzt hatte. Lange brachte er kein Wort heraus, während der Motor genügsam vor sich hin tuckerte. Sergeja lächelte zu ihm hinauf.

Am Ende fand Jan seine Sprache doch noch wieder. »Was mache ich mit dem Anzug und den Schuhen?«, rief er gegen den Traktor an.

»Behalten«, schlug Sergeja vor.

»Und du? Was mache ich mit dir?«

Sie schirmte mit der Hand ihre Augen ab und lächelte, dann fuhr der Traktor los.

Am Ortsrand drehte Jan sich noch einmal um, da stand sie neben dem Münzfernsprecher auf der Straße – ein Engel in Schwarz – und winkte ihm nach.

»Zavitek«, bemerkte Andrej, als Jan die Alufolie zurückschlug und die noch warme Teigrolle betrachtete, die nach Hefe, Äpfeln und Rosinen duftete – und einigen Himbeeren, die in dem Rezept sicher nichts zu suchen hatten.

»Zavitek«, wiederholte Jan.

»Strudel.« Andrej blickte wieder auf die Straße. »Gut – Strudel.«

Am nächsten Morgen flog Jan von Ljubljana nach Frankfurt. Erst nach der Landung fiel ihm auf, dass seine Flugangst verschwunden war. Dafür war er abergläubisch geworden, ein bisschen zumindest. Für ihn würde dem Fliegen von nun an stets etwas Schicksalhaftes beigemischt sein. Sobald jemand ein Flugzeug bestieg, das wusste Jan jetzt, setzte er sich unberechenbaren Mächten aus, gab sein Schicksal aus der Hand. War man erst in der Luft, konnte einem alles passieren.

Fünf Tage später – er hatte den Deal in Korea eingetütet und den Grundstein für sein künftiges Geschäft gelegt – überraschte Jan sich selbst, als er nach der Landung in Frankfurt statt nach Hause zu gehen für den nächsten Flug nach Ljubljana eincheckte. Sie wolle noch einige Tage bleiben, hatte Sergeja gesagt, ein paar Dinge regeln, vielleicht den Verkauf des Hauses vorbereiten, Abschied nehmen.

Jan fand sie, wo er sie vermutet hatte – auf dem Friedhof neben der Kapelle, vor dem frischen Grab mit den Blumen, die bereits verwelkten. Das Eisentor quietschte in den Angeln, als er es aufdrückte wie im Film. Sergeja drehte sich zu ihm um. Sie schien nicht einmal richtig überrascht zu sein.

Jan hielt inne, als überlege er, ob er den Friedhof betreten dürfe. »Ich will dich heiraten«, sagte er, »sobald du zurück in Deutschland bist.«

Sie betrachtete ihn wie jemand, der versuchte, ein Bild zu verstehen. »Das geht nicht«, erwiderte sie schließlich.

Jan setzte einen Fuß auf den Friedhof. Fuß in der Tür war immer gut. »Warum nicht?«

Sergeja blickte zur Kapelle hinüber. »Die Braut muss heiraten, wo sie getauft worden ist. Sonst bringt es Unglück.«

Jan folgte ihrem Blick und setzte den zweiten Fuß auf den Friedhof. Jetzt war er drin. »Meine Papiere hab ich dabei.«

Zur Trauung reisten Sergejas Eltern, ihr Onkel, die Cousins und der Priester in dem vertrauten VW Polo an. Erneut trafen sich alle am nicht funktionierenden Münztelefon und rauchten. Die Hochzeitsnacht verbrachten Sergeja und Jan auf dem zu kurzen Klappsofa in der Kammer unter dem Dach. Später erzählte

Sergeja ihrer Tochter oft, dass sie in der Hochzeitsnacht gezeugt worden sei. So genau ließ sich das jedoch nicht rekonstruieren. Die Hochzeitsnacht war schließlich nicht die einzige gewesen, die sie in dem zu schmalen Bett verbracht hatten.

II

8

Gegen das, was Jan erwartete, als Mia und er in Rimini aus dem Flugzeug stiegen, waren die zweiunddreißig Grad in Frankfurt eine lockere Aufwärmübung gewesen. Über dem Rollfeld flirrte die Luft, und um sich am Handlauf der mobilen Gangway festzuhalten, hätte man einen Topflappen gebraucht. Jan glaubte zu spüren, wie sich das Profil seiner Sohlen in den Asphalt drückte.

Das Flughafengebäude sah von außen wie eine Bowlingbahn aus, von innen wie ein Flüchtlingslager. Jan sah Menschen, die bei dem Versuch, an ihr Gepäck zu gelangen, jede Contenance fahren ließen. Urlaub als Kampf auf Leben und Tod. Er musste sich eingestehen, dass er als Odysseus eine ziemlich mickrige Figur abgab. Zweimal ließ er sich von einem anderen Touristen das Taxi wegschnappen, dann marschierte Mia kurzentschlossen über den Vorplatz und fing das nächste Taxi ab, bevor es auch nur auf den Parkplatz einbiegen konnte. Als Jan ihren Rollkoffer einlud, wurde er als »rücksichtsloser Rüpel« beschimpft. Er fing an zu lachen. Rücksichtsloser Rüpel. Wo um alles in der Welt war er hier gelandet?

Kaum saßen sie im Taxi, machte Mia, was sie bereits nach der Landung getan hatte: Checkte ihr iPhone auf eingegangene SMS. Gab aber keine.

»Arsch«, nuschelte sie.

»Wie bitte?«

»Nicht du.«

»Sondern?«

»Niemand.«

Jan hatte einen Geistesblitz. »Dieser Niemand heißt nicht zufällig Felix?«

»Hm?«

»Der Typ von neulich – der dir auf dem Schulhof das Geschenk gegeben hat. Der hieß doch Felix, oder?«

Mia sah Jan an, als habe er hinterrücks ihr geheimes Tagebuch zerfleddert. Gedankenverloren begann ihre Hand mit dem Senkblei zu spielen, das um ihren Hals hing und das Felix ihr geschenkt hatte, auf dem Schulhof, jede Wette. Jan wusste noch nicht viel von seiner Tochter, lernte sie gerade erst kennen. Doch das mochte er bereits jetzt: Ihr widerspenstiges Wesen, ihren Eigensinn.

Wortlos öffnete sie ihre Tasche und zog ein Etui heraus, das groß genug gewesen wäre, um eine Reiseschreibmaschine zu transportieren. Zum Vorschein kam jedoch lediglich eine Sonnenbrille, die zwei Drittel ihres Gesichts verdeckte. Sie wandte sich ab und blickte aus dem Fenster.

Jan machte dasselbe. Sah aus dem Fenster. Schwitzende Menschen, die mehr von ihren geplagten Körpern preisgaben, als er sehen wollte, schlurften in schmatzenden Flip-Flops und mit schrecklichen Hüten auf den Köpfen von einem Flip-Flop-und-Hut-Stand zum nächsten, waren auf dem Weg zum Strand oder hatten sich ihre Portion Sonnenbrand bereits erarbeitet und befanden sich auf dem Weg zurück ins Hotel. Viele Menschen. Sehr viele. Aber es gab ja auch sehr viele Hotels. Eigentlich gab es kaum etwas anderes. Eins an das andere geklatscht, säumten sie die Straßen, die Fassaden wie Bienenwaben, Tausende von ihnen, und in jeder Wabe ein Bett. Die Bilder im Internet hatten einen idyllischeren Eindruck vermittelt.

Je länger sich die Taxifahrt hinzog, umso stärker wurde Jans Mitgefühl für Mia. Kein Job der Welt konnte mehr Anstrengung erfordern, als sechzehn zu sein – gefangen in einem unentwirrbaren Chaos aus Sehnsüchten und Hormonen, unablässig dem Zwang unterworfen, sich von anderen abgrenzen und dennoch dazugehören zu wollen, eine Persönlichkeit zu sein, die erst in Jahren heranreifen würde. Wenn überhaupt. Jans Midlife-Crisis war dagegen vermutlich der reinste Kindergeburtstag. Im Gegensatz zu Mia nämlich saß Odysseus in einem Schiff, von dem er wenigstens wusste, wohin es hätte fahren *sollen*.

»Blöde Frage?«

»Hab es dir ja gesagt«, entgegnete Mia.

»Was?«

»Merkst du dann schon.« Sie lächelte – das erste Mal, seit sie in Frankfurt aus dem Aufzug gekommen war. »Da vorne ist es!«

Kaum hatte das Taxi gehalten, sprang sie heraus und lief ins Hotel. Ihr Gepäck überließ sie Jan. Offenbar fühlte sie sich hier wie zu Hause. Als er, mit Tasche und Rollkoffer bepackt, ins Foyer trat, schnatterte Mia bereits lebhaft mit der Frau an der Rezeption, einer attraktiven Italienerin in Jans Alter, an der alles strengstens sortiert war – von den perfekt frisierten Haaren über die sittsam schimmernden Ohrringe bis zu den exakt lackierten Fingernägeln. Diese Frau duldete keine Nachlässigkeiten.

»Signor Bechstein!« Sie sprach den Namen »Beck-sta-iiin« aus. »Benvenuto!«

»Das ist Caterina«, sagte Mia, als erkläre sich alles andere von selbst.

»Venga«, Caterina winkte ihn zu sich. »Kommen Sie!«

Jan kam sich vor wie bei einem Bewerbungsgespräch für den falschen Job.

»Wir haben die Junior-Suite«, stellte Mia fest.

Im selben Moment reichte Caterina Jan bereits einen verheißungsvoll glänzenden Schlüssel über den Tresen. Klar haben wir die Junior-Suite, dachte Jan. Die habe ich schließlich gebucht. An dem Schlüssel war ein Messingschild mit der Zimmernummer 306. Schön, noch einen richtigen Schlüssel in der Hand zu haben statt einer dieser merkwürdigen Chipkarten, die man irgendwo dranhalten oder reinstecken musste, und die dann nicht funktionierten. So wie in Korea. Die hatten ihre Chipkarte nur, um die Gäste zu schikanieren, sie gefügig zu machen. Sie funktionierten nie. Minutenlang hielt man sie immer wieder an den

Kartenleser, wendete sie, drehte sie, rieb sie an seiner Hose und verfluchte sie – bis man kapitulierte und den Portier holte, der sie *einmal* vor das Lesegerät hielt, woraufhin ein dezentes Klicken zu hören war und das LED-Lichtchen auf Grün umsprang. »You are welcome, Sir.«

Jan bemerkte eine spontane Veränderung im Foyer: Die an den Haken hängenden Zimmerschlüssel glänzten um die Wette, der Tresen schien sich zu wölben, ein großes Aufatmen erfasste den Raum.

»Krass – steiler – Typ«, nuschelte Mia und schnalzte mit der Zunge, ohne es zu bemerken.

Jan folgte ihrem Blick an seiner linken Schulter vorbei. Am Fuß der Treppe stand Christiano Ronaldo. Oder sein Zwillingsbruder. Die gleiche Geltolle, die gleiche XXL-Kette mit dem brillantenbesetzten Kreuz und unter dem T-Shirt unter Garantie das gleiche braungebrannte Six-Pack. Krass. Steiler. Typ. So einen hatte Jan in zwölf Jahren Prerow nicht einmal zu Gesicht bekommen. Unglücklicherweise war ihm schräg über die Stirn das Wort HONK eintätowiert worden. Aber das sah Mia offenbar nicht.

»Mia«, sagte die Geltolle, »sei tu?« Bist du *du*?

»Gino!«

An Jan vorbei ging Mia zur Treppe hinüber. Dabei machte ihre Hüfte etwas, das Jan sie vorher noch nie hatte machen sehen. Als hätte man die Knochen durch Gummi ersetzt. Es gelang Mia, einen halben Meter vor Gino zum Stehen zu kommen. Sie ließ sich auf die Wangen küssen.

»Wanna surf?«, fragte Gino.

»Now?«

Gino blickte an Mia vorbei zur Rezeption. »Mamma?«

Es folgte ein kurzer Wortwechsel auf Italienisch zwischen ihm und Caterina, dann lockerte Gino sein Spielbein, stemmte sich eine Hand in die Hüfte und sah Mia an. »If you want …« Ein Lächeln wie die Schaumkrone auf der perfekten Welle.

»Give me five minutes.« Mia kam zurückgeschlendert, schnappte sich ihren Rollkoffer sowie den Schlüssel und federte die Treppe hinauf, als sei ihr Koffer mit Helium gefüllt. Auf den Aufzug zu warten hätte offenbar zu lange gedauert. »Das ist übrigens Gino!«, rief sie. Da waren bereits nur noch ihre Boots zu sehen.

Bis Jan ins Zimmer kam, hatte sich die Schlagzeugerin einer Indie-Band mit dem vielen Bimmelgedöns um den Hals in ein amtliches Dessousmodel verwandelt. Jan hatte Bikinis irgendwie anders in Erinnerung. *Mit* Stoff. Sie wird Gino das Herz brechen, dachte Jan. Oder was immer er sonst benutzte, um sein Blut durch die Adern zu pumpen.

Mia drückte ihm eine Flasche Sonnencreme in die Hand: »Kannst du mir den Rücken einschmieren?«, bat sie. »Beim Surfen muss man echt höllisch aufpassen.«

Komisches Gefühl, seiner praktisch erwachsenen Tochter den Rücken einzucremen. Jan traute sich gar nicht richtig, sie anzufassen. »Ist vielleicht eine blöde Frage«, überlegte er, »aber würde es dir etwas ausmachen, mir zu sagen, was hier eigentlich los ist?«

»Was soll denn los sein?«

Jan wischte sich die Cremereste an seinen Armen ab. »Woher kennst du die alle? Und wer bitte ist Gino?«

»Na, ich war doch letztes Jahr schon hier, mit Mama.«

Schön, dass ich das auch mal erfahre, dachte Jan. »Und Gino?«

»Der war letztes Jahr auch schon hier.« Sie griff sich ein Handtuch aus dem Bad und schlang es sich um die Hüfte. »Bis später.«

Jan versuchte, sich zu entspannen. Unter den gegebenen Umständen schien ihm das die sinnvollste Beschäftigung zu sein. Er packte seine Tasche aus, inspizierte die Suite, verschaffte sich ein Gefühl für das Hotel, ließ sich einen Campari-Orange aufs Zimmer bringen und legte sich auf eine der Balkonliegen. Früher hätte er in dieser Situation genussvoll eine Zigarette geraucht.

Aber früher war vorbei. Und alles konnte man ohnehin nie haben. Er nippte an seinem Campari und atmete den Geruch von Salzwasser und Sonnencreme ein. War auch ohne Zigarette ein Genuss.

Die Liege war übrigens aus Holz, nicht aus Plastik, mit Messingscharnieren. Und die Auflage war kein PVC-Lappen, wie Jan erwartet hatte, sondern mit Textilstoff bespannt, einer Mischung aus Leinen und Baumwolle, wie er vermutete. Er nahm an, dass das »Bella Caterina« seinen Namen der strengen Dame an der Rezeption verdankte. Das schien zu passen. Auch das Hotel war nicht mehr das jüngste, dafür war es umso gepflegter. Wie die Caterina an der Rezeption schien es zu wissen, dass mit Würde nur alterte, wer sich liebevoll disziplinierte.

Es war das kleinste Hotel weit und breit und klemmte zwischen den anderen wie ein schüchternes Mädchen, das in der U-Bahn in eine Horde von Fußballfans geraten war. Doch es behauptete tapfer seinen Platz. Auf dem Marmorboden im Foyer lagen Perserteppiche, der Rezeptionstresen war in gediegen dunklem Holz gehalten, und die Wand dahinter bot einen beruhigenden Anblick: Zweiunddreißig Zimmerfächer, jedes mit einem Nummernschildchen und einem Messinghaken versehen, an dem der dazugehörige Zimmerschlüssel hing. Alles in bester Ordnung.

An die Rückseite des Hotels schloss sich direkt der Strand an. Jan blickte auf ein preußisches Heer bunter Sonnenschirme, das in strenger Schlachtordnung den Strand überzog. Jedes Hotel mit einem eigenen Strand verfügte über eine eigene Kompanie, jede Kompanie über ihre eigene Uniform: blau-gelb gestreift, orange, grün … Jans Hotel hatte den schmalsten Strandstreifen von allen, ganze sechsunddreißig Schirme hatten darauf Platz, in Weiß, vier in der Breite, neun in der Tiefe. Unter ihm, auf der Dachterrasse der Bar, dösten die ersten Angeschickerten in Hängematten und Lounge-Möbeln, während sich vorn, am Wasser, so viele Menschen drängten, dass vom Sand kaum etwas zu sehen war.

Jan erkannte Mia, die in ihrem spärlichen Bikini auf einem Surfboard trieb und auf eine geeignete Welle wartete. Gino stand breitbeinig und bis zu den Knien im Wasser und schien ihr Anweisungen zuzurufen. Außer ihr gab es nur einen weiteren Surfer, der sein Glück versuchte. Jan fragte sich, was sie auf die Idee gebracht hatte, anzunehmen, dass Riccione ein Surfer-Hotspot war. Der Wellengang war kaum stärker als der in seiner Badewanne. Der Hotspot, ging Jan auf, war wohl eher Gino. Und wenn ihn nicht alles täuschte, hatte die Geltolle in den unentschuldbaren Badeshorts da vorn auch den entscheidenden Anteil daran, weshalb sie überhaupt hier waren – in dieser Ansammlung von Betonburgen, zwischen Tausenden Touristen, die sich gegenseitig den Sand streitig machten, während Sergeja und Einar die aristokratische Kühle ihrer vollklimatisierten Villa am romantischsten aller Privatstrände auf Sardinien genossen.

Er fuhr die Markise aus, legte sich in den Halbschatten, griff zum Telefon und drückte auf den Tasten herum, bis Sergejas Name auf dem Display erschien. Er betrachtete noch den Schriftzug, als sein Handy plötzlich zu sprechen anfing:

»Jan?« Pause. »Hallo, Jan, bist du das?«

Sei tu? Bist du du? Offenbar hatte er Gino unterschätzt. Die Frage hatte eine geradezu philosophische Dimension. »Hallo Sergeja«, sagte Jan. *Wie geht's euch denn so, dir und Einar, auf Sardinien, in der Villa. Schon gevögelt?*

»Ist was nicht in Ordnung?«, fragte Sergeja.

»Nein, uns geht's bestens.« Unwillkürlich drückte Jan sich wieder einmal die Finger in die Leiste. »Du musst dir keine Sorgen machen«, versicherte er.

»Ich hab mir keine Sorgen gemacht«, erwiderte Sergeja.

»Gut«, sagte Jan mit leicht gepresster Stimme, »das ist gut.«

Einige teure Sekunden verstrichen, dann fragte Sergeja: »Jan?«

»Hier.«

»Warum rufst du an?«

Tja, warum nur? »Mia hat mir erzählt, dass ihr letztes Jahr hier Urlaub gemacht habt …«

»Ja, stimmt.« Pause. »Hast du deshalb angerufen – weil ich mit Mia letztes Jahr im selben Hotel war?«

»Na ja, ich …« Jan verfluchte sich heimlich dafür, das Rauchen aufgegeben zu haben. »Ich hab mich gefragt, ob ihr letztes Jahr auch in der Junoir-Suite gewohnt habt. Wir haben die Junior-Suite, weißt du?«

»Ich glaub schon …«

»Echt? Dann schlafe ich ja heute Nacht in dem Bett, in dem du letztes Jahr geschlafen hast.«

Sergeja ließ erneut einige Sekunden durch den Äther rauschen. »Jan?«

»Ja?«

»Ich lege jetzt auf.«

»Okay.«

Jan löste die Finger von seiner Leiste und blickte über den Rand des Balkons. Mia stand mit wackeligen Beinen auf ihrem Board und ließ sich von etwas, das man mit viel Nachsicht als Welle hätte bezeichnen können, an den Strand spülen. Gino zog sie aus dem knöcheltiefen Wasser, als drohe sie zu ertrinken. Jan griff zum Telefon und bestellte sich einen weiteren Campari-Orange.

Zwei Minuten später klopfte es an der Tür, Jan rief »Come in!«, und dann stand ein schüchternes Mädchen mit einem Tablett neben seiner Liege, das umständlich eine Serviette auf dem Beistelltisch ablegte, bevor sie mit äußerster Konzentration sein Glas darauf abstellte. Weiße Bluse, dunkelblauer Rock, Spitzenschürzchen. Doreen hätte sie als »ak-ku-rat« beschrieben. Ihr Gesicht war eine Eins-zu-eins-Mischung aus Gino, dem Meister des Haargels, und bella Caterina. Ihre Bluse schmückte ein dezentes Namensschild: Olivia.

»Grazie«, sagte Jan.

»Prego, signore«, erwiderte die schüchterne Olivia, lächelte mit aufeinandergepressten Lippen, nahm das leere Glas, stellte es auf das Tablett, stolperte damit gegen die Balkontür und ließ es auf den Boden krachen.

»Non ancora!«, rief sie und hielt sich mit der Hand den Mund zu.

Jan stand auf: Das Tablett lag im Zimmer auf dem Boden, ein paar Scherben verteilten sich auf den Fliesen. Nicht der Rede wert.

Olivia schien das anders zu sehen. »Mia dispiace, signore«, wiederholte sie mehrmals, und als Jan Anstalten machte, ihr beim Auflesen der Scherben zu helfen, rief sie: »No, no, no, signore! Prego – no!«

Sie lief aus dem Zimmer, kehrte kurz darauf mit Handfeger und Kehrschaufel zurück und hockte sich hin, um die Scherben zusammenzufegen.

Jan bemerkte, dass sie Tränen in den Augen hatte. Er hätte ihr gerne gesagt, dass es kein Problem sei, nicht schlimm, ehrlich. Doch sein Italienisch war mehr als dürftig.

»Sind doch nur ein paar Scherben«, versuchte er, sie zu beruhigen.

In Olivias Blick lag Verzweiflung: »Bitte: Nicht meiner Mutter sagen.« Sie wischte sich mit dem Handrücken über die Wange, nahm Kehrschaufel und Feger in die eine und das Tablett in die andere Hand. »Sagen Sie nicht zu meine Mamma!« Sie eilte aus dem Zimmer.

Als Jan die Tür hinter ihr schloss, hörte er ein Scheppern im Flur. Das Tablett. Derselbe Klang wie eben. Er ahnte, dass er dieses Scheppern noch häufiger vernehmen würde.

»Familie.« Mit diesem Wort ließ sich Jan auf die Liege fallen. Mia saß wieder auf ihrem Brett, schaukelte sanft auf dem Wasser und wartete auf eine Welle. Jan nippte an seinem Campari-Orange. Er würde sich diesen Drink gut einteilen. Sonst müsste er am Ende Olivia noch einmal heraufbitten. Als er das Glas abstellte, klingelte sein Handy. Stefanie. Nicht jetzt, dachte Jan, nicht jetzt. Er stellte auf »lautlos«, schloss die Augen und lehnte sich zurück. In den Geruch von Meerwasser und Sonnencreme mischte sich der Geschmack von Campari. Urlaub. Die Stimmen der Strandgänger und das Meeresrauschen verwoben sich zu einem anheimelnden Klangbrei. Er hätte es schlimmer treffen können.

9

Als Jans Tochter aus der Dusche kam, hatte eine vollständige Symbiose aus Mia, der sexy Surferin, und Mia der Indie-Drummerin, stattgefunden. Sie trug wieder ihr Punkrock-Outfit – zerlöcherte Jeans, Haarband, Männerhemd, Bimmelgedöns, Nasenpiercing –, doch sie erstrahlte wie ein frisch restauriertes Fresko am Tag seiner Enthüllung. Sogar ihre Körperhaltung war eine andere. Ein Nachmittag auf dem Surfbrett und mit Gino, der bis zu den Knien im Wasser stand, in die Hocke ging und »Abbassare, abbassare!« rief, schien sie von allen körperlichen und seelischen Unreinheiten befreit zu haben. Jan kannte Menschen, die nach acht Monaten Yoga noch nicht halb so weit waren. Er zum Beispiel.

Sie stand neben der Liege, von der Jan sich die ganze Zeit über nicht wegbewegt hatte, legte den Kopf schief und friemelte sich den letzten Ring in ihr Ohrläppchen. »Wie wär's mit Aufstehen und Duschen?«, fragte sie.

Die Sonne war unter die Markise gekrochen und neigte sich dem Horizont entgegen. Jan schirmte mit der Hand seine Augen ab. »Muss ich?«

»Willst du mit mir essen gehen?«

Jan richtete sich auf und stellte die Füße auf den Boden. Er hatte sich nicht eingecremt. Wozu auch? Schließlich hatte er den Nachmittag im Schatten der Markise verbracht – mit Ausnahme seiner Füße, die jetzt tiefrot zu ihm heraufleuchteten.

Mit dem Zeigefinger berührte er seinen Fußrücken. »Aua«, stellte er fest. Dann wackelte er ins Bad.

Die Junior-Suite bestand aus zwei Zimmern. Einem Schlafzimmer mit Doppelbett, das Jan Mia überlassen würde, sowie einem Wohnraum mit Sitzgruppe und zusätzlicher Ausziehcouch. Auf der würde er schlafen. Der Balkon nahm die gesamte Breite der beiden Zimmer ein und war sowohl vom Schlaf- als auch vom Wohnzimmer aus zugänglich.

Für das Essen mit Mia machte Jan sich so fein wie seine Urlaubsgarderobe es erlaubte. Er rasierte sich, zog die sandfarbene Leinenhose an, die er vor der Abreise Frau Lindow, seiner Putzfrau, extra noch zum Bügeln herausgelegt hatte, breitete sämtliche mitgebrachten Hemden auf der Couch aus und entschied sich für das blaugraue Boss-Hemd. Zum Schluss legte er seine Armbanduhr an, eine goldene Omega aus den Sechzigern. Sie entstammte Matthias' unerschöpflichem Uhrenfundus. Er hatte sie Jan »überlassen«, wie er es formuliert hatte. »Ich zieh die sowieso nicht mehr an.« Der alte Gönner.

Jan warf einen prüfenden Blick in den Badezimmerspiegel. Zugegeben: Zu einem George Clooney würde er es in diesem Leben nicht mehr bringen. Doch verstecken musste er sich auch nicht. Guter Durchschnitt. Gut genug jedenfalls, um es mit Onkel Einar aufzunehmen. Er ließ sein charmantestes Verkäuferlächeln aufblitzen und grüßte sein Spiegelbild: »Hallo Sergeja.« An seiner Schulter vorbei sah er durch die halb geöffnete Tür, wie Mia ihr iPhone checkte, um es anschließend mit einer lapidaren Bewegung auf ihr Bett zu werfen. Wenn Felix ihr nicht zeitnah eine schmachtende Liebes-SMS schickte, würde sein Stern sehr bald den Zenit überschritten haben.

»Können wir?«, rief Jan aus dem Bad.

Mia zog den Knoten ihres Haarbandes nach: Der letzte Handgriff der Amazone, bevor sie ihr Pferd bestieg. »Bin bereit!«

Das Restaurant des »Bella Caterina« war, wie Jan es erwartet hatte: Sehr auf sein Erscheinungsbild bedacht. Mit den Nobelhotels konnte man nicht konkurrieren – kein mit Blütennebel geschwängerter Wellnessbereich, kein Alabasterfoyer mit Glaskuppel –, doch man wusste um seine Stärken und wie sie zu betonen waren. Die Tische waren ausgewogen arrangiert, die Stühle hatten geflochtene Rücklehnen und bequeme Sitzauflagen, die

Tischdecken waren makellos. Keine Animateure, die einem während des Essens ihren Pizzateig um die Ohren wirbelten, keine Italo-Evergreens aus schlechten Lautsprechern. Und es kam noch besser: An die Stirnseite des Restaurants schloss sich eine großzügige Sandstein gefliste Terrasse mit Meerblick an. Von hier führten sechs Steinstufen zum Strand, zur Bar, zum kleinen, von Liegen umstandenen Pool und zum etwas abseits gelegenen Gartenhaus hinunter. Das Buffet war unter einem Sonnensegel auf der Terrasse aufgebaut und verströmte den berauschenden Duft mediterraner Lebensart.

»Signor Beck-sta-iin!« Caterina kam mit angewinkelten Armen auf sie zu und geleitete sie zu einem Tisch am Rand der Terrasse, auf dem bereits ein Weinkühler mit einer Flasche Gavi bereitstand. Vom Strand her kam eine leichte Brise und trug das Meeresrauschen zu ihnen herüber. Gino, der ein schneeweißes Feinripp-Unterhemd über seinem gebräunten Six-Pack trug, pflügte durch den Sand von einer Liege zur nächsten und klappte unter maximaler Anspannung seines Bizeps' die Schirme ein. Langsam machte sich bei Jan das Gefühl breit, Teil einer groß angelegten Inszenierung zu sein.

Mia und er steuerten das Buffet an und nahmen sich jeder einen Teller. Jan bemerkte, dass sich ein großer Teil der Gäste mehr oder weniger verstohlen nach ihr umdrehte. Nach ihnen. In manchen Gesichtern meinte er Missgunst oder Entrüstung zu erkennen: Typisch, kommt da wieder so ein Schnösel mit seiner unanständig jungen Geliebten! Ein anderer Teil war von Mias Outfit irritiert. Und dann gab es noch die, die sie einfach nur rattenscharf fanden. Es war albern, zugegeben, doch alles drei erfüllte Jan mit Stolz. Mia war wirklich eine coole junge Frau. Selbst wenn sie schlecht drauf war. Seine Tochter. Vor der er fünfzehn Jahre lang davongelaufen war. Er war ein Idiot. Aber das war ja neulich bereits klar gewesen.

Eine Edelstahlplatte krachte scheppernd auf den Boden. Gäste stoben auseinander.

»Olivia«, flüsterte Jan unwillkürlich.

»Was?«, fragte Mia.

»Nichts.«

Im Umkreis von zwei Metern um die Unglücksstelle verteilten sich Gurken-, Paprika- und Tomatenscheiben. Und mittendrin hockte sie, wie ein verängstigtes Kaninchen, Olivia, und sammelte das Gemüse zusammen.

Jan drückte Mia seinen Teller in die Hand. »Halt mal kurz.«

Er hockte sich neben Olivia und half ihr, die Paprikastreifen zu sortieren. Wie alt mochte sie sein? Fünfzehn? Wie bereits am Nachmittag lächelte sie dankbar, ohne jedoch ihre Zähne zu entblößen. Dann trug sie eilig das Tablett ins Hotel.

Mia musste erst einen halben Teller Tagliatelle verdrücken, bevor sie reden konnte. Surfen machte hungrig. Jan genoss den Anblick ihrer sich blähenden Nüstern, während sie die Pasta in sich hineinstopfte. »Das war echt nett von dir«, sagte sie mit vollem Mund.

Jan dachte an Sergeja und Einar, und wie sie versucht hatten, Mia zum Essen zu bewegen. »Du hast anscheinend nie Hunger«, hatte Einar gesagt. Er wusste, es war nicht sein Verdienst, trotzdem verbuchte Jan es als Punktgewinn.

»Dass du Olivia geholfen hast, die Sachen aufzuheben«, erklärte Mia, als Jan nicht antwortete.

»Ich glaube, sie hat eine Zahnspange«, entgegnete er.

»Olivia? Wie kommst du denn darauf?«

»Sie presst immer die Lippen so aufeinander. Als wollte sie nicht, dass man ihre Zähne sieht.«

Mia schob sich die nächste Gabel in den Mund: »Wenn du meinst.« Sie stand mit ihrem Teller auf. »Ich hol mir noch was.«

Eine gute Stunde später, das Meer war mit der Nacht verschmolzen und Mia hatte die Pasta, den Fisch und das Fleisch erfolgreich mit einer Schicht Mousse au Chocolat versiegelt, schlug Jan einen Verdauungsspaziergang vor, am Strand, die Füße im Wasser.

Mia schien überrascht: »Cool.«

Sie gingen mit umgekrempelten Hosenbeinen, die Schuhe in der Hand. So überfüllt der Strand heute Mittag gewesen war, so leer war er jetzt. Hin und wieder schälten sich Silhouetten anderer Spaziergänger aus dem Dunkel und schoben sich an ihnen vorbei, aber das war es dann auch. Die zusammengeklappten Schirme schliefen wie Blumen, die über Nacht ihre Kelche geschlossen hatten. Entfernt war Partymusik zu hören. Das Wasser züngelte ruhig und gleichmäßig über den Sand.

Jans Fußrücken brannten. Morgen würde er die Haut abziehen können – sofern sie ihm nicht von selbst entgegenkam.

»Was willst du eigentlich mal machen?«, fragte er. »Nach der Schule, meine ich.«

»Erzähl mir jetzt bloß nicht, dass ich unbedingt studieren soll«, wehrte Mia ab.

»Ich erzähl dir gar nichts.«

Schweigend gingen sie durch die Nacht. Irgendwann wurde der Strand steinig und endete an einem kleinen Bootshafen. Auf dem Vorderdeck einer Yacht stand eine Gruppe junger Frauen mit hohen Stimmen und noch höheren Absätzen und zeigte ihre Champagnergläser vor. An der Mole machten Jan und Mia kehrt.

»Einar sagt immer, das eigentliche Leben würde erst mit dem Studium anfangen.«

Jan dachte an seine verkorkste Akademikerlaufbahn: Nach Einars Definition hatte er immerhin angefangen zu leben. Auch wenn nichts daraus geworden war. »Und was denkst *du*?«

Mia blieb kurz stehen und blickte auf das Meer hinaus. »Ich denke, alles, was Einar *wirklich* vom Leben weiß, hat er aus seinem Gerichtssaal.«

»Das heißt, du willst lieber nicht studieren?«

»Keine Ahnung, was das heißt. Ich hab doch noch nicht mal mein Abi. Die sollen mich einfach in Ruhe lassen.« Sie nahmen ihren Weg wieder auf. »Ich glaube, Mama hat es echt nicht einfach gehabt«, überlegte Mia weiter. »Auf der anderen Seite: Die musste nie drüber nachdenken, was sie mal mit ihrem Leben anfangen will. Die wusste immer, dass sie mal Musikerin wird.« Sie drehte nachdenklich ihren Armreif. »Manchmal wünsche ich mir, ich hätte auch so was, das mir sagt: Dafür bist du da. Ist aber nicht. In der Schule bin ich ganz gut, aber ich kann nicht mal Blockflöte spielen oder besonders weit springen oder ... was weiß ich: Zauberkunststücke. Ich kann 'ne ganze Menge Sachen ganz okay, aber etwas, das mir sagt, wofür ich auf der Welt bin, hab ich nicht.«

Jan fand, Mia wollte ganz schön hoch hinaus. Auf der anderen Seite: Wenn nicht mit sechzehn, wann dann? Er selbst hatte es schon früher nach Kräften vermieden, sich Gedanken über den Sinn seines Lebens im Besonderen zu machen. Führte zu nichts. Sicher war: Indem er einen Klavierhandel mit minderwertigen Instrumenten betrieb, folgte er sicher nicht seiner Bestimmung. Tough shit.

»Ich weiß übrigens, warum du dich umentschieden hast«, wechselte er das Thema. »Mit dem Urlaub, meine ich.«

»Ach ja?«

»Ja. Sergeja hat es mir gesagt. Aber ich konnte es mir auch so denken. Sie wollten nicht, dass ihr vorgezogener Honeymoon platzt, und da sie dich schlecht zwei Wochen allein zu Hause lassen konnten, hat Sergeja entschieden, dass du mit mir fahren musst.«

»Das hat sie gesagt?«

»So ungefähr. Aber ich hab dir das nur erzählt, weil ich dir sagen wollte, dass es mir leid tut, und ich hoffe, dass du trotzdem ein bisschen Spaß hast. Und dass ich dafür sorgen werde, dass du nie wieder mit mir irgendwohin fahren *musst*, wenn du nicht willst. Aber dass ich mich freuen würde, wenn du es willst.«

»Alles klar.«

Nach einer Weile nahm Mia den Faden noch einmal auf: »Jan?«

»Hm?«

»Es war nicht wegen Sergeja. Ich meine, klar wollte Mama, dass ich mit dir in Urlaub fahre, aber wenn ich es nicht gewollt hätte, hätte ich es auch nicht gemacht.«

Ein großer, dunkler Klumpen wurde erkennbar. Offenbar etwas, das an den Strand gespült worden war. Jan dachte erst, es sei ein Autoreifen, doch als sie näher kamen, erkannten sie, dass es ein Tier war, ein Hund. Ein toter Hund. Mischling. Ziemlich groß, das Fell fleckig, die stumpf glänzenden Augen starr. Die Zunge hing ihm aus dem Maul. Er konnte erst in den letzten Minuten angespült worden sein. Auf dem Hinweg war er noch nicht dagewesen.

Mia wandte den Kopf ab. »Was machen wir denn jetzt?«

Ratlos standen sie vor dem toten Tier. Irgendwie konnten sie nicht einfach so weitergehen und ihn liegenlassen. Doch was sollten sie mit ihm anstellen? Ihn in den Mülleimer irgendeines Hotels stopfen? Ihn begraben, am Strand? Ins Wasser werfen? Am Ende deckten sie ihn mit einem Stück Plastikplane ab und gingen weiter.

»Ach Scheiße«, flüsterte Mia.

Jan legte ihr seinen Arm um die Schulter, und Mia lehnte tatsächlich für einen Moment ihren Kopf an. In diesem Augenblick hätte auch Jan am liebsten angefangen zu weinen. Aus Selbstmitleid. Wie hatte er nur all die Jahre seine Tochter nicht vermissen können? Odysseus, du bist echt eine Null.

Zurück im Hotel, war Mias Trauer schnell verfolgen. Um genau zu sein: Sie verpuffte, als sie Gino erblickte, der an der Stange neben dem Gartenhaus Klimmzüge machte – mit freiem Oberkörper. Jans Schwermut dagegen hatte sich verstärkt.

»Hottie«, murmelte Mia, ging gemessenen Schrittes zu ihm hinüber und ließ sich auf die Wangen küssen.

Gino grinste, und Jan ahnte, dass er mit seiner Schwermut gleich allein bleiben würde.

Mia kam zurück, die Hände in den Taschen: »Ich werd noch ein bisschen abhängen.«

Jan blickte an ihr vorbei zum Gartenhaus, wo Gino schon wieder an der Stange baumelte. »Muss ich mir Sorgen machen?«

»Ich bin sechzehn, Jan.«

»Also ja?«

»Also nein.«

Er hätte auf seinen Balkon zurückkehren, sich auf seine Liege legen, sich von Olivia einen Campari bringen lassen und ein paar Scherben aufkehren können. Doch Jan fühlte sich … einsam. Wie lange nicht mehr. Midlife-Crisis. Todsicher. Oder konnten sich Menschen in seiner Situation auch ohne pathologischen Befund einsam fühlen? Zum Beispiel, weil sie einsam *waren*? Vermutlich. Nicht aber Jan. Bei ihm war es die Midlife-Crisis. Er spürte es, hundertpro.

»Darf ich Sie etwas fragen?«

Neben Jan saß eine Frau. Gemeinsam saßen sie an der Bar. Vor ihm stand ein leeres Glas, das nach Gin-Tonic roch. Er wusste weder, wie lange er bereits hier saß, noch, wie er hierhergekommen war. Partielle Amnesie. Er hatte darüber gelesen.

»Wie spät ist es?«, fragte er und drückte sich eine Hand in die Leiste.

Die Frau blickte auf ihre Uhr und kniff die Augen zusammen. Die Uhr bestand aus viel Glamour und wenig Zifferblatt. »Halb eins.«

Eine Stunde, dachte Jan. Mindestens. Wahrscheinlich war das vor ihm nicht sein erster Drink. Er blickte zum Gartenhaus hinüber. Alles dunkel. Von Gino und Mia keine Spur.

»Ich bin übrigens Freya«, sagte Freya. »Freya von Siebenstätten.«

»Freut mich«, entgegnete Jan und gab ihr die Hand.

Da waren einige Dinge, die einem an Freya sofort auffielen. Das Auffälligste war: Sie rauchte Spitze. Danach kamen, in dieser Reihenfolge: ihr Dekolleté, ihre Brille, ihre Augen, ihr Parfum. Das Dekolleté war … unangemessen. Zumal für eine Frau jenseits der Vierzig. Egal, ob die Brüste echt waren, oder, wie in

94

Freyas Fall, aus Hartgummi. Ein Schluckauf hätte genügt, sie aus dem Käfig springen zu lassen. Über die Brille war zu sagen, dass sie sehr gut zur Zigarettenspitze passte. Ein Modell aus den Sechzigern, das oben an den Seiten spitz zulief. Audrey Hepburn, kam es Jan in den Sinn. Sie versuchte auszusehen wie Audrey Hepburn. Freyas Augen waren einfach nur überschminkt – ein schwarzer Rahmen, der wiederum von ihrem schwarzen Brillengestell umrahmt wurde. Und was ihr Parfum anging: Das war wie ihre Augen. Der Adel hatte schon bessere Zeiten gesehen.

»Und wer sind Sie?«, fragte Freya.

»Entschuldigung«, sagte Jan, »ich bin Jan.«

»Freut mich ebenfalls, Jan.«

Jan bestellte noch einmal das, was er gehabt hatte, Freya schloss sich ihm an.

Der Mann hinter der Bar war Ende Zwanzig, glattrasiert, mit markanten Gesichtszügen und blitzenden Augen. Sein größtes Kapital jedoch war das smarte Gentlemanlächeln, das er mit sich herumtrug wie ein Kapitän seine Ärmelstreifen. Als wisse er genau über jeden seiner Gäste Bescheid. Was er vermutlich auch tat. Sie saßen im Freien, einen angenehmen Windhauch im Nacken. Zwei Meter hinter ihnen fing der Strand an, neben ihnen, im Halbdunkel, gurgelte genügsam der Pool vor sich hin. Das Vordach säumte eine Lichterkette, die weiches Licht von den Kanten herabtropfen ließ.

Der Barkeeper nickte Jan zu und stellte die Gläser ab. »Sir.«

Freya und Jan prosteten sich zu.

»Zurück zu meiner Frage«, setzte Freya an, und da wusste Jan, dass, egal, wie dieses Gespräch verlief, er sich am Ende mit der Frage konfrontiert sehen würde, ob er mit Freya ins Bett gehen wollte. Nein, wollte er nicht. Klare Sache. Sorry, Freya. Je früher man sich Sicherheit in dieser Frage verschaffte, umso besser.

»Bin ganz Ohr«, sagte Jan.

»Die junge Frau, mit der sie vorhin gegessen haben …«

»Ja?«

»War das …?«

»… meine Tochter? Ja, war es. Meine Tochter. Mia.«

Freya zog eine weiße Zigarette mit einem weißen Filter aus einer weißen Zigarettenschachtel und steckte sie in ihre schwarze Spitze. Jan suchte auf der Theke nach etwas Brennbarem, doch der Barkeeper hielt bereits ein Feuerzeug an die Zigarette.

»Grazie, mein Guter«, sagte Freya und inhalierte.

Der Barkeeper nickte und ließ ein Grübchen erkennen.

Sie ließ den Rauch aus ihrem Mund entweichen und wandte sich Jan zu: »Muss ein gutes Gefühl sein – eine Tochter zu haben, die einem so nah ist. Mit der man gemeinsam in den Urlaub fährt und Strandspaziergänge macht.«

Da hat aber jemand verdammt gut aufgepasst, dachte Jan. »Schätze schon.«

Freyas Augenbrauen wölbten sich über den Rand ihrer Modellbrille.

»Ich meine: Ja«, beeilte sich Jan zu sagen. »Ja, ist ein gutes Gefühl.«

»Ist Mia Ihr einziges Kind?«, setzte Freya nach.

»Ja. Leider. Ihre Mutter und ich haben uns ziemlich schnell wieder getrennt.« Er nahm einen großen Schluck. So viel war klar: Aus der Einsamkeitsfalle würde er heute nicht mehr herauskommen. »Um ehrlich zu sein: Ich hab sie mehr oder weniger sitzen lassen.« Aber jetzt will ich sie zurück. Für immer. Und das werde ich auch schaffen. Und wenn ich eigenhändig bis nach Sardinien paddeln muss!

Jan wollte dringend das Thema wechseln. »Haben *Sie* Kinder, Freya?«

Sie inhalierte und entließ den Rauch in die Nacht. »Bis jetzt noch nicht.«

Autsch. Falsche Frage. Ganz falsche Frage, Jan. Die Frage, die die Tür zur Kammer aller mühsam verdrängten Sehnsüchte aufstößt. Es tut mir leid, Freya. Ich bin's nicht. Ich kann dir nicht helfen. Vielleicht kann ich mir nicht einmal selbst helfen.

Sie schwiegen eine Weile. Dann sagte Jan: »Es hat mich wirklich sehr gefreut, Ihre Bekanntschaft zu machen. Aber ich fürchte, ich gehöre jetzt ins Bett.« Er winkte dem Kellner. »Darf ich Sie einladen?«

Freya griff nach seiner Hand und führte sie auf die Theke zurück. »Lassen Sie mich das machen«, bat sie. »Geld gehört nicht zu meinen Problemen.«

Als Jan die Zimmertür hinter sich schloss, befiel ihn eine tiefe Müdigkeit. Ein Uhr. Er warf einen Blick ins Schlafzimmer. Mias Bett war leer. Offenbar war sie noch mit »Abhängen« beschäftigt. Jan putzte sich die Zähne, zog sich bis auf die Unterhose aus und kroch unter das Laken auf der ausgezogenen Couch. Sein Handy lag auf dem Beistelltisch. Er hatte eine SMS bekommen:

Schatzi, bist du gut angekommen? Ruf mich sofort an, wenn du das liest. Es geht um die Wohnung.

Seine Müdigkeit verstärkte sich, als habe man sie ihm intravenös verabreicht. Er stellte sein Handy aus, ließ es auf den Boden gleiten und schloss die Augen. In Windeseile trug ihn das Meeresrauschen fort. Als Letztes hörte er, wie die Tür geöffnet wurde. Mia schlich ins Zimmer. Sie hatte geraucht.

»Gut, dass du da bist«, murmelte Jan.

»Schlaf gut«, antwortete Mia.

10

Jan erwachte früh. Es war der zweite Morgen, ihr dritter Tag. Der gestrige war so schnell vergangen, dass Jan kaum hatte Schritt halten können. Er hatte Mia ein bisschen aufgezogen wegen ihrer Surferei: Dass es da wohl eher um Gino gehe als um das Surfen. Natürlich hatte Mia vehement widersprochen: Er habe ja keine Ahnung. Surfen – das sei einfach das Größte, und so weiter und so fort. Sie klang, als hätte sie bereits die halbe Welt besurft, dabei konnte sie noch nicht einmal richtig auf dem Brett stehen.

»Probier's«, sagte sie. Es war ein Vorschlag, mit leichter Tendenz zum Befehl.

»Was?«

»Surfen – probier's aus. Vorher brauchen wir gar nicht reden.«

Also hatte Jan es ausprobiert. Gino hatte ihm ein passendes Board aus dem Gartenhaus geholt, ihm ein paar Grundlagen vermittelt, ihn einige Male aus dem Liegestütz in die Hocke springen lassen – »Right foot in front – funny guy!« – und ins Wasser geschickt. Vier Stunden später hatte Jan seine erste Miniwelle gestanden, konnte vor Erschöpfung seine Arme nicht mehr heben, hatte statt Muskeln Panna Cotta in den Beinen und außerdem den Sonnenbrand seines Lebens.

Am Abend war er viermal zum Buffet gegangen, um sich den Teller zu füllen, genau wie Mia. Danach war er so müde gewesen, dass er nicht einmal mehr darüber nachgedacht hatte, noch an die Bar zu gehen. Er zog sich auf sein Zimmer zurück, Mia ging abhängen.

Im Halbschlaf hatte er dann wieder die Tür gehört. »Gut, dass du da bist.«

»Schlaf gut.«

Jan hatte also erwartet, nicht vor Mittag aufzuwachen. Doch

jetzt war es – was? Vielleicht halb acht? Er brauchte einen Moment, bevor er darauf kam, was es war, das ihn geweckt hatte. Die Brandung. Lauter als sonst. Als schlügen die Wellen direkt gegen den Balkon. Er setzte sich auf. Zwei weitere Informationen liefen in seinem Gehirn ein: 1.) Muskelkater. 2.) Sonnenbrand. Überall. Beides. Aua. Er stapfte ins Bad, nahm zwei Aspirin und ging auf den Balkon.

Jepp, das waren Wellen. Rissen ihre Mäuler auf, um dann brüllend in sich zusammenzustürzen. Heute würde Gino zeigen können, was er draufhatte. Falls er etwas draufhatte. Der Himmel war verhangen, tief, grollend. Der Wind blähte die cremefarbenen Vorhänge wie Segel, sobald Jan die Tür eine Handbreit aufzog. Sehr weit entfernt, auf dem Meer, brach die aufgehende Sonne durch den Wolkenteppich, ein leuchtender Fächer spannte sich über den Horizont und tupfte schwimmende Lichtinseln auf das Wasser. Der Strand schlief, kein Mensch weit und breit. Kaum zu glauben, dass hier in zwei Stunden wieder Tausende Touristen angestrengt um die Wette entspannen würden. Apropos Stunden: Jan holte sein Handy und schaltete es ein – 05:47. Noch nicht einmal sechs.

Das Telefon in der Hand, ließ er sich in den Bezug eines Vier-Sterne-gepolsterten-Outdoor-Loungemöbels sinken. Der Wind machte sich einen Spaß daraus, seine Haare zu verwirbeln. Jedes einzeln. Vielleicht sollte er sie sich schneiden lassen. Wenn die Haare eines Mannes schütter wurden, mussten sie ab. Alles andere war albern. Meinte jedenfalls Stefanie. Und die sollte es wissen, schließlich hatte sie eine Modelagentur. Nachdem sie ihm das gesagt hatte, waren Jan plötzlich auf der Straße ständig Männer mittleren Alters und schütteren Haares begegnet, und er hatte sich wiederholt gefragt, warum sie sich die Haare nicht schneiden ließen – wo es doch so albern aussah, wie er selbst inzwischen fand. Schütter. Wie das schon klang. Im Grunde konnte es nur eine Erklärung geben: Die Männer sahen es nicht, wollten es nicht sehen, verdrängten es.

Jan kam ein Gedanke: War der Grund, weshalb Stefanie *ihm* das gesagt hatte, etwa … Er befühlte seine Haare. Wurden sie schütter? Irgendwie schon. Hier: Der Haaransatz ging zurück. Oder etwa nicht? Was konnte er anderes erwarten. Midlife-Crisis. Da wurden die Haare automatisch schütter. Nach der Flut kam die Ebbe. Naturgesetz. In diese Überlegungen hinein erwachte Jans Handy: *Sie haben drei neue Nachrichten.*

Die erste Anruferin war Karin: Schön, dass Jan sich so besorgt zeige, was das Wohlergehen seiner Firma betreffe (er hatte sich noch nicht bei ihr gemeldet). Da werde es ihn sicher besonders freuen, zu hören, dass sein Geschäft voraussichtlich auch bei seiner Rückkehr noch existieren werde. Sie habe mehrfach mit der Anwältin korrespondiert, die ihre Hoffnung genährt habe, die Versicherung zur Schadensregulierung bewegen zu können, bevor der Vermieter ihnen die Räume kündigte. Danken könne Jan ihr gern nach seiner Rückkehr.

»Noch etwas: Ihre Freundin hat sich bei mir gemeldet. Stefanie.« Als wüsste Jan nicht, wer seine Freundin war. »Sie wollte Sie dringend sprechen. Offenkundig hat sie mehrfach versucht, Sie anzurufen, konnte Sie aber nicht erreichen. Es geht um eine Wohnung, Sie wüssten schon.« Karin schob eine Pause ein. »Sie wollte von mir wissen, in welchem Hotel in Seoul Sie eingecheckt haben … Um es kurz zu machen: Ich habe ihrer Freundin gesagt, ich selbst wisse das auch nicht, da Sie so kurzfristig hätten buchen müssen.« Wieder legte Karin eine Pause ein. Sicher verschränkte sie in diesem Moment die Arme vor der Brust. »Es geht mich ja nichts an … Trotzdem muss ich Ihnen etwas sagen: Ich lüge nicht gern. In der Tat lüge ich sogar äußerst ungern. Nicht einmal für meinen Chef. Wenn Sie also so gut wären, Ihre Privatsachen künftig privat zu regeln – da wäre ich Ihnen sehr verbunden. So, und nun wünsche ich Ihnen noch einen schönen Urlaub.«

Die zweite Anruferin war Stefanie: »Schatzi, du musst mich gaaaanz dringend anrufen. Es geht um die Wohnung. Wir müssen das *jetzt* entscheiden. Sven hat einen anderen Interessenten – der Makler. Ich erklär dir alles, wenn du mich anrufst.«

Jan sah die nächste Welle an den Strand rollen, sich aufbäumen, einstürzen. Der Makler, Sven, hatte also einen anderen Interessenten. Na so eine Überraschung. Zeig mir mal einen Makler, der keinen anderen Interessenten hat, dachte Jan.

Die dritte Anruferin war nicht Sergeja. Seine Exfrau hatte *nicht* von Sardinien angerufen, um ihm zu sagen, dass sie sich sehen müssten, es gebe Zweifel, sie wisse nicht … Sie wisse gar nichts mehr. Ihre Sicherheiten seien dahin. Odysseus, komm nach Haus! Nein, es war noch einmal Stefanie: Der gleiche Anruf wie eine Stunde zuvor. Identischer Wortlaut, zwei bis drei Dezibel lauter. Was jetzt? An Schlaf war nicht mehr zu denken. Jan schlüpfte in seine Leinenhose, steckte das Handy ein – falls Mia aufwachte und sich fragte, wo er war –, zog sich ein T-Shirt über und die Turnschuhe an, ließ die Tür ins Schloss klicken und joggte los.

Er lief Richtung Rimini, wo die dicksten Betonburgen standen, wo abends die lauteste Musik spielte, Partys, Drogen, Menschenmassen. Und wo jetzt alles schlief. Die Schirme hatten beinahe etwas Besinnliches: eine endlose Wiese verschlossener Blüten, die sich bei Sonnenaufgang öffnen würden. Jan hatte nicht vorgehabt, über sein Leben nachzugrübeln. Aber mach das mal: Geh mal morgens um sechs alleine an einem menschenleeren Strand joggen, ohne über dein Leben nachzudenken. Nicht einfach. Auf Sardinien drehte sich Einar, der Marathonmann, vermutlich gerade von einer Seite auf die andere und schlang im Halbschlaf seinen Arm um Sergeja.

Weshalb hatte Jan damals die Flucht ergriffen? Unklar. Bis heute. Auf jeden Fall war Angst im Spiel gewesen. Jetzt, da er in der Midlife-Crisis feststeckte, morgens um sechs ungefrühstückt seinen Puls auf 160 hochtrieb und ohnehin ein Nervenbündel war, konnte er es ruhig zugeben. Im Überschwang seiner Verliebtheitsgefühle hatte er gedacht, ein Kind sei kein Problem. Im

Überschwang von Verliebtheitsgefühlen war ja nichts ein Problem. Ey Jan, kannst du mal eben die Flutwelle umleiten? Kein Problem. Ey Jan, da stürzt gerade ein Airbus … Danke Mann, das war echt knapp. Doch dann hatte Sergejas Bauch zu wachsen begonnen – ins Unermessliche. Eine wuchernde Bedrohung. Und als Mia dann da war, war Jans Leben plötzlich eine Sackgasse. Dabei hatte er doch die Welt erobern wollen!

Jans Traum, als erfolgsverwöhnter Weltenbummler zum international operierenden Großunternehmer aufzusteigen, war mit jeder gewechselten Windel virulenter geworden. Die Zukunft, die er sich versagte, leuchtete in immer fantastischeren Farben. Er wollte so sein wie … Scheiße, am Ende wollte er so sein wie Matthias. Nur cooler. Die große Geste, Maßanzüge, mit freundlicher Selbstverständlichkeit zur Kenntnis genommene Privilegien. Und immer einen Champagner auf Eis.

Heute, fünfzehn Jahre später, war diese Zukunft Vergangenheit. Jans Traum war lange Traum geblieben und hatte sich dann nach und nach verflüchtigt. Erfolg. War nicht passiert. Und würde auch nicht mehr kommen. Jedenfalls nicht, wenn sein Freund Matthias recht behielt. »Wenn du bis Vierzig nicht den Grundstein gelegt hast«, hatte der ihm erklärt, »dann wird es nichts mehr.« Jan war sechsundvierzig. Das war's dann wohl. Andererseits: Matthias war schon zu Schulzeiten ein arroganter Pisser gewesen. Die Geste, mit der er Jan damals das Geld für den Flug nach Seoul geliehen hatte, war ihm wie eingebrannt: gönnerhafte Herablassung, eingefangen in einer einzigen Bewegung. Hier, der Umschlag, für dich. Ich hab noch eine Kleinigkeit draufgelegt. Mach was draus.

Zu Jans Vierzigstem hatte Matthias ihm eines seiner Bücher geschenkt: *12 Stationen auf dem Weg zum Erfolg*. Ein »weiterer Megaseller«, wie auf der Rückseite zu lesen war – unter einem Foto, auf dem Matthias, den Ellenbogen aufgestützt, das Kinn zwischen Daumen und Zeigefinger geklemmt hatte. In der Deutsch-Abiklausur hatte er noch bei Jan abschreiben müssen.

Echt großherzig, die Sache mit dem Buch. Auch an der Widmung hatte er nicht gespart: *Erfolg ist für jeden da – der ihn sich zu nehmen versteht.* Nach der dritten der zwölf Stationen (»Legen Sie Ihre erste Million unbedingt auf die Seite«) hatte Jan die Seiten aus dem Buch gerissen und sich zehn wohltuend meditative Minuten lang mit nichts anderem beschäftigt, als sie eine nach der anderen an den Aktenvernichter zu verfüttern.

Jan ging die Puste aus. Seit Jahren war er nicht mehr gejoggt. Inzwischen hatte er das touristische Epizentrum Ricciones hinter sich gelassen, war am Delphinarium vorbeigelaufen und stolperte sich auf der Hafenmole bis zum äußersten Punkt vor. Die Gischt wehte ihm um die Ohren, das Gebrüll der sich gegen die Befestigung werfenden Wellen kam von allen Seiten zugleich. Das richtige Wetter für Odysseus. Jan ließ die Arme sinken, lief aus, ging einige Schritte und stützte sich mit den Händen auf den Knien ab. Mit vor Schweiß brennenden Augen warf er einen Blick zurück: Der Strand, den er entlanggelaufen war, lag versteinert unter einem bleiernen Schleier, die Hotels wirkten wie Relikte einer untergegangenen Epoche. Gott, wie albern, joggen, morgens um sechs. Ein Scheingefecht.

Den Kopf der Mole bildete ein betoniertes Rechteck, das gerade groß genug war, um das »Rockisland« zu tragen, einen schuhkartonförmigen Bau, der Abends zum Leben erwachte, Nachts zum Partytempel erblühte und jetzt wie ein gestrandeter Wal auf der Mole lag. Jan suchte sich einen halbwegs windgeschützten Platz auf der Treppe und blickte auf das Meer hinaus.

Als er wieder zu Atem gekommen war, zog er sein Handy aus der Tasche und blickte noch etwas länger auf das Meer hinaus. Es war ziemlich schnell klar, dass er sie früher oder später anrufen würde. Sergeja. Und da das klar war, konnte er es auch gleich jetzt tun. Denn anrufen würde er sie ja in jedem Fall, früher oder später. Und wenn er es nicht jetzt tat, dann später. Also jetzt. Drück die Wahlwiederholungstaste, Jan. Jetzt. Na bitte.

»Jan?«

»Sergeja?« Als hätte sie ihn angerufen und nicht umgekehrt.

»O Gott, ist was passiert?«

Wusste er nicht. *War* etwas passiert? Eigentlich passierte doch ständig etwas. »Weshalb fragst du?«, entgegnete Jan.

»Was ist denn das für ein Lärm?«

»Das sind die Wellen. Ich mach gerade Pause, auf der Mole! Bin am Joggen …«

»Alles in Ordnung?«

Sergeja klang ehrlich besorgt. Soweit Jan das bei der Brandung sagen konnte. Sie sorgte sich um ihn. Balsam für die Seele. »Ich dachte, du machst dir keine Sorgen«, rief er.

»Jan?«

»Sergeja?«

»Warum rufst du an?«

»Ich dachte, ich hör mal, wie es so läuft bei euch. Hier ist all…«

»Du holst mich um halb sieben Uhr morgens aus dem Bett, um zu fragen, wie es so läuft?«

»Es ist erst halb sieben? Oh, tut mir leid. Hab ich gar nicht gemerkt.«

»Du hast nicht gemerkt, dass es erst halb sieben ist?«

»Ich bin schon so lange wach, weißt du … Gestern haben Mia und ich übrigens versucht, gemeinsam zu surfen. Also nicht beide auf demselben Board, natürlich, sondern jeder auf einem eigenen. Mia ist echt gut, wusstest du das? Abends haben wir dann …«

»Jan?«

»Sergeja?«

»Kannst du bitte nicht mehr so oft anrufen? Und vor allem nicht um halb sieben Uhr morgens?«

Jan ging den Weg zurück. Die Aspirin halfen nicht, oder zu wenig. Wenn es eine Stelle an seinem Körper gab, die nicht schmerzte, hätte er gern gewusst, wo sie zu finden war. Als er im Hotel ankam – salzverkrustet und mit an der sonnenverbrannten Haut klebendem T-Shirt –, schlurfte das erste Pärchen gerade zum Pool hinunter. Hinter der Rezeption hatte Caterina Posten bezogen, prüfte Rechnungen und telefonierte. Heute trug sie ein silbergraues Kostüm über ihrer weißen Bluse, das den Anschein machte, als würde es sich lieber freiwillig in einen Reißwolf stürzen, als sich die Nachlässigkeit einer Falte zu verzeihen.

Die Chefin nickte Jan zu, als habe sie ihn bereits erwartet.

»Buongiorno, signor Beck-staiin.«

»Buongiorno«, erwiderte Jan.

Vorsichtig öffnete er die Schlafzimmertür. Mia schlief noch, babygleich: diagonal, einen Arm über Kopf, die Laken vollständig verzwirbelt. Der Anblick erwischte Jan unvorbereitet und ließ ihn hilflos zurück. Wie viele Tausend Mal hatte er seine Tochter nicht schlafend in ihrem Bett gesehen? Wie oft war er nicht dagewesen? O Mann, wenn man anfing, so zu denken, dann war nach unten schnell alles offen. Reflexartig schloss er die Tür, streifte seine Kleidung ab und stieg in die Dusche.

Als er, hungrig und gereinigt, aus dem Bad kam, stand Mia im Zimmer, in einem zerlöcherten schwarzen Tank-Top und mit einem Stück um die Hüfte geschlungenen Stoffs, der wie eine vom Mast eines gekaperten Schiffs gerissene Trophäe aussah. Sie legte den Armreif an. Anschließend blickte sie mit gerunzelter Stirn auf die verschwitzten Klamotten, die über den Boden verstreut lagen.

»Was issn das?«, fragte sie.

»War joggen«, antwortete Jan.

»Machst du jetzt auf Einar, oder was?«

Tja, dachte Jan, da sagst du was. »Sollen wir frühstücken gehen?«

»Logisch. Willst du aufs Dach?«

Jan stellte die dümmstmögliche Gegenfrage: »Will ich aufs Dach?«

»Gibt eine kleine Terrasse oben«, erklärte Mia, »da kann man auch frühstücken. Ist cool. Die meisten Gäste wissen es gar nicht.«

»Aber zu denen gehören wir nicht.«

Mia grinste geheimniskrämerisch. »Logisch nicht.«

»Weshalb krieg ich hier eigentlich alles immer als Letzter mit?«

Mia zog die Schultern hoch.

11

In dem Moment, da Mia und Jan die Dachterrasse betraten, segelte ein silbernes Tablett wie ein Diskus durch die Luft, beschrieb einen perfekten Bogen und verschwand jenseits der Brüstung. Hinter einem Tisch, um den sich eine Kleinfamilie versammelt hatte, tauchte der Kopf von Olivia auf. Immerhin hatte sie noch Gelegenheit gehabt, die Getränke abzustellen.

»Mi dispiace«, entschuldigte sie sich, ihr Gesicht ein gramgetränkter Lappen. Ein Mädchen, dessen Füße über dem Boden schwebten, hielt sich eine Hand vor den Mund, um nicht loszuprusten.

Olivia blickte sich um wie ein Hund in Erwartung einer Bestrafung. Doch weder Caterina noch Signora Angelosanto, die Mutter Oberin des Familienclans, waren in der Nähe. Sie presste die Lippen aufeinander und eilte an Mia und Jan vorbei ins Hotel. Schon wieder war sie den Tränen nahe. Kein leichtes Leben.

»Was meinst du«, fragte Mia schmunzelnd, »wo ist es am sichersten?«

Sie entschieden sich für einen Platz am Rand. Meerseite. Es war tatsächlich cool. Wie Mia gesagt hatte. Man saß nicht auf Stühlen, sondern lümmelte auf Chaiselonges herum und stellte sein Essen auf Rattan-Couchtischen mit Opalglasplatten ab. Jan zog seine Flip-Flops aus und freute sich. Der Sandstein war so weich, dass er unter seinen Füßen nachzugeben schien.

Eigentlich hätte ihnen das Essen augenblicklich davonwehen müssen. Draußen, auf dem Wasser, peitschte der Wind noch immer die Wellen auf, und am Himmel dräuten Wolken. Doch statt eines Geländers hatte man die Terrasse mit einer Plexiglaswand gegen die Naturgewalten abgeschirmt. So saßen die in die geheimen Orte des Hotels Eingeweihten, zu denen sich jetzt auch Jan zählen durfte, windgeschützt. Die Gäste unten am Strand wirkten durch die Scheiben wie Insekten in einem Terrarium, wie Versuchsameisen eines wissenschaftlichen Experiments.

Noch immer hatte Jan Mias Bemerkung von vorhin im Ohr: *Machst du jetzt auf Einar, oder was?*

»Und«, fragte er, während er mit dem Strohhalm seinen frisch gepressten Orangensaft aufrührte, »was, glaubst du, findet sie an ihm so toll?«

Er brachte es nicht über sich, Einars Namen auszusprechen. War auch nicht nötig. Mia wusste, von wem die Rede war.

Sie stocherte mit der Gabel in ihrem Rührei. »Puhhh …«

»Komm schon …«

Mias Gabel perforierte weiter ihr Rührei. Schön anzusehen war das nicht. »Du meinst, weshalb sie ausgerechnet *Einar* heiratet?«

Unwillkürlich fuhr Jan mit der Zunge über seine Porzellankrone. In Verbindung mit »Einar« fühlte sich das Wort »heiratet« wie ein Zahnbohrer ohne Betäubung an.

Mia legte ihre Gabel ab. So, wie das Rührei inzwischen aussah, hätte Jan es auch nicht mehr gegessen. Stattdessen griff sie sich eine Brioche. Dann war sie so weit. »Sicherheit, denke ich. Einar ist so verlässlich wie … keine Ahnung – das Meer oder so.« Sie deutete mit ihrer Brioche zum Strand hinüber. »Vielleicht hat Mama ja recht«, überlegte sie. »Du guckst nicht morgens da runter, und plötzlich ist es nicht mehr da. Und du musst auch nicht aus dem Fenster gucken, um zu wissen, dass es noch da ist.«

»Und *das* ist es, was sie will? Ein Mann wie ein Meer?«

»Ey, brauchst mich gar nicht so schief anzugucken. Ich bin's nicht, der ihn heiraten will.«

Heiraten. War wirklich schmerzhaft, dieser Zahnbohrer. Ging rein bis auf den Nerv.

»Am Ende ist es das, was jede will, schätze ich.« Mia schob sich die Brioche in den Mund. »Einen Typen, auf den man sich verlassen kann.« Zur Abwechslung kaute sie einen Moment auf dem Gebäck herum, bevor sie es herunterschluckte. »Und mit dem es trotzdem aufregend ist«, ergänzte sie.

»Abenteuer *und* Sicherheit?« Unter Jans Fingern knickte der Strohhalm ab. »Klingt wie … Vollgalopp auf Schaukelpferd.«

»Hab nicht gesagt, dass es logisch ist.«

»Und was bitte soll an ihm so spannend sein?«

»Also, wenn du mich fragst …« Wieder nahm Mia die Gabel in die Hand, und wieder nahm die Gabel das Rührei ins Visier. »Nix.«

Jan spürte, wie sein ungehaltener Ton ihn jeder Würde beraubte. Doch es half nichts. »Und warum will sie ihn dann heiraten?«

»Bin ich Mama?«, antwortete Mia, nahm ihren Teller, erhob sich mit einer Grazie, die eine Art Antithese zu ihrem zerlöcherten Outfit bildete, und schlenderte gekonnt zum Buffet.

Jan starrte die Plexiglaswand an, als sei dahinter die Welt zu Ende. Irgendwo musste es eine Stelle geben, an der er einen Keil zwischen Sergeja und Einar treiben konnte.

Kaum war Mia mit ihrem aufgefüllten Teller zurückgekehrt, fragte er: »Weiß Sergeja eigentlich, dass du nicht mit nach Karlsruhe willst?«

Mit einer beiläufigen Bewegung schob sich Mia eine vollständige Brioche con crema in den Mund, zuckte mit der Schulter und ließ ihren Blick über die Insekten-Versuchsanordnung wandern. Jan ahnte, dass sie nach einer bestimmten Ameise Ausschau hielt – mit Six-Pack, Goldkettchen, Schmalztolle und einem HONK-Tattoo auf der Stirn.

»Blöde Frage?«, vermutete er.

Erneutes Schulterzucken. Diesmal in Kombination mit Piercingzupfen. Das machte sie oft, wenn sie nachdachte: Entweder, sie strich mit dem Daumen entlang der aufgereihten Piercings an ihrem Ohr, oder sie drehte ihr Nasenpiercing. Dann wölbte sich jedesmal ihr rechter Nasenflügel.

»Du weißt nicht, ob das eine blöde Frage ist?«, versuchte es Jan.

Mia würgte ihre Brioche herunter. »Nee, die Frage geht schon klar.«

»Und die Antwort – geht die auch klar?«

Mia hielt einen Pfirsich in der Hand und schien zu überlegen, ob es möglich war, ihn am Stück zu schlucken. »Ich glaub, Mama weiß, dass sich meine Begeisterung in Grenzen hält, aber so direkt gesagt hab ich's ihr nicht.«

»Und warum nicht?«

»Was soll das denn bringen? Ich meine, klar könnte ich ihr sagen, du, Mama, dein Freund ist'n Gulli, und übrigens: Karlsruhe ist ebenfalls scheiße. Aber dann würde sie nur wieder ein schlechtes Gewissen kriegen.« Sie drehte den Pfirsich in der Hand. »Willst du?«

Jan schüttelte den Kopf.

Mia legte den Pfirsich auf den Teller zurück.

»Ziemlich rücksichtsvoll von dir«, sagte Jan.

Sie legte den Kopf schief: »Den Pfirsich nicht zu essen?«

»Sergeja«, erklärte Jan.

Mia winkte ab. »Du hast keine Ahnung, wie Mama ist, wenn sie ein schlechtes Gewissen hat. Das nervt ohne Ende. Und geändert hat es noch nie was.«

Ganz schön abgebrüht. Einerseits. Andererseits: Mia sorgte sich um Sergeja, wollte, dass sie glücklich war. Jans Erinnerungen an sich selbst mit sechzehn waren bruchstückhaft, doch er war ziemlich sicher, dass die Belange seiner Mutter in seiner Weltwahrnehmung von damals keine tragende Rolle gespielt hatten.

»Du und Sergeja: Ihr seid ein eingeschworenes Team, hm?«

Mia hatte den Pfirsich gegen eine Aprikose getauscht. Die ging am Stück. Schwupps, weg. Nur der Kern kam wieder heraus. Sie blickte auf das Meer hinaus, wo die Wellen verzweifelt nach Luft rangen. »Wir *waren* ein eingeschworenes Team«, sagte sie, und die Worte schwappten träge über ihre Lippen. »Bis Einar angewackelt kam.« Sie löste ihren Blick von den Wellen. Zack. Die nächste Aprikose. Weg. Kern retour.

»Aber du magst sie doch immer noch genauso.«

»Das ist ja das Problem. Wenn ich eine Mutter hätte, die einfach nur bescheuert wäre, dann wär's irgendwie einfacher. Dann könnte ich einfach komplett auf Zicke machen, und gut ist. Aber ich hab nun mal leider keine bescheuerte Mutter – auch wenn Einar einen schlechten Einfluss auf sie hat.«

Jan musste schmunzeln. Offenbar klangen besorgte Töchter zuweilen genau wie besorgte Mütter: *Dein Freund hat einen schlechten Einfluss auf dich.*

»Was ist denn an ihr nicht-bescheuert?«

Mia zog die Schultern hoch. »Mama lässt mich machen«, sagte sie. »Meistens jedenfalls. Die Mütter meiner Freundinnen schaffen das nicht. Und Einar schon gar nicht.« Sie drehte ihr Nasenpiercing. »Laberbacke.«

»Einar?«, vergewisserte sich Jan.

Mia verzog den Mund: »Du solltest ihn mal hören, wenn er mit seinem Tugendgequatsche anfängt: ›Fleiß ist der beste Lehrer.‹« Sie schob ihren Teller von sich weg. »›Gutes Benehmen ist wie ein vollendeter Faltenwurf‹ – noch so einer.« Mia drehte ihre Handflächen nach oben. »Seh ich aus, als würde ich Röcke tragen?« Sie überlegte einen Moment. »Auf den hier steht er besonders: ›*Pünk*tlichkeit ist die *Höf*lichkeit der *Kö*nige.‹ Was soll'n der Scheiß? Soll ich mich aufführen wie eine Königin, oder was?« Reflexartig stopfte sich ihre Hand doch noch etwas in den Mund. Ein Aprikosentörtchen. Sie lehnte die Stirn gegen die Plexiglasscheibe und ließ ihren Blick durch die Schirmreihen wandern. Kein Gino.

»Und wieso, findest du, hat Einar einen schlechten Einfluss auf sie?«

Mia blickte auf ihren Teller, stellte fest, dass sie bis auf den Pfirsich alles aufgegessen hatte, und machte es sich auf ihrer Liege bequem. »Können wir nicht langsam mal über was anderes reden?«

Noch nicht, dachte Jan, noch nicht. »Jetzt sag schon«, forderte er sie auf.

Mia kramte in ihrer Tasche, holte den Hamstersarg heraus, entnahm ihm ihre Sonnenbrille und setzte sie auf.

»Der geht dir echt nicht mehr aus der Birne, was?«

Jan starrte in zwei schwarze Fallgruben mit weißer Plastikumrandung. Sein abgeknickter Strohhalm hatte wieder begonnen, Kreise im Orangensaft zu ziehen. Seinen Obstsalat hatte er noch gar nicht angerührt.

»Na schön«, sagte Mia. »Ein Beispiel: Seit Mama mit Einar zusammen ist, redet sie ständig über Drogen und wie gefährdet man heute als Jugendlicher ist, Ecstasy und so weiter. Die hat überhaupt kein Vertrauen mehr zu mir.«

»Und daran ist *er* schuld?« Einar. Unmöglich. Der Namen wollte ihm einfach nicht über die Lippen gehen.

»Der glaubt, dass man als Jugendlicher sozusagen automatisch drogensüchtig wird – es sei denn, man wird eingekerkert, bekommt eine Fußfessel und wird vierundzwanzig Stunden am Tag videoüberwacht. Aber der sieht eben nur, was er aus dem Gerichtssaal kennt. Für den sind irgendwie alle kriminell. Aber sobald es um seinen eigenen Scheiß geht, kapiert er zero. Wenn ich zum Beispiel an Maxi denke …«

»Du meinst Maximilian, seinen Sohn.«

Mia machte eine Bewegung, als verscheuche sie eine lästige Fliege. Spannend: eine Sechzehnjährige zu beobachten. In einer Minute voll die coole Anarchobraut, in der nächsten ganz die Upper-Class-Lady. Ohne irgendetwas dazwischen.

»Du magst Maximilian nicht«, vermutete Jan.

»Zwischen ›ihn nicht mögen‹ und dem, was ich … Egal, darum geht's nicht. Was ich meine, ist: Einar glaubt allen Ernstes, sein verkifftes Nebelhirn von einem Sohn sei der totale Hotshot. Wenn er könnte, würde er ihn auf einem Samtkissen durch die Gegend tragen. Ständig darf ich mir anhören, wie wild er am Studieren ist und dass ein erfolgreiches Studium der Grundstein für ein erfolgreiches Leben ist, Maximilian hier, Maximilian da … Dabei ist der Typ so verstrahlt, dass seine Augen in zwei verschiedene Richtungen gucken. Aber glaubst du, Einar würde das merken?«

»Maximilian nimmt Drogen?«, fragte Jan erstaunt.

»Der ernährt sich von Drogen, wenn du mich fragst.«

Endlich ließ Jan seinen Strohhalm los. Na, das ist doch mal was, dachte er.

»Ich hab's echt versucht – mich für Mama zu freuen und so«, fuhr Mia fort, »aber Einar macht's einem echt nicht einfach.«

Jan nahm sich ein Beispiel an seiner Tochter, streckte sich auf der Liege aus und blickte über den Strand hinweg auf das Meer hinaus. Etwas hatte sich geändert. Die Wellen. Waren weniger nervös jetzt. Wäre er nicht die ganze Zeit so unentspannt gewesen, hätte Jan sich hier oben bestens entspannen können. Zu schade, dass ihm sein Leben so im Nacken saß. Vielleicht würde er wiederkommen, nächstes Jahr, unter anderen Vorzeichen, und einen ganzen Tag hier liegen, Hand in Hand mit Sergeja, während Mia unten die Wellen zähmte.

Sehnsüchtig blickte er durch die Glaswand: Die Wellen rollten an den Strand wie in einer Lagnese-Werbung, und hinten, ganz hinten, brach der Himmel auf, und das Wasser glitzerte, als sei dort die Sonne ins Meer gestürzt.

Jan ertappte sich bei dem Wunsch, etwas mit Mia zu unternehmen, irgendetwas, ganz egal, von ihm aus auch das Delphinarium. »Worauf hast du denn Lust, heute?«

Mia drehte ihm ihre Brillengläser zu. »Machst du Witze?«

»Wieso?«

»Hast du die Wellen gesehen? Der Wind dreht gerade auf offshore, und es sind noch drei Stunden bis zum Ende der Flut. Weißt du, was das heißt?«

»Zum Mittagessen wandelt Colin Farrell übers Wasser?«

»Witzbold. Heute wird tubegesurft.«

Aha. Heute wurde also tubegesurft. Jan war ein klitzekleines bisschen beleidigt, dass Mia offenbar nicht einmal in Erwägung zog, etwas mit ihm zu unternehmen. Aber wer sich sechzehn Jahre nicht kümmerte, der durfte sich wahrscheinlich nicht wundern. Und mit wem Mia tubesurfen würde, konnte er sich auch schon denken.

Als hätten seine Gedanken ihn gleichsam materialisiert, wurde Jan plötzlich von einer verheerenden Mischung aus Testosteronschweiß und süßlichem Parfum umwölkt, und Gino stand zwischen ihnen, in Blumenshorts, die bis zu den Waden reichten, und einem neongrünen Hemd, von dessen Knöpfen kein einziger geschlossen war.

Mia verschluckte sich beinahe. »Hi, Gino«, brachte sie heraus. Eine Stimme wie Puderzucker.

Gino lächelte siegessicher und setzte sich unaufgefordert auf das freie Loungequadrat am Kopfende des Tisches. Dabei spreizte er die Beine so weit, dass er in dieser Haltung auf einem Elefanten hätte reiten können. Sein linkes Bein begann zu wippen. Gleichzeitig schnellte Mias Oberkörper in die Senkrechte, sie rückte ihr Tank-Top zurecht, setzte die Füße auf den Boden und presste die Knie gegeneinander. Ganz das artige Mädchen. Interessante Kombination: Gino, der sich beinahe die Hüfte auskugelte, und Mia, zwischen deren Knie nicht einmal ein Blatt Papier gepasst hätte. Zu allem Überfluss legte sie jetzt sogar noch ihre Hände auf die Oberschenkel. Fehlten nur noch der Lolli und die Zöpfchen.

»Big wave today«, sagte Gino, und danach sagte lange Zeit keiner mehr etwas.

Mia saß da, aufrecht, mit ihrer Sonnenbrille, ihren herzzerreißenden Grübchen und den gegeneinandergepressten Knien; Gino wippte mit seinem Bein und wackelte mit dem Kopf wie zu einem unhörbaren Beat; Jan lag auf dem Rücken, die Hände im Nacken verschränkt. Er überlegte, weshalb sich plötzlich wieder dieses Gefühl einstellte: Als sei er Teil einer Inszenierung, ohne zu wissen, was gespielt wurde.

Auf der Suche nach einer Erklärung wandte er Mia den Kopf zu, und als er sah, wie sogar ihre Brillengläser sich flehentlich verformten, kapierte er es endlich: Er war überflüssig. Unerwünscht. Husch, alter Mann, du bist zu viel.

»Also schön.« Mit schmerzverzerrtem Gesicht richtete er seinen Oberkörper auf. Muskelkater und Sonnenbrand, hardcore. »Aber erst trink ich noch meinen Saft aus.«

Zwei Stunden später lag Jan unter einem der cremeweißen Sonnenschirme, in vorderster Reihe, neben sich eine eisgekühlte Orangina. Die Wolken waren verschwunden, die Sonne brannte gleißend vom Himmel herab und verwandelte den Sand in wüstenhaft weißes Licht. Von den Menschen, die sich durch Jans Sichtfeld bewegten, blieben nur lichtdurchsiebte Schattenrisse. Mit Begeisterung stürzten sich junge Menschen in die sich auftürmenden Wellen. Ihre Köpfe tanzten wie schwarze Punkte auf dem Wasser. Jan döste vor sich hin. Das Kindergeschrei und der Geruch von Sonnencreme lullten ihn ein. Der Sandstreifen war schmaler geworden, bald würde die Flut ihren höchsten Punkt erreicht haben. Wind: Stärke vier, off-shore. Beste Voraussetzungen.

Jan wäre jede Wette eingegangen, dass Gino ein Schönwettersurfer war. Einer, der breit grinsend auf seinem Board stand und auf dicke Hose machte, solange die Wellen butterweich an den Strand plätscherten, dem es aber spätestens bei Windstärke drei die Tolle aus der Stirn bügelte und das Brett um die Ohren schlug. Wie eins von Jans Klavieren: »Alle meine Entchen« meisterten die mit angeberischer Leichtigkeit, und »Oh du Fröhliche« klang dreistimmig auch noch passabel. Bei Windstärke Vier jedoch, einer Chopin-Mazurka oder einer Beethoven-Sonate, fielen sie in sich zusammen.

Doch Gino war kein Klavier. Jedenfalls keins von Jans. Gut,

er war auch kein Beck-sta-iin, aber er behauptete sich, und Jan musste sich eingestehen, dass es gut aussah, wie er den Wellen trotzte, dynamisch, immer schön tief, abbassare, abbassare. Mia brachte die meiste Zeit *im* Wasser zu. Doch sie gab nicht auf. Sie wollte es auch, unbedingt, wollte können, was Gino konnte. Jan staunte über ihre Beharrlichkeit. Unter vier Versuchen war einer, bei dem sie mit beiden Beinen auf dem Board zu stehen kam. Und unter den Versuchen, bei denen ihr das gelang, brauchte es wiederum drei bis vier Anläufe, ehe sie die Welle tatsächlich stand. Hartnäckig wie ihre Mutter: hundertmal dieselbe Passage, Waldhorn, verrückt. Hundertmal der Jäger zu Pferde, wenn nötig auch tausendmal.

Coole Braut, Mia. Seine Tochter. Jan zollte ihr sogar Respekt dafür, dass sie aufgehört hatte, ständig ihr Handy nach SMS zu checken. Etwas, das Jan nicht gelang. Immer wieder linste er heimlich auf das Display, um nachzusehen, ob Sergeja ihm vielleicht geschrieben hatte. Hatte sie nicht. In diesem Moment ertönte eine Melodie, synthetisch und unfassbar banal. Eine Melodie, die Jan bereits so oft genervt hatte, dass er sich wunderte, warum es nicht endlich aufhörte. Mozart. Eine kleine Nachtmusik. Sein Handy.

Sergeja. Erster Gedanke. Und einziger. Wie würde er sich melden, wenn es tatsächlich Sergeja war? Was, wenn es – zweiter Gedanke und wahrscheinlicher – Stefanie war? Er nahm sein Handy, deckte mit einer Hand das Display ab, hielt es vor seine zusammengekniffenen Augen, ließ es noch einmal seine dämliche Melodie dudeln und deckte das Display wieder auf.

»Karin! Wie geht's?«

»Um ehrlich zu sein«, Jan konnte praktisch sehen, wie seine Sekretärin, das Rückgrat seiner Firma, an den Pflanzen im Schaufenster zupfte, »es ging mir schon besser.«

Jan ordnete diese Aussage als klare Drohung ein, nahm die bauchige Oranginaflasche, sog den letzten Schluck durch den babyblauen Strohhalm und erfreute sich an dem asthmatisch gurgelnden Geräusch, das darauf folgte. »Tut mir leid, das zu hören.«

Er bildete sich tatsächlich ein, ihr Schnaufen zu hören – trotz der Wellen und der tausend Stimmen, die ihn umgaben.

»Ja. Na ja. Wie auch immer: Ich fasse mich kurz.« Schnaufen. »Ich habe Ihnen zwei Dokumente ins Hotel gefaxt. Die liegen an der Rezeption für Sie bereit. Beide Dokumente sind zu unterschreiben und an mich zurückzufaxen. Und das, nach Möglichkeit, zeitnah. Jan, hören Sie mich?«

Jan gurgelte noch ein bisschen in der Flasche herum, nur so, zum Spaß. »Klar und deutlich.«

»Also: Sie müssen diese Dokumente unterschreiben und zurückfaxen. Das ist wichtig. Wenn Sie das tun, haben Sie gute Chancen, Ihr Geschäft auch nach Ihrer Rückkehr unversiegelt vorzufinden.«

»Geht klar.«

»Da ist noch etwas …«

Immer raus damit.

»Ihre Freundin hat angerufen.«

Überrascht mich jetzt nicht wirklich.

»Stefanie.«

Schon mal gehört.

»Ob ich noch gar nicht mit Ihnen gesprochen hätte – weil sie doch so dringend um Rückruf gebeten hat. Jan?«

»Hier!«

»Ob ich Ihnen noch nicht gesagt hätte, dass Sie sie anrufen sollen.«

Hab ich verstanden, so weit.

»Ich hab Ihnen das bei unserem letzten Telefonat schon gesagt: Ich lüge nicht gern, nicht mal für meinen Chef.«

Jan hörte es rascheln. Karin war beim Prospektständer angekommen und rückte die Kataloge zurecht.

»Was haben Sie ihr gesagt?«

»Wem?«

»Na meiner Freundin. Stefanie.«

»Dass ich es Ihnen ausgerichtet habe. Und dass ich auch nicht sagen könne, weshalb Sie sich nicht bei ihr melden.«

»Aber dann haben Sie doch gar nicht gelogen.«

Jetzt schnaufte *und* raschelte es. »Ja. Nein. Hab ich nicht. Jedenfalls hat Ihre Freundin noch einmal nachdrücklich um Rückruf gebeten. Es gebe wichtige Neuigkeiten.«

Neuigkeiten. Wichtige noch dazu. Jan war nicht wohl bei der Sache. »Hat sie gesagt, welche Art von Neuigkeiten?«

»Nein. Und ich habe mir auch erspart, danach zu fragen.«

Karin fügte noch etwas hinzu, doch ihre Worte wurden von einem Rauschen verschluckt, einem mächtigen Rauschen. Jan blickt auf und sah eine Welle auf den Strand zurollen, wie ein riesiges Garagentor, und dann hatte er gerade noch Gelegenheit Mia, die so tief auf ihrem Board hockte, dass ihre Knie beinahe das Brett berührten, in die Tube eintauchen zu sehen.

»Jan?! Sie müssen die Dok…«

»Mach ich!« Jan sprang von der Liege auf, lief zum Wasser, aktivierte seine Handykamera und drückte so oft immer wieder den Auslöser, bis Mia unbeschadet aus der Tube auftauchte, triumphal die Arme emporriss und sich glückselig vom Brett fallen ließ.

Was für ein Moment! Jan fühlte sich vom Schicksal beschenkt. Er war dabeigewesen, als Mia ihre erste Tube gesurft war – auch wenn diese Tube zugegebenermaßen nicht besonders groß gewesen war. Scheiß auf alles, was er verpasst hatte! Das Jetzt zählte. Alles andere geisterte fünfzehn Lichtjahre entfernt als Super 8-Film durchs All. Er war nicht dabei gewesen, als sie ihr Seepferdchen gemacht hatte, okay. Er war auch nicht bei ihrer Einschulung gewesen oder hatte ihren ersten Liebeskummer geteilt. Doch er hatte sie ihre erste Minitube surfen sehen.

Mia stapfte aus dem Wasser, Venus, die Schaumgeborene. Mit dem Unterschied, dass Mia nicht Helm und Lanze trug, sondern ihr Board unter den Arm geklemmt hatte. Dieses Strahlen würde so bald nicht wieder aus ihrem Gesicht weichen.

»Hast du das gesehen?« Sie konnte es selbst nicht fassen. »Hast du das verdammt noch mal GESEHEN!«

Sie ließ ihr Brett fallen, streifte die Fangleine von ihrem Fuß, kam auf Jan zu und umarmte ihn. Und das hätte Jan fast noch lieber fotografiert als die durchfahrene Tube, als Standbild fürs Leben. Sie setzten sich auf die Liege, und Jan betrachtete die Fotos. Vier Stück insgesamt. Auf den ersten drei war nur die Welle zu sehen, auf dem vierten aber sah man Mia, wie sie nach durchfahrener Tube im Siegesrausch Luftgitarre spielte, während sie sich vom Brett fallen ließ wie von einer Bühne, um auf den Händen ihrer Fans ein Bad in der Menge zu nehmen.

Mias schnappte sich das Handy: »Wie geil ist *das* denn?«

Draußen, auf dem Wasser, war Gino schon wieder auf der nächsten Welle unterwegs. Doch sie erkannten einander. Mia reckte das Handy in die Höhe, als könne Gino von da draußen das Bild sehen. Er antwortete mit einem Thumbs-up.

Dann war sie wieder bei Jan: »Platz da, Dickerchen«, sagte sie und ließ sich hinter ihm auf die Liege fallen.

»Sonst noch was, das ich für dich tun kann?«, fragte Jan.

»'ne Cola, auf Eis, mit viel Zitrone.«

Jan nahm ihr das Handy aus der Hand und stand auf.

»Wo gehst'n hin?«, fragte Mia.

»Dir eine Cola holen, auf Eis, mit viel Zitrone.«

»Echt?«

»Hast es dir verdient.«

»Cool. Danke.«

Jan *ging* nicht zur Bar, er schwebte. Und auf dem Weg dorthin schickte er Sergeja eine MMS. Mit dem Foto von Mia, wie sie aus der Tube kam und vor Begeisterung Luftgitarre spielte. Sergeja wollte nicht, dass er sie weiterhin anrief? Kein Problem. Schickte er ihr eben digitale Postkarten.

Als das Fenster aufpoppte, in das er seine Grußbotschaft eintragen konnte, überlegte er kurz. Dann tippte er: »Unsere Tochter!«

12

»Heute sind Sie *dran*.«

Jan hatte die Vision einer Kerkertür, die mit tragischem Nachhall ins Schloss fiel. Doch er hatte sich verhört: Freya hatte nicht »Heute sind Sie *dran*« gesagt, sondern »Heute sind *Sie* dran«. Gemeint war, dass *er* heute die Drinks zahlen würde. Vielleicht aber, ging es ihm durch den Kopf, hatte auch etwas in ihm die wahre Bedeutung ihrer Worte erkannt und die Betonung automatisch an die richtige Stelle gesetzt.

»Na dann mal los«, entgegnete er und deutete auf den Barhocker neben sich.

Ihr Dekolleté war, unglaublich aber wahr, noch weiter ausgeschnitten als das gestern. Als hätte der Stoff nicht gereicht. Und ihr Parfum wollte noch immer nicht zu ihrem schmalen Audrey-Hepburn-Körper passen. Wenn man die Augen schloss und nur den Geruch auf sich wirken ließ, erwartete man ein Kreuzfahrtschiff in einer Nebelbank. Doch Freya war das Gegenteil, eine Nussschale. Und sie hatte bereits Schlagseite.

»Was trinken Sie?«, erkundigte sich Freya, während sie eine Zigarette in ihre Spitze klemmte.

»Aperol-Spritz.«

»Das, was alle trinken?«

Jan blickte den Tresen hinunter. Außer ihm saßen fünf weitere Männer an der Bar, alle etwa im gleichen Alter. Seinem. Vier von ihnen hatten einen Aperol-Spritz vor sich. Hätte hier jemand eine unangemeldete Midlife-Crisis-Razzia durchgeführt, wären sie allesamt fällig gewesen. Nur einer fiel aus der Reihe. Der war erst Anfang dreißig und trank Whiskey. Aber auch der steckte bereits in der Midlife-Crisis. Sein T-Shirt – Jan hatte zweimal hinsehen müssen, um es zu glauben – hatte folgenden Aufdruck: *Ich bin kein Gynäkologe, aber ich schau es mir gerne mal an.* Dagegen, fand Jan, nahm sich seine Midlife-Crisis wie ein zahmes Kätzchen aus.

»Sieht so aus«, sagte er.

Freya sah ihn an. Sie trug keine Brille, heute Abend. Man konnte ihre Augen sehen. Entweder, das Modell von gestern war lediglich ein Accessoire gewesen, oder sie hatte bereits so viel getrunken, dass es keine Rolle mehr spielte. Blau. Die Augen. Ganz schön, eigentlich. Wermut gepaart mit Wehmut. Hübsches Wortspiel. Sie wartete auf etwas, doch bevor Jan darauf kam, hatte der Barkeeper – er hieß Adriano, wie Jan inzwischen wusste – ihr über die Theke hinweg Feuer gegeben.

»Danke, mein Guter«, sagte Freya und fügte nach kurzer Pause hinzu: »Für mich einen Hendrick's.«

Adriano war der dritte im Bunde. Hatte Mia ihm erzählt. Die schien über die Verhältnisse der Familie Angelosanto bestens im Bilde zu sein. Demnach war Adriano der ältere Bruder von Gino und Olivia. Wenn man es wusste, meinte man auch, eine gewisse Ähnlichkeit zu erkennen. Im Gegensatz zu Gino allerdings zeigte Adriano praktisch nie seine Zähne, sondern schmunzelte stets in einer lang erprobten Mischung aus Zurückhaltung und Selbstsicherheit, mit der er unter Garantie jeden Sommer dutzendweise mittelalte Frauenherzen brach.

Jan hatte geahnt, dass Freya ihn früher oder später finden würde, sobald er erst an der Bar saß. Doch es hatte ihn nicht abgehalten. Ein bisschen hatte er sogar gehofft, gefunden zu werden. Er wollte nichts von ihr, Gott bewahre. Bereits gestern hatte er entschieden, dass sie nicht miteinander ins Bett gehen würden. Und dabei würde es bleiben. Aber Mia, mit der Jan eigentlich noch hatte feiern wollen, weil sie doch heute ihre erste Babytube gesurft war, hatte sich noch während des Abendessens aufs Zimmer zurückgezogen und Jan sich selbst überlassen. Am Nachmittag hatte sie ihre Tage bekommen, ausgerechnet, und jetzt hatte sie die üblichen Bauchschmerzen und wollte nur noch ins Bett.

Jan war also alleine zurückgeblieben, auf der Restaurantterrasse, umringt von laut lachenden Menschen aus aller Herren Länder, vor sich ein unangetastetes Panna Cotta-Häubchen, neben sich das Geländer, das zum Strand, der Bar und dem Pool hinunterführte. Fünf Minuten, nachdem Mia verschwunden war, kam ein rotwangiger, rotbärtiger Wikinger mit Schiebermütze statt Helm an seinen Tisch gewackelt, sagte: »Mind if I take that, chap?«, und nahm sich einen freien Stuhl. Weitere fünf Minuten später sagte eine Frauenstimme »Posso?«, und der zweite Stuhl war ebenfalls weg. Alles, was Jan blieb, war sein Panna Cotta-Häubchen. Und da merkte er es dann: Das war nicht gut im Moment. Sich selbst überlassen zu sein.

Wie war das noch: Sofern die Midlife-Crisis nicht in eine psychische Krankheit mündete, gingen die Männer innerlich gestärkt aus ihr hervor. Hm. Im Moment war für Jan nicht zu erkennen, ob sich aus seiner Midlife-Crisis eine psychische Erkrankung entwickeln oder ob er innerlich gestärkt daraus hervorgehen würde. Woran erkannte man das? Er hatte nicht das Gefühl, aus etwas hervorzugehen. Vielmehr steckte er in etwas fest. Jedenfalls löste die Vorstellung, sich selbst überlassen zu sein, echte Nervosität und das Verlangen nach einer Zigarette aus. Konnte er gerade echt nicht brauchen. Dann lieber Freya.

Sie wartete, bis Adriano den Drink vor ihr abstellte, farblos, in einem Tumbler, mit einer … tatsächlich mit einer Gurkenscheibe. »Was machen Sie so, Jan?«

Er kam sich vor wie bei einem Bewerbungsgespräch. Nur: Was sagte man bei einem Bewerbungsgespräch, wenn man den Job möglichst *nicht* haben wollte? »Sie meinen, womit ich mein Geld verdiene?«

»Sofern Sie es verdienen.«

»Woher sollte ich es sonst bekommen?«

»Nun, die meisten Menschen, die *ich* kenne, geben es nur aus.« Es klang nicht überheblich. Eher so, als beneide sie Jan darum, einen Job zu haben. Sie bemerkte Jans Erstaunen. »Sie würden nicht glauben, wie langweilig das ist.«

»Das, womit ich mein Geld verdiene, ist auch nicht gerade spannend«, entgegnete Jan.

»Dass Sie es überhaupt verdienen ist bereits spannend. Glauben Sie mir.«

In gewisser Weise waren sie Schicksalsgenossen, überlegte Jan. Schwammen beide in Selbstmitleid. Nur dass Freya sich um ihr Geld bemitleidete, Jan um seine verzweifelte Liebe.

»Tauschen?«, fragte er.

Freyas Lächeln glich einem Seelenstrip. »Seien Sie nicht zu leichtfertig.« Sie nippte an ihrem Drink. »Sie wissen nicht, wie das ist – wenn jeder Montag wie der Sonntag ist.«

Das kannst du laut sagen. »Ich bin Händler.«

»Börse?«

»Klaviere. Da schwimmt übrigens eine Gurke in Ihrem Drink.«

Freya betrachtete das Glas, das sie in der Hand hielt, als ziehe darin ein Goldfisch seine Kreise. »Einen Hendrick's serviert man mit Gurke. Und ein guter Barmann« – sie warf Adriano einen Seitenblick zu, als stünden nicht nur seine Qualitäten als Barmann außer Frage – »weiß das natürlich.« Sie stellte das Glas ab und blickte Jan offen an. »Sie handeln mit Klavieren?«

Jan spreizte zwei Finger ab: »Schwöre.«

»Dann spielen Sie Klavier«, schloss Freya, und im Handumdrehen verlor sich ihr Blick in der Vergangenheit. »Ich liebe Klaviermusik. Als Kind hab ich immer davon geträumt, Pianistin zu werden. Wir hatten einen Steinway im Salon, den nach Großvaters Tod nie wieder jemand angerührt hat. Als hätte man mit dem Sargdeckel auch gleich den Klavierdeckel zugenagelt.« Sie stellte Jan wieder scharf, sah ihn mit neuen Augen. »Bei Schumann fange ich automatisch an zu weinen. Kann ich nichts gegen machen. Vier Takte Schumann, und mir kommen die Tränen. Gott, wie ich Schumann liebe … Mögen Sie Schumann, Jan?«

Freya klang, als könne es nichts Schöneres geben, als hemmungslos zu heulen. Am liebsten das ganze Leben lang. Beinahe hätte Jan zärtliche Gefühle für sie entwickelt. Für Tragik war er im Moment durchaus empfänglich. Er erinnerte sich an Sergeja, wie er mit ihr während der Probenpause im Zuschauerraum gesessen und sie gefragt hatte, was sie am Abend spielen würden. »Mozart, Beethoven, Schumann« hatte sie geantwortet und dass das einzig Spannende der Gastdirigent sei, dessen Namen Jan bereits wieder vergessen hatte. Konnte man mal sehen: Für Freya war Schumann noch quicklebendig.

»Bei Schumann kenne ich mich nicht so aus«, gestand Jan.

In Freyas Blick trat Verwunderung.

»Ich betreibe einen Klavierimport«, erklärte er, und es tat ihm ehrlich leid, Freyas Illusionen von ihm als einer Art Richard Clayderman zu zerstören. »Das bedeutet nicht, das ich auch spielen kann.«

»Aber dann haben Sie doch Geld!«

An diesem Punkt kam Jan der Verdacht, dass es schwierig werden würde, sich für den Job *nicht* zu qualifizieren. Er versuchte es dennoch. »Um ganz ehrlich zu sein: Der Urlaub mit meiner Tochter wird mich ungefähr meinen Jahresüberschuss kosten.«

»Sie kratzen ihr letztes Geld zusammen, damit Ihre Tochter einen schönen Urlaub hat?«

Jan verzog die Lippen: *Tja, so ist das …*

Plötzlich lag Freyas Hand auf seinem Arm: »Gott, ist *das* romantisch …«

Offenbar hatte er den Job, ob er wollte oder nicht.

»Adriano, mein Guter«, rief Freya. Lautlos glitt Adriano zu ihnen herüber und ließ sein linkes Grübchen aufblitzen. »Mach uns noch zwei Hendrick's, sei so gut.«

Jan wollte etwas sagen, doch Freyas Hand lag bereits wieder auf seinem Arm. »Lassen Sie nur. *Ich* zahle.«

Eigentlich wollte Jan nichts mehr trinken. Doch mit Freya nichts zu trinken erforderte mehr Hartnäckigkeit, als er im Moment aufbringen konnte.

»Warum lächeln Sie?«, fragte Freya.

»Sie sind die zweite«, antwortete Jan. »Die zweite Person, mit der ich mich sieze, aber trotzdem mit Vornamen anrede.«

Vor ihnen standen die beiden Hendrick's. Adriano hatte die Gläser ausgetauscht, ohne dass Jan es bemerkt hatte. Guter Mann.

»Wer ist die andere?«

»Karin. Meine Sekretärin. Eine wunderbare Frau.«

Als sei das ein Grund zum Feiern, hielt Freya ihm ihr Glas hin: »Allora: cin cin.«

Zwei Stunden und ein halbes Dutzend Hendrick's später fühlte Jan sich ausreichend gerüstet, um sich selbst überlassen zu sein. Der Wind hatte aufgefrischt, die geschlossenen Sonnenschirme, deren Umrisse mit der Nacht verschmolzen, flappten wie Segel. Unbemerkt hatte sich der Himmel zugezogen. Ein erster warmer Regentropfen traf Jan im Nacken.

»Liebe Freya«, sagte er und erhob sich von seinem Barhocker, »ich werde jetzt nach oben gehen, in meine Junior-Suite. Allein.«

Freya war an einem Punkt angelangt, an dem es ihr nichts mehr ausmachte, sich eine Blöße zu geben. »Warum gehen wir nicht gemeinsam in meine Senior-Suite?«

Arglistig, dieser Hendrick's. Er wiegte einen in der trügerischen Sicherheit, nüchtern zu sein – bis man aufstand, die Bar plötzlich zu zittern anfing und die Lämpchen der Lichterkette zu einem bunten Brei verschwammen.

Jan gab ihr einen Wangenkuss. »Ich sollte meine Tochter nicht so lange allein lassen.«

»Keine Sorge«, antwortete Freya, »die ist nicht allein.«

Ihre Worte hallten nach, während Jan am Pool vorbei ins Hotel wandelte und dabei die Fliesenfugen entlangzugehen versuchte. Doch er war zu betrunken, um ihre Bedeutung zu erfassen. Er hatte sich erfolgreich die drei Stockwerke zu seiner Suite hinaufgearbeitet, stand im Bad und verfolgte seine Zahnbürste dabei, wie sie ziellos in seinem Mund herumstocherte, als er plötzlich innehielt. Was hatte Freya gemeint, als sie sagte, Mia sei nicht allein?

Die Zahnbürste wie ein abgenagtes Hühnerbein aus dem Mundwinkel ragend, schlurfte Jan zum Schlafzimmer und öffnete leise die Tür. Dann stieß er sie ganz auf und schaltete das Licht ein. Mias Bett war leer, frisch gemacht, vom Vormittag – von Olivia, die dabei vermutlich den Nachttisch umgeworfen oder sich einen Finger gebrochen hatte. Auf jeden Fall lag Mia nicht drin. Dabei hatte sie doch ihre Tage bekommen und sich ins Bett legen wollen.

Etwas schnürte Jans Brustkorb ein. Angst. Er hatte Angst um seine Tochter. Schöner Mist. Was nun, Odysseus? Er knipste das Licht aus, ging rückwärts aus dem Zimmer und schloss die Tür so leise, wie er sie geöffnet hatte. Als könne er so ungeschehen machen, im Zimmer gewesen zu sein. Als könne Mia noch im Bett liegen und schlafen. Dann trat er auf den Balkon.

Das Wolkenband überspannte den gesamten Nachthimmel. An manchen Stellen sickerte das Mondlicht durch und setzte einzelnen Wolken einen Heiligenschein auf. Jan tastete sich mit dem Blick die Schirmreihen entlang, versuchte, nächtliche Strandspaziergänger auszumachen, die letzten Gäste am Pool scharfzustellen. Mehr Regentropfen zerplatzten auf seiner Haut, warm und schwer. Keine Spur von Mia. Er holte sein Handy aus dem Zimmer und versuchte sie anzurufen. Eine penetrant freundliche Lady bat ihn, es zu einem späteren Zeitpunkt noch einmal zu versuchen. Nicht gut, Angst um seine Tochter zu haben. Gar nicht gut.

Ein weißlicher Flatschen plitschte auf Jans Daumen. Vogelscheiße, dachte er und legte den Kopf in den Nacken. Doch es war keine Vogelscheiße. Es war Zahnpastaschaum. Noch immer steckte ihm die Bürste im Mund. Er wischte die Hand an seinem Hemd ab und sah noch einmal zum Strand hinunter. *Keine Angst, die ist nicht allein.* Der Regen wurde stärker, der Strand war praktisch menschenleer. Jan war im Begriff, sich abzuwen-

den und hineinzugehen, als sein Blick am Gartenhaus hängen-
blieb, in dem die Auflagen für die Liegen lagerten, die Pool-
Utensilien, die Surfbretter ...

Jan zog sich die Bürste aus dem Mund und spuckte den
Schaum über das Geländer. »Das glaub ich nicht.«

13

Jan riss die Tür auf, stapfte blindlings durch den Vorraum, riss die nächste Tür auf, tastete nach dem Lichtschalter, fand ihn, drückte drauf und kniff die Augen zusammen.

Ein heller Aufschrei war zu hören, dann schrillte Mias Stimme: »Jan?«

Er schirmte seine Augen ab. Der Hendrick's musste seine Pupillen irgendwie lichtempfindlicher gemacht haben. Sie lagen auf dem Sofa, so viel konnte er erkennen. Das hieß: Gino lag nicht länger, sondern war aufgesprungen und stand jetzt unschlüssig und mit nichts als seiner bescheuerten Blumenshorts bekleidet vor Mia, als wolle er sie beschützen. Hinter ihm ragten auf der einen Seite Mias Beine hervor, auf der anderen ihr nackter Oberkörper – so weit Jan das sehen konnte oder wollte. Die Luft in dem kleinen Raum war derart testosterongesättigt, dass man froh sein musste, durchgucken zu können.

»So sieht das also aus, wenn du deine Tage kriegst?«, rief Jan.

Mia war zu perplex für eine Antwort. Sie richtete sich auf und kreuzte reflexartig die Arme vor der Brust.

Jan wandte den Kopf ab. Er wollte nicht sehen, ob seine Tochter einen Slip anhatte oder einen String oder gar nichts: »Zieh dir was an, um Himmels willen!«

Gino versuchte, irgendwie Herr der Situation zu werden und vollführte die gleiche stauchende Handbewegung wie beim Surfen, wenn er »Abbassare, abbassare!« rief. »Signor Beckstain, prego, prego«, versuchte er, Jan zu besänftigen.

Statt aufzustehen oder sich anzuziehen, hielt Mia einfach weiter die Arme vor der Brust gekreuzt: »Kannst du mir mal verraten, was das soll!«

Gino war mit seiner Beschwichtigungsgeste in einem Loop gefangen. »Prego, prego ...«

»Du hältst dich da raus!«, fuhr Jan ihn an.

»Spinnst du?«, keifte Mia zurück.

Gino machte einen zögerlichen Schritt auf Jan zu. »Prego …«

»Ich prego dir gleich eine!«, rief Jan.

Gino blieb stehen, presste die Lippen aufeinander und rührte sich nicht mehr vom Fleck.

»Du sollst dir was anziehen, hab ich gesagt!«

Jan blickte sich um. Das Zimmer war klein, eher eine Zelle, dreimal vier Meter vielleicht. Der größte Teil des Bodens war mit Surfutensilien bedeckt, sonst gab es nur dieses Sofa, dessen Blumenmuster dem von Ginos Shorts in nichts nachstand. Kein Tisch, kein Stuhl. Nur dieses speckige Sofa, auf dem Gino jede Saison unter Garantie Heerscharen minderjähriger Mädchen deflorierte. An der Wand über dem Sofa zwei Poster: Surfer. An der Wand gegenüber: Surfbretter, drei Stück übereinander, in eigens dafür hergestellten Halterungen. Gino schien ein Mann mannigfaltiger Interessen zu sein.

Mia hatte den ersten Schock verdaut: »Was machst du überhaupt hier?«

Auf dem Boden lagen Neoprenanzüge, Surfsegel, Seile und irgendwo dazwischen der Wickelrock, der vorhin noch Mias Hüfte verhüllt hatte. Jan hob ihn auf und warf ihn Richtung Sofa. »Die Frage ist ja wohl eher, was machst *du* hier?«

Unter dem Tuch kam ihr BH zum Vorschein. So also hatte sich Gino vorgearbeitet: erst den BH, dann den Wickelrock. Jan hob auch ihn auf und warf ihn in Mias Richtung.

»Das geht dich einen Scheiß an, Jan!«

»Ach ja?«

»Ja!«

Bei Gino hatte scheinbar jemand 'ne Münze nachgeworfen: »Signor, prego …«

»Du hältst dich da raus, hab ich gesagt!«, bellte Jan, und zu Mia: »Du bist meine Tochter, Mia. Und du bist sechzehn!«

Inzwischen war sie aufgestanden und knöpfte sich ihren BH zu. »Genau, ich bin sechzehn. Und jetzt lass mich in Ruhe!«

»Kommt nicht in Frage! Hast du eine Ahnung, was Sergeja macht, wenn sie hiervon erfährt?«

Mia wollte etwas erwidern, doch wer immer bei Gino Geld nachgeworfen hatte, hatte offensichtlich zu viel nachgelegt. Mit einer spastischen Kopfbewegung warf er sich die Tolle aus der Stirn, dann baute er sich vor Jan auf. »Prego, Signor …«

»Einen Schritt weiter«, drohte Jan, »und hier passiert ein Unglück!«

Kaum hatte er das gesagt, machte Gino den nächsten Schritt auf ihn zu, versuchte, ihn Richtung Tür zu drängen, und in dem Moment rammte Jan seinem Gegenüber mit einem albernen Aufschrei die Hände in die Brust. Gino bog seinen durchtrainierten Oberkörper nach hinten wie einer von den scheiß Incredibles, Mia streute ein hysterisches »Jan!« ein, Ginos Oberkörper schnellte wieder nach vorne, und dann spürte Jan plötzlich Ginos Faust in *seiner* Brust, und sein Oberkörper hatte leider wenig bis gar nichts mit den Incredibles zu tun.

»Gino!«, hörte er Mia diesmal schreien, da taumelte Jan bereits rückwärts, sein Fuß verhedderte sich, und es folgte der lichtdurchflutete Bruchteil einer Sekunde, in dem er begriff, dass ihn gerade die Fangleine eines Surfboards zu Fall brachte, und dann fiel er auch schon, wollte sich abstützen, drehte sich, sah für einen weiteren Sekundenbruchteil die Kante eines an der Wand hängenden Surfboards auf sich zufliegen, und dann lag er am Boden und schrie auf, ohne zu wissen, woher der Schmerz kam und ob ihm überhaupt etwas weh tat.

»Jan!«, rief Mia jetzt wieder, und diesmal klang sie wirklich alarmiert, also führte Jan benommen eine Hand an die Stirn, befühlte vorsichtig sein Gesicht, stellte fest, dass sein Nasenrücken nicht mehr da war, wo er hingehörte, und dann wusste er plötzlich, wo der Schmerz herkam und dass er sich tatsächlich verletzt hatte, und dann war auch schon alles voller Blut.

Vorwurfsvoll blickte er zu Gino auf: »Ich hab doch gesagt, das gibt ein Unglück!« Zu seiner eigenen Überraschung klang er wie eine gedämpfte Posaune.

In einem steten Rinnsal lief das Blut aus der Nase über sein Kinn, die Hände, die Arme, verschmierte das Surfboard, auf dem er saß, als warte er auf die richtige Welle. Gino wich zurück. Er schien gerade Zeuge davon zu werden, wie Jan sich in Luzifer verwandelte. Oder einen Tigerhai. Oder vor was auch immer einer wie Gino Angst hatte. Caterina wahrscheinlich. Am Ende war es Mama, vor der man hier Angst zu haben hatte. Hätte Jan gar nicht gedacht: dass jemand, der so braun war, so blass werden konnte – dass das überhaupt funktionierte, physikalisch gesehen.

Er wollte etwas sagen, aber erstens wusste er nicht, was, und zweitens fuhr ihm gerade der Schmerz wie eine heiße Nadel in die Stirnhöhlen, eine glühende Nadel, mit Widerhaken dran, äußerst unschön. Sonnenbrand und Muskelkater? Vergiss es. Im Vergleich zu Jans Klavieren war dieser Schmerz ein amtlicher Konzertflügel. Jan brachte keinen vollständigen Satz zusammen, also streckte er nur seine Hände aus, die Handflächen nach oben: *Gott, hilf!*

Gino starrte Jans blutverschmierte Hände an, langte nach einem Strandtuch, das zusammengeknüllt hinter der Lehne des Sofas klemmte – weiß, mit einem blauen HAWAII-Schriftzug – und warf es Jan zu, als fürchte er, gebissen zu werden, sobald er sich zu nah an ihn heranwagte. Vorsichtig drückte sich Jan das Handtuch auf Kinn und Mund, schob es unter die Nase und verfolgte aus den Augenwinkeln, wie sich der Stoff rot färbte. Himmel, wo kam all dieses Blut her? Mia stand in der Ecke, eingeklemmt zwischen Sofa und Wand, in String-Tanga und BH, knetete mit nervösen Fingern ihr zerlöchertes Tank-Top und sah so elend aus, dass Jan augenblicklich ein schlechtes Gewissen bekam.

»Scheiße, was machen wir denn jetzt?«, fragte sie.

Jan gestikulierte mit der freien Hand in ihre Richtung: *Zieh dir endlich deinen Rock an!*

»Gino«, rief sie, »you have to do something.«

Damit erreichte sie zwar nicht viel, doch immerhin kam so etwas wie Bewegung in Gino. »Okay«, er schob sich mit den Fingern die Haare aus der Stirn. »Allora …« Er sprach im Stakkato, wie ein Italo-Rapper. »Allora, allora, all – all – allora.«

»Hospital!«, rief Mia.

Jan hievte sich auf zwei unstete Beine und stützte sich an dem Board ab, das ihm gerade die Nase gebrochen hatte.

»Si. Si. Si.« Der Italo-Rapper kam in Hochform. »Allora: Andiamo, andi – andiamo.« Aus der Tasche einer an der Tür hängenden Neoprenjacke zog er einen Schlüsselbund und hielt ihn hoch, als könne Jan unmöglich wissen, was ein Schlüssel ist. »Le chiavi«, verkündete er.

»Bravo«, nuschelte Jan in das Handtuch, aus dem ihm ein stechender Hormoncocktail in die gebrochene Nase stieg.

Endlich streifte sich Mia das Tank-Top über und kam aus ihrer Ecke. Offenbar hielt sie sich für angezogen. »Ich komme mit«, erklärte sie.

Jan hielt ihr fünf blutverschmierte Finger entgegen: »Du gehst aufs Zimmer«, posaunte er, den Mund voller Frotteefusseln. »Und vorher ziehst du dir deinen Rock an!«

Vor Schmerzen trat Jan von einem Bein auf das andere. Auf der Straße hatten sich schimmernde Pfützen gebildet. Er wartete, im Regen, barfuß, betrunken, ein blutgetränktes HAWAII-Handtuch vor dem Gesicht. Vorbeikommende Urlaubsgäste drehten sich unauffällig nach ihm um und beschleunigten anschließend ihren Schritt: Irgendein Besoffener, der gegen einen Pfahl gelaufen war. Gino hatte ihn gebeten, hier zu warten, an der Kreuzung – um im Hotel kein Aufsehen zu erregen, oder, schlimmer noch: Caterinas Argwohn zu wecken.

Dann kam er endlich, Gino Felipe Massa, der nach Surfschluss und Sexaus seiner dritten Passion nachging: Formel 1. In einem rostigen Fiat Punto mit immerhin einem funktionierenden Scheinwerfer jaulte er im zweiten Gang die Straße herunter, bremste mit blockierenden Reifen, dass der Regen vom Asphalt aufstob, und rammte das rechte Hinterrad gegen den Bordstein. Quietschend öffnete sich die Beifahrertür. Jan beugte sich vor und warf einen Blick in den Wagen. Gino hatte beide Hände am Lenkrad, trug Basecap und Sonnenbrille und checkte den Rückspiegel nach Verfolgern.

Jan stieg ein. »Yo, man.«

»Prego, Signor Beck-stain, don't tell this to mia mamma«, sagte Gino. Dann trat er das Gaspedal durch.

Keine dreißig Sekunden später blockierten die Räder neben einem Pförtner-Kabuff, Gino rief etwas auf Italienisch, eine Schranke fuhr nach oben, und der Punto jagte auf einen verwaisten Parkplatz. Zwei Querstraßen. Die hätte Jan, in der Zeit, die er mit Warten zugebracht hatte, dreimal laufen können.

Im nächtlichen Zwielicht hätte man das »Ospedale Ceccarini« für ein Opernhaus halten können: Die aufragenden Rundbogenfenster, der ausladende Balkon, die stolze Klinkerfront … Mit breiter Brust hielt das Gebäude die Erinnerung an eine vergangene Epoche wach – als Riccione noch eine ganz normale Stadt gewesen sein musste, in den Fünfzigern, bevor das deutsche Wirtschaftswunder Millionen von Touristen an die Adria spülte, die alle ganz versessen auf Betonburgen waren. Sobald man das Gebäude betrat, war es dann vorbei mit der opernhaften Opulenz. Hier herrschten kulissenhafte Nüchternheit, klare Linien, unterschiedliche Arten von Weiß. Jan hatte das Gefühl, bereits durch einfaches Einatmen seine Nase zu desinfizieren.

Die Bereitschaftsärztin, Dottoressa Ferrai, schien Jan bereits erwartet zu haben. Sie war Mitte Fünfzig, akkurat geschminkt, hatte dicke, schwarze Wallelocken, die ihr in Trauben über die Schulter fielen, und trug unter ihrem Kittel einen schwarzen, knielangen Rock und Schuhe mit zwölf Zentimeter Absatz. Sollte sich dieses Gebäude nach Dienstschluss doch noch in ein Opernhaus verwandeln, brauchte sie nur den Kittel auszuziehen, um in perfekter Abendgarderobe zu erstrahlen. Das, dachte Jan, kriegen deutsche Ärztinnen niemals hin. Dottoressa Ferrai besah sich seine Nase, zog die linke Augenbraue zu einem Bogen von klassischer Schönheit und führte Jan in ein Behandlungszimmer.

Sein erster Blick fiel auf die beiden Leuchtkästen, die in Krankenhausserien immer hinter den Schreibtischen der Ärzte hingen. Daneben das einzige Bild im Zimmer: Papst Johannes Paul II. Ohne göttlichen Beistand ging hier offenbar gar nichts. Als Nächstes schwenkte Jans Blick auf die Beatmungseinheit und von dort zur Decke, wo eine ufoartige Operationsleuchte gerade zur Landung ansetzte. Zu guter Letzt blieb er bei der Behandlungsliege hängen, an der beidseitig verchromte Überrollbügel angebracht waren. Was Jan an der Liege nervös machte, waren jedoch nicht die Bügel, sondern die Lederriemen, die dazu dienten, die Patienten zu fixieren.

Dankbar verfolgte er, wie Dottoressa Ferrai einen der Bügel herunterklappte. »Prego.«

Während er sich auf den Rücken legte, fragte er sich, wie oft er dieses Wort heute wohl noch hören würde. Dottoressa Ferrai langte unterdessen in eine Kiste und zog sich schnalzend Latexhandschuhe über die beringten Finger. Anschließend entwand sie Jan fürsorglich das Handtuch und drückte seinen Kopf sanft, aber bestimmt in ein passgenaues Styroporkissen. Kurz kam ihm das Wort »Schraubstock« in den Sinn.

Dottoressa Ferrai brachte die Operationslampe in Position, beugte sich über ihn und drückte so behutsam und vorsichtig an seinem Gesicht herum, dass in Jan zärtliche Gefühle erwachten. Er konnte von unten ihre Nasenlöcher studieren. Auch hier: Alles perfekt gepflegt.

»You don't need medication«, entschied Dottoressa Ferrai. »You are a German man.«

Jan spürte seine Handflächen feucht werden. Während er noch fieberhaft überlegte, welche Nationalität er vortäuschen könnte, um in den Genuss einer Vollnarkose zu kommen, tasteten Dottoressa Ferrais zarte Hände seine Nase ab, und ihre Daumen und Zeigefinger legten sich um jeweils einen Teil seines gebrochenen Nasenbeins.

»Aspirare.«

Tja, dachte Jan, wenn ich mal wüsste, was …

»Breathe«, sagte Dottoressa Ferrai.

Jan blickte zu Johannes Paul hinüber, der ganz Mitgefühl und Zuversicht war, atmete ein, und noch bevor er damit fertig war, hörte er ein Knacken, gefolgt von einem Knirschen – streng genommen spürte er das Knirschen mehr, als dass er es hörte –, bevor der Schmerz vorübergehend jeden Gedanken lähmte, und Jan für einen Moment tatsächlich Sternchen vor Augen hatte.

»Aspirare«, wiederholte Dottoressa Ferrai.

Jan schnappte nach Luft, und dann verspürte er nur noch den innigen Wunsch, hemmungslos zu weinen.

Gino setzte ihn an derselben Straßenecke ab, an der er Jan zuvor eingeladen hatte. Jan hielt ihm das blutverschmierte Handtuch hin. Gino gestikulierte in Richtung des Fußraums, wo sich alles Mögliche im Halbdunkel tummelte, und Jan übergab das Handtuch den ewigen Jagdgründen.

»I am sorry«, sagte er, bevor er ausstieg. »Mia was right.« Er öffnete die Tür. »It was none of my business.«

»Prego«, entgegnete Gino, »don't tell mia mamma.«

Dottoressa Ferrai hatte Jan zum Abschied das Kinn und den Hals mit alkoholgetränkten Wattepads gereinigt, doch sein Hemd sah aus, als sei er auf RTL II in eine Schießerei geraten. Zuvor hatte sie ihm ein Gipsgitter von der Größe einer Schokoladentafel vor das Gesicht gehalten, ein Stück herausgeschnitten, es an seine Nase angepasst und mit zwei Tapestreifen befestigt. Gegen den Schmerz, der darunter pochte, fand Jan, nahm es sich unangemessen banal aus.

Neben dem Waschbecken war ein Schminkspiegel angebracht, der seinen Poren, seinen Augenringen und dem sich bereits abzeichnenden Bluterguss eine tragische Dimension verlieh. Wenigstens das. Er öffnete die Schachtel mit Schmerztabletten, die Dottoressa Ferrai ihm mitgegeben hatte, und entfaltete den Beipackzettel. Italienisch. Nicht einmal im Schminkspiegel konnte Jan da einen Sinn hineinlesen. Drei Stück am Tag, hatte die Dottoressa gesagt, maximal. Sofern Jan sie richtig verstanden hatte. Aber erst ab morgen. »Tonight non più«, hatte sie gesagt, »no harmonise con alcol«. Sie »harmonierten« nicht mit Alkohol. Ach, diese Italienerinnen. Jan füllte Wasser in sein Zahnputzglas, ging auf den Balkon, setzte sich auf eine der Liegen, drückte zwei Tabletten aus dem Blister, spülte sie hinunter, schloss die Augen und wartete darauf, dass der Schmerz nachließ.

Passierte natürlich nicht. So etwas dauerte, wusste man ja. Fünfundvierzig Minuten, mindestens. Der Regen war auf das Festland weitergezogen. Die letzten Tropfen prickelten kühl auf Stirn und Armen, eine Wohltat. Jan versuchte, sich auf diese Tropfen zu konzentrieren, keinen zu verpassen. Das lenkte von den Schmerzen ab. Er wäre gerne zu Mia gegangen, sich entschuldigen. Doch er traute sich nicht. Bald darauf war Schluss mit den Tropfen, und es gab nichts mehr zu zählen. Die Schmerzen aber waren noch dieselben. Jan schlug die Augen auf, nahm den Beipackzettel und begann, ihn zu falten.

Über eine Stunde musste Jan warten, ehe die Wirkung der Schmerzmittel einsetzte. Zwischendurch vergewisserte er sich wiederholt, dass Sergeja weder angerufen noch ihm eine SMS geschrieben hatte. Aus dem Beipackzettel war ein Origami-Huhn geworden. Vielmehr ein Brathähnchen. Ohne Kopf, ohne Füße, wie frisch vom Grill. Ein Origami-Brathähnchen. Kein Mensch hätte sagen können, was das bedeuten sollte. Ein dumpfes Gefühl machte sich in seinem Kopf breit. Noch zehn Minuten, und er würde endlich schlafen können. Er nahm sein Origami-Hähnchen, erhob sich, die Müdigkeit wie Muskelkater in den Beinen, schlurfte in die Suite, zögerte einen Moment und öffnete schließlich Mias Tür.

Sie hatte ihm den Rücken zugewandt. Doch sie schlief nicht. »Was?«

Jan setzte zaghaft ein Bein ins Zimmer. »Ich hab gerade anderthalb Stunden auf dem Balkon gesessen und mir überlegt, was ich dir sagen würde, wenn du mich das fragst.« Das stimmte zwar nicht, doch ganz gelogen war es auch nicht.

»Und?«

»Es tut mir leid …« Jan betastete seine Schläfen. Inzwischen war sein gesamter Kopf wie in Watte gepackt. Seine Zunge leider ebenfalls. »Du hattest recht«, lallte er. »Ich hatte da nichts zu suchen.«

»War es das?«

»Na ja, ich dachte, wenn ich das erst mal gesagt habe, würden wir irgendwie ins Gespräch kommen …«

»Okay, und jetzt mach die Tür zu.«

Jan besah sich das Origami-Hähnchen und schob sein zweites Bein ins Zimmer.

»Von außen«, sagte Mia.

Weil er sich beim besten Willen keinen Reim auf dieses Hähnchen machen konnte und nicht wusste, was er damit anstellen sollte, legte Jan es wie eine Opfergabe auf der Matratze ab, schlich aus dem Zimmer und schloss leise die Tür.

14

Das Telefon riss Jan aus dem Schlaf. Aus einem sehr tiefen Schlaf. Bis zum Morgengrauen hatte er sich in einem dumpfen Dämmerzustand auf dem Sofa hin und her gewälzt, bevor sich mit den ersten Vogelrufen endlich die Kammer des Schlafes hinter ihm geschlossen hatte. Jetzt fuchtelte er richtungslos mit den Armen in der Luft und musste zweimal das Thema aus Mozarts Kleiner Nachtmusik über sich ergehen lassen, bevor er wusste, wo er war und dass sein Handy klingelte. Die Melodie war vorinstalliert gewesen, und aus irgendeinem vermutlich schwer masochistischen Grund hatte Jan es nie geschafft, sie durch eine andere zu ersetzen. Blindlings tastete er nach dem Telefon und nahm den Anruf entgegen.

»Schatzi!«

Oh Gott.

»Schatzi, endlich errei…«

Er würgte die Verbindung ab.

Okay, jetzt war er wach.

Fehler. Das hätte er nicht tun dürfen. Seine Freundin wegdrücken. Stefanie. Sorry Stefanie. »Es geht mich ja nichts an«, hatte Karin gesagt, »aber finden Sie nicht, Sie sollten ihrer Freundin langsam mal reinen Wein einschenken?« Ja, Karin, sollte ich. Das nächste Mal, nahm Jan sich vor. Beim nächsten Mal gehe ich ran.

Das Telefon klingelte erneut. Okay, das übernächste Mal. Jan stellte auf »lautlos« und ließ das Handy in der Sofaritze weitervibrieren, hielt still, befühlte seine Wangen, wartete, dass es aufhörte.

Vor dem Sofa lag etwas auf dem Boden. Das Origami-Hähnchen. Offenbar hatte auch Mia nichts damit anfangen können, seine Tochter, die er gestern Abend beim Sex mit dem Surflehrer unterbrochen hatte. Odysseus war ein Glückspilz gewesen. Der hatte einen Sohn gehabt.

Jan schob den Vorhang zur Seite und trat auf den Balkon. Diese Menschenmassen! Und diese Hitze! Tausende nahezu nackte Menschen, die ihre verschwitzten Leiber aneinander rieben. Ein Tumult wie bei einem Lady-Gaga-Konzert. Draußen, auf dem Wasser, dümpelten ein paar versprengte Gestalten auf ihren Boards herum und warteten auf eine Welle. Jan meinte, Mia unter ihnen auszumachen. Von Gino und dessen Blumenshorts dagegen war nichts zu sehen. In diesem Moment fasste Jan den Entschluss, die Suite heute nicht mehr zu verlassen. Odysseus brauchte eine Pause, von allem.

Jan schloss die Tür und tappte ins Bad.

Oha.

Doppel Oha!

Dieses Gesicht wollte man nicht im Spiegel sehen. Im Schminkspiegel schon gar nicht. Sehr viel Blau und Rot, wo keins sein sollte. Seine Augen waren zugeschwollen, bis auf zwei Sehschlitze. Hallo, Augen, seid ihr da? Jan nahm zwei von Dottoressa Ferrais Schmerztabletten und schickte ihnen, damit sie sich nicht so einsam fühlten, zwei Aspirin hinterher. Dann fasste er einen weiteren Entschluss: Er würde heute nicht nur die Suite nicht mehr verlassen, sondern sich auch nicht mehr vom Sofa erheben. Stattdessen würde er einsam und unbehelligt vom Rest der Welt auf seinem gepolsterten Floß durch den Tag treiben.

Bei seinem Plan hatte Jan nicht bedacht, dass die Welt heute über andere Möglichkeiten verfügte, einen zu behelligen, als noch zu Odysseus' Zeiten. Sobald den ein Sturm auf das offene Meer getrieben hatte, war Ruhe gewesen. Doch der hatte eben auch kein Handy gehabt, das in der Sofaritze steckte.

Um 14:47 Uhr, dreieinhalb Stunden, nachdem Stefanie ihn das letzte Mal zu erreichen versucht hatte, vibrierte Jans Kissen erneut. Er öffnete einen seiner Sehschlitze und bildete sich tatsächlich ein, den Namen »Sergeja« auf dem Display zu lesen. Er aktivierte den zweiten Sehschlitz und erhielt dieselbe Information: Sergeja. Sieh an, dachte Jan, jetzt ruft *sie* also bei *mir* an.

»Hallo Sergeja, wie geht's?«

»Ach du meine Güte, wie klingst *du* denn?«

»Nichts weiter.« Jan setzte sich auf. »Meine Nase. Kleiner Unfall.«

Sergeja schien zu überlegen, ob sie nachfragen sollte, was für eine Art von Unfall das gewesen war. »Wie geht es euch? Ist alles in Ordnung?«

»Sicher. Alles bestens.«

»Und Mia? Geht's Mia auch gut?«

»Schätze schon.«

»Du *schätzt*, dass es meiner Tochter gut geht?«

»Es ist unsere Tochter. Und es geht ihr bestens.«

»Sicher?«

»Jedenfalls ist sie noch nicht schwanger.«

»Wie bitte?«

»Scherz. Es geht ihr gut.« Jan sah sich im Zimmer nach den Schmerztabletten um. »Schließlich kann Mia prima auf sich selbst aufpassen – sagt jedenfalls ihre Mutter.«

Schweigen. Jan konnte praktisch hören, wie es in Sergeja arbeitete.

»Was ist los?«, fragte er, erblickte die Packung auf dem Tisch und erhob sich mühsam vom Schlafsofa. »Probleme mit Einar?«

»Wie kommst du denn darauf?«

»Ich frage mich einfach, weshalb du plötzlich so besorgt bist?«

»Und da fällt dir als erstes Einar ein?«

Wer denn sonst?

»Nein«, fuhr Sergeja fort. »Ich hab nur heute morgen an euch denken müssen, und da hatte ich irgendwie ein komisches Gefühl, nichts weiter.«

Frauen: Kein Mensch konnte erklären, wie sie das machten,

doch sobald etwas nicht stimmte, spürten sie es über eine Distanz von 1000 Kilometern.

»Sicher, dass es keine Probleme mit Einar gibt?«

»Ganz sicher. Und jetzt sag mir die Wahrheit, Jan: Ist *wirklich* alles in Ordnung bei euch?«

»Wenn ich du wäre«, überlegte Jan und drückte zwei Tabletten aus der Folie, »würde ich dir jetzt sagen: ›Ruf mich *bitte* nicht mehr an.‹«

»Hm.«

»Ich bin aber nicht du.«

»Ein Glück.«

»Aber wenn ich du wäre, dann würde ich auch nicht diesen Marathon laufenden Borstenständer heiraten.«

»Ich weiß, Jan.«

»Einar ist nicht der Richtige für dich.«

»Du warst es auch nicht. Trotzdem hab ich dich geheiratet.«

»Und? Hast du es bereut?«

»Ungefähr eine Million Mal.«

»Dann wirst du es bei Einar erst recht bereuen.«

»Nein, werde ich nicht.«

»Und du lügst, wenn du sagst, dass du es eine Million Mal bereut hast, mich geheiratet zu haben.«

»Gut, vielleicht waren es auch zwei Millionen.«

»Beim zweiten Mal würde dir das mit mir nicht passieren.«

»Es wird kein zweites Mal geben, Jan.«

Doch, wird es. »Einar ist nicht der Richtige für dich.«

»Ich lege jetzt auf, Jan.«

»Wenn du dieses Gespräch beenden willst, wirst du das auch müssen. Ich lege nämlich auf keinen Fall auf.«

»Grüß Mia bitte von mir. Und pass das nächste Mal besser auf deine Nase auf.«

»Mach ich.«

»Also: Tschüs.«

»Ich leg nicht auf.«

»Tschüs.«

Sergeja hatte aufgelegt. Aber Jan nicht: »Ich liebe liebe dich«, rief er ins Telefon, »und Einar ist nicht der Richtige für dich!« Er schluckte die Tabletten und hielt das Telefon über Kopf wie eine Trophäe. »Und ich habe immer noch nicht aufgelegt!«

Jan hörte eine Frauenstimme. Gesang. Er legte sein Ohr an die Wand. In der Nachbarsuite sang eine Frau, auf Italienisch, klar und rein. Irgendetwas altes, ein Rezitativ aus einer Oper oder so. Im ersten Moment dachte Jan an Freya, die ihm gesagt hatte, sie wohne in der Senior-Suite. Doch die konnte es nicht sein. Diese Stimme musste einem Engel gehören. Außerdem bezweifelte Jan, dass Freya italienische Arien nachsingen konnte. Er zog den Bademantel an, öffnete vorsichtig die Tür und lauschte in den Flur hinaus, als könne eine unbedachte Bewegung den Zauber zerstören. Was für ein Ton! Balsam für die geschundenen Seelen dieser Welt. Wirksamer als jede Kopfschmerztablette. Und es kam tatsächlich aus der Nachbarsuite.

Jan schlich über den Flur. Die Tür war leicht geöffnet. Doch statt einen Blick hineinzuwagen, lehnte er sich nur mit dem Rücken gegen die Wand, schloss die Augen und genoss den Gesang. Wie vor den Schöpfer treten, dachte er. Klösterlich, besinnlich. Das Alltagsgekröse trat plötzlich völlig in den Hintergrund. Besonders, wenn man in Betracht zog, was keine hundert Meter von hier am Strand los war. Eine einfache, ungekünstelte, schlafwandlerisch sichere Stimme.

»Signor Bechstein!« Sie war die einzige in diesem Laden, die seinen Namen richtig aussprach.

»Olivia!«

Sie hatte einen Rollwagen mit schmutzigen Handtüchern aus der Suite geschoben und zog die Tür hinter sich ins Schloss. Schwer zu sagen, wer von beiden sich mehr erschreckt hatte. Olivia wahrscheinlich, vor seinem Gesicht nämlich.

Jan zog den Bademantel enger: »Du singst«, stellte er fest.

»Mi dispiace«, beeilte sich Olivia zu sagen. »Entschuldigung. Ich wollte nicht stören.«

Als sei ihr Gesang verantwortlich für die Schwellung in seinem Gesicht. Es fehlte nicht viel, und sie würde bei den Gästen von Tür zu Tür gehen und sich für ihre Anwesenheit auf diesem Planeten entschuldigen.

»Du hast eine sehr schöne Stimme«, entgegnete Jan.

Sie deutete eine Verneigung an: »Danke. Sie sind sehr … liebens-wurdig.«

Nein, war er nicht. Doch er wusste auch nicht, wie er ihr klarmachen sollte, dass sie keinen Grund hatte, sich permanent zu schämen.

Sie deutete auf ihren Wagen: »Mökten Sie frische Tucher?«

Nein, Jan brauchte keine frischen Handtücher. Doch ohne zu wissen, warum, hatte er das Bedürfnis, Olivia noch etwas zu sagen, sie nicht einfach so gehen zu lassen. Also sagte er: »Warum nicht?«, und folgte ihr und ihrem Chromwägelchen in sein Zimmer.

Sie war mit einem Satz neuer Handtücher im Bad verschwunden, als er wusste, was er ihr sagen wollte. »Du solltest Sängerin werden.«

Ihre Antwort klang, als spreche sie in eine Blechdose: »Sind Sie wirklich sehr liebens-wurdig.«

Sie kam aus dem Bad, die benutzten Handtücher im Arm.

»Unsinn«, sagte Jan, der vor der Balkontür stand. »Du hast einfach eine sehr gute Stimme.« Er sah sie an. »Und ich glaube, das weißt du auch …«

Mit einem Gesicht, als habe sie ihre gesammelten Sehnsüchte darin eingewickelt, versenkte Olivia die Handtücher im Wäschekorb. »Mamma sagt, dass ich das Hotel fuhren soll, später …«

»Und du«, entgegnete Jan, »was willst du?«

Das Gewicht des »Bella Caterina« auf den Schultern, stützte sich Olivia auf ihrem Wägelchen ab. »Sie verstehen nicht«, setzte sie an, »es ist … traditione.«

Umständlich erklärte sie Jan, dass ihre Urgroßmutter das Hotel nach dem Krieg am Leben gehalten und ihre Großmutter es im Anschluss wieder aufgebaut hatte. Caterina, ihre Mutter, hatte es dann zu dem gemacht, was es heute war. Adriano, ihr älterer Bruder, würde es gerne weiterführen, wenn es so weit war. Und eigentlich wäre er auch der Richtige dafür. Doch aus irgendeinem Grund war Caterina davon überzeugt, die Verantwortung für ihr Hotel nur in die Hände ihrer Tochter legen zu können. Dass die keine drei Schritte gehen konnte, ohne eine Vase umzuwerfen, verdrängte Caterina einfach.

»Ich bin nicht gut mit … Dingen«, schloss Olivia.

Jan musste an seinen Bruder denken, Uwe. Der hatte sein ganzes Leben nur gemacht, was andere von ihm erwarteten. Jan mochte ihn nicht, hatte ihn nie gemocht. »Und was willst *du*?«, wiederholte er seine Frage.

»Was ich …«– Olivia umfasste die Lenkstange ihres Wägelchens wie eine Schiffsreling. »Ich versuche, nicht das zu denken so viel.«

»Und«, fragte Jan, »funktioniert es?«

Olivia verstand nicht.

»Nicht daran zu denken«, erklärte Jan.

Statt einer Antwort presste sie nur die Lippen aufeinander.

Jan drehte Olivia den Rücken zu, richtete seinen Blick auf das Meer und betrachtete, wie die Wellen das Sonnenlicht wiegten. Wenn er ehrlich war, hatte er das Gespräch mit Olivia nur angefangen, um sich über sich selbst klar zu werden. Eigentlich ging es ihm um sich selbst. Olivia schickte sich an, das Zimmer zu verlassen.

»Ich hab immer gedacht, dass ich weiß, was ich will«, hielt Jan sie zurück, »aber dann hab ich gemerkt, dass ich nur glaubte, zu wissen, was ich will, aber dass ich in Wirklichkeit eigentlich immer etwas ganz anderes gewollt habe, von dem ich aber gedacht hatte, es nicht zu wollen.«

Olivia legte den Kopf schief. Gern hätte sie Jans Kauderwelsch

einen Sinn abgerungen, doch außer einem mit Kommata ge-
spickten Wortknäuel kam da nichts rüber.

»Und dann?«, fragte sie. »Was haben Sie gemacht?«

Jan drehte sich um, lehnte sich gegen die Balkontür und
schaute überall hin, nur nicht in Olivias Augen. »Dann hab ich
versucht, das zu bekommen, was ich eigentlich immer gewollt
hatte, von dem ich aber dachte, es nicht zu wollen.«

»Und hat es … funktioniert?«

»Ich bin noch dabei, es zu versuchen.«

Olivia dachte nach. »Aber wenn es zu spät ist, und Sie können
es nicht bekommen, dann« – ihre Hände tasteten abwesend den
Griff des Wäschewagens ab – »dann werden Sie sein … molto
triste.«

»Stimmt.«

»Ist es nicht besser dann, es nicht zu wollen?«

»Vielleicht.«

Jetzt trafen sich doch noch ihre Blicke: »Ma …« Aber?

»Wenn es noch nicht zu spät ist, und ich *kann* es noch zurück-
bekommen …«

»… dann werden Sie sein sehr … felice.«

So sieht's aus.

Mehr gab es nicht zu sagen. Olivia öffnete die Tür, ging um
ihren Wagen herum und legte die Hände auf die Stange.

»Was du eben gesungen hast«, fragte Jan, »was war das?«

»Triste ritorno.«

»Du hast eine wirklich schöne Stimme.«

Über die Schulter warf Olivia Jan einen Blick zu, als habe er
sie für unheilbar krank erklärt. »Grazie.« Ruckartig schob sie den
Wagen vorwärts. Im nächsten Moment krachte er gegen den
Türrahmen, der Wäschekorb sprang aus seiner Halterung, und
etwa zwanzig Handtücher verteilten sich auf dem Boden. »Mi
dispiace …«

Hinter ihrem Rücken verdrehte Jan die Augen. *Ich bin nicht
gut mit … Dingen.* Besser hätte er es auch nicht sagen können.

145

15

»Du siehst ziemlich erbärmlich aus.«

»Danke für deine Anteilnahme«, entgegnete Jan.

Mia war sauer. Immer noch. Die Frage war: War sie noch immer sauer auf ihn? Jan hatte das vage Gefühl, dass es hier um etwas anderes ging. Sie war abgekämpft, zu erschöpft, um den Rücken länger gerade zu halten. Sie schlurfte ins Bad, kam kurz darauf wieder heraus und steuerte ihr Zimmer an.

»Warte mal kurz«, bat Jan.

Sie blieb stehen, genervt, Hand in die Hüfte gestemmt. »Ich bin müde, Jan.«

»Gib mir zwei Minuten, okay?«

Sie stemmte die zweite Hand in die Hüfte. »Okay.«

»Es tut mir leid. Wegen gestern Abend. Ich hab überreagiert. Es tut mir wirklich leid. Ich hatte da nichts zu suchen, und es wird auch nicht wieder vorkommen.«

»Fertig?«

»Nein. Ich war verunsichert. Ich möchte, dass du das verstehst. Ich bin nicht geübt im … Vatersein. Ich dachte … Ist ja auch egal, was ich dachte. Jedenfalls« – Jan richtete einen Zeigefinger auf sein Gesicht – »hab ich ganz schön teuer bezahlt, und ich finde, ganz ehrlich, dir würde kein Zacken aus der Krone brechen, wenn du mir verzeihen könntest.«

Mia kaute auf ihrer Unterlippe. »Okay.«

»Heißt das, du nimmst meine Entschuldigung an?«

»Was'n sonst?«

»Gut. Danke.« Mia hatte ihre Zimmertür erreicht, als Jan hinzufügte: »Du bist noch wegen etwas anderem sauer, stimmt's?«

Sie warf ihm einen strengen Blick zu, ganz die Oberlehrerin. Sergeja hatte das auch manchmal gemacht. Aus irgendeinem Grund war Jan dann immer ganz verliebt gewesen.

»Gino?«, fragte er.

Mias Blick verriet sie. Treffer. Ins Herz.

»Oder Felix?«, bohrte Jan weiter.

Oh. Autsch. Treffer, versenkt. Offenbar ging es um beide.

»Blöde Frage?«, fragte Jan.

»Merkste selber, ne?«

Sie verschwand im Schlafzimmer.

»Gehen wir zusammen zum Essen runter?«, rief er ihr nach.

Mia schloss die Tür, ohne zu antworten, doch irgendetwas sagte Jan, dass sie zusammen Abendessen würden.

Es war unanständig, was Mia und er in sich hineinschaufelten. Sie, die den ganzen Tag gesurft war, und Jan, der den ganzen Tag nichts gegessen hatte außer Schmerztabletten. Ihre Teller quollen über. Auch sonst war die Stimmung versöhnlich. Der Regen der vergangenen Nacht hatte vorübergehend den Schmutz und den Schweiß aus der Luft gewaschen, eine leichte Meerbrise strich Jan sanft über den Nacken, und Olivia hatte ihnen unaufgefordert eine Flasche Wein gebracht und beim Einschenken aus unerfindlichen Gründen nichts verschüttet. Sogar Caterina schien von der eigentümlichen Stimmung erfasst worden zu sein. Als sie Mia und Jan begrüßt und an ihren Tisch geleitet hatte, war für einen schwachen Moment die Strenge aus ihrem Gesicht gewichen, und ihr war ein empathisches Stirnrunzeln entwischt.

»Triffst du dich noch mit Gino?«

»Wieso willst'n das wissen?«

Jan musste raten: »Damit ich weiß, wo ich heute Abend auf *keinen* Fall auftauchen darf?«

Mia stopfte sich ihre Gabel in den Mund. An ihrem Kinn klebten Teile ihres Risottos. Jan überlegte, ob er sie darauf aufmerksam machen sollte, doch irgendwie sah es ganz lustig aus, und ein bisschen Aufmunterung konnte heute nicht schaden.

»Weiß noch nicht«, entgegnete sie.

Jan konzentrierte sich aufs Kauen. Langsam und vorsichtig. Wann immer er seine Kiefer zu stark aufeinander presste, fuhr ihm ein stechender Schmerz in die Nasenwurzel. Da halfen alle Tabletten nicht. Leider roch er nichts mehr und schmeckte nur noch die Hälfte. Das Fischcarpaccio auf seinem Teller sah köstlich aus.

Möglicherweise waren seine getrübten Sinne auch der Grund dafür, weshalb Jan das Unheil, das ihn gleich ereilen sollte, nicht herannahen fühlte. Es musste Vorboten gegeben haben, so dachte er später, bei Odysseus hatte es immer Zeichen gegeben: einen Adler, der ins Meer stürzte, einen Delphin, der einen dreifachen Rückwärtssalto sprang, Zeus, der einen Blitz auf die Terrasse schleuderte und den Tisch in zwei identische Teile spaltete … Jan war sicher, dass irgendetwas in dieser Art sich ereignet haben musste. Doch er war so auf das Essen und seine Nase fixiert gewesen, dass er die Zeichen schlicht ignoriert hatte. Und wie das eben so war bei Odysseus: Wer die Zeichen missachtete, den strafte das Schicksal.

Sie sah toll aus, wie aus dem Cover einer *Vogue* geschnitten: langbeinig, grazil, jede Bewegung wie choreografiert. Sie hätte immer noch modeln können, problemlos, trotz ihrer demnächst siebenunddreißig Jahre und ihrer biologischen Uhr. Und im Moment versuchte sie alles, um sich von der Situation, mit der sie sich konfrontiert sah, nicht ihre langen Beine wegziehen zu lassen.

Stefanie stand am Tisch, mit bebendem Brustkorb und zitternden Fingern, und Mia und Jan hörten auf zu kauen.

»Ganz ehrlich«, brachte sie hervor, und schon bei diesen ersten Worten war sie kurz davor, in Tränen auszubrechen, »ich weiß nicht, wo ich anfangen soll.«

Jan und Mia tauschten einen Blick aus. Karin, ging es Jan durch den Kopf. Nur seine Sekretärin konnte Stefanie verraten haben, wo er sich aufhielt.

»Kannst du mir bitte sagen, dass das, was ich hier sehe, nicht das ist, was ich glaube, dass es ist?«, fuhr sie fort.

»Es ist *ganz sicher* nicht das, was du denkst, dass es ist«, antwortete Jan.

Offensichtlich war das nicht, was Stefanie zu hören erwartet hatte, denn in diesem Moment riss der Faden, und sie verlor die Fassung: »Du sagst mir, du musst nach Korea, und stattdessen fährst du mit diesem Flittchen an die Adria, und ich soll dir glauben, dass das nicht ist, was ich glaube, dass es ist?«

Mia schluckte ihr Risotto herunter und sah Jan an: »Hat die Olle mich gerade als Flittchen bezeichnet?«

»Schätze schon«, antwortete Jan. Er versuchte, möglichst weit aus sich herauszutreten, das Gefühl zu bekommen, als beobachte er das alles nur.

Mia nahm Stefanie ins Visier: »Erstens: Ich bin kein Flittchen. Und zweitens: Sie müssen echt einen an der Waffel haben, wenn Sie glauben, ich hätte was mit Jan am Laufen.«

»Tu uns beiden den Gefallen und versuch erst gar nicht, mich für blöd zu verkaufen.« Stefanie quietschte wie ein pfeifender Wasserkessel.

Jan war kurzfristig gerührt von dem, was sich da in Stefanie Bahn brach. So sehr hatte sie sich in den acht Monaten, in denen sie zusammen waren, noch nie gehenlassen.

Mia deutete mit dem Messer auf Stefanie und fragte Jan: »Wer is'n das überhaupt?«

Auch Stefanie heftete ihren Blick auf Jan – eine explosive Mischung aus Verletztheit, die eben erst Raum zu greifen begann, und weißglühender Eifersucht auf eine lächerlich junge Frau mit jeder Menge Piercings, zerlöcherten Jeans und Igelfrisur.

»Das«, zischte Stefanie, »ist doch wohl eher die Frage, die *ich* stellen sollte. Also, Jan: Wer ist dieses Flittchen?«

Schemenhaft nahm Jan drei Frauengestalten wahr, die im Eingang zum Hotel standen und aufmerksam die Szene verfolgten. Signora Angelosanto, Caterina und Olivia. Garantiert waren sie nicht die Einzigen. Was auch immer gleich passiert, dachte Jan, hier sollte ich mich besser nicht noch einmal blicken lassen.

»Meinst du nicht«, hörte er Mias Stimme, »dass du langsam mal was sagen solltest?«

Yepp. So weit, so eindeutig. Doch wo anfangen? »Mia«, sagte Jan, »das ist Stefanie. Stefanie: Mia.«

Seine Tochter sah ihn an, als habe er den Text vergessen.

»Stefanie ist«, fuhr Jan fort, »meine Freundin. Schätze ich.«

»*Schätzt* du?«, zischte Stefanie.

Inzwischen waren nicht nur Signora Angelosanto, Caterina und Olivia, sondern auch die umliegenden Tische ganz Ohr.

»Du hast eine Freundin?«, fragte Mia.

Stefanies Stimme nahm einen Ton an, der punktgenau Jans Gehörnerv traf. »Die kleine Schlampe weiß nicht mal, dass ich deine Freundin bin!«

Bei dem Wort »Schlampe« ließ Mia ihr Besteck neben den Teller fallen und richtete sich in ihrem Stuhl zu maximaler Größe auf. Sie schien denselben Gedanken zu haben, den Jan beim Anblick von Einar gehabt hatte: Wenn es hart auf hart kommt, haue ich die um. In mancherlei Hinsicht unterschieden sich Männer und Frauen deutlich weniger voneinander, als man gemeinhin annahm.

»Die ›kleine Schlampe‹ …«, setzte Mia an, doch Jan brachte sie mit einer Handbewegung zum Schweigen.

Hier kam er nicht mehr heraus, da konnte er noch so sehr versuchen, das Ganze wie von außen zu betrachten. Jan hörte Grillenzirpen, das Meeresrauschen, das entfernte »hmpf – hmpf – hmpf« einer Stranddisco. Was er dagegen nicht hörte, war: Besteckklappern, Gespräche, Absätze auf den Steinfliesen. Offenbar hatte man auf der gesamten Terrasse vorübergehend die Essensaufnahme eingestellt. Ich hätte auf dem Zimmer bleiben sollen, dachte er.

Dann blickte er zu Stefanie auf und sagte: »Die ›kleine Schlampe‹ ist meine Tochter.«

Auf der Terrasse gab es niemanden mehr, der ihnen nicht seine volle Aufmerksamkeit geschenkt hätte.

»Du hast ...« Stefanie schloss die Augen, strauchelte zwei Schritte rückwärts und wurde von einem Stuhl gebremst, auf dem – Freya! – saß. Hallo Freya. Stefanie griff sich einen freien Stuhl, zerrte ihn wie wild über die Terrasse und setzt sich zu Mia und Jan an den Tisch. Anschließend legte sie ihre Handtasche in den Schoß und fiel in sich zusammen. Wahrscheinlich, dachte Jan, hätte sie eine »kleine Schlampe« besser verkraftet als eine Tochter.

»Ich habe meinen Mann für dich verlassen«, sagte sie schließlich.

Jan versuchte, sich aus der Schusslinie zu bringen: »Ich habe dich nicht darum gebeten.«

»Du hast mich verleugnet?«, warf Mia ein. Auch sie sah alles andere als glücklich aus.

Langsam gewann Stefanie ihre Fassung zurück: »Du hast mich belogen. Du hast unsere Beziehung auf einer Lebenslüge aufgebaut!«

»Nein, habe ich nicht.« Jan wusste, es war sinnlos. Versuch mal, in einem Kugelhagel aus der Schusslinie zu treten. Aber als Arsch mit maximaler Punktzahl wollte er auch nicht abgehen. »Ich habe nie gesagt, dass ich keine Tochter habe.« Er wandte sich an Mia. »Und ich habe dich auch nie verleugnet, Mia. Ich habe lediglich verschwiegen, dass es dich gibt.«

»Auf jeden Fall hast du mir nicht die Wahrheit gesagt!« Stefanies Gehirn war noch immer damit beschäftigt, mindestens drei Informationen auf einmal zu verarbeiten. Was nicht ihre Stärke war. »Du hast mein Vertrauen missbraucht!«

Jan legte beide Hände flach auf den Tisch, bereit zum Abgehacktwerden. »Ich will mein Verhalten gar nicht entschuldigen, Stefanie. Es ist nur so, dass ...« Er schenkte sich Wein nach und trank. »Also, am Anfang, da dachte ich noch, wir hätten sowieso nur eine Affäre. Also warum dir von Mia erzählen? Aber dann war es irgendwie plötzlich doch mehr als eine Affäre, und ich dachte, jetzt sollte ich es dir langsam mal sagen, aber dann kamst du mit deiner biologischen Uhr und wie laut die so tickt – auch wenn *ich* die nie gehört habe –, jedenfalls war dieses Kinderthema plötzlich so ein Riesending, und irgendwie war dann der Zeitpunkt, wo ich es dir noch hätte sagen können, vorbei …«

»Also willst du dein Verhalten doch entschuldigen!«

»Ja. Nein. Kann sein.« Jan nahm sein Weinglas und stürzte den restlichen Inhalt in einem Zug herunter. »Was ich dir zu sagen versuche, ist: Mit der Wahrheit, das ist eine heikle Kiste, Stefanie. Wenn man da einmal mit anfängt, mit der Wahrheit, dann kommt man da echt schwer wieder raus.«

Mia sah ihn an. Ihr Gesicht war versteinert. Kein Zweifel: Jan hatte soeben den letzten Rest seiner Glaubwürdigkeit zum Schornstein rausgeblasen. Stefanie führte die Hände vors Gesicht und fing an zu weinen. Vereinzelt wandten sich die Gäste wieder ihren Tellern zu.

»Ich glaub das nicht«, schluchzte Stefanie in ihre Hände.

»Saubere Leistung, Jan«, kommentierte Mia.

»Willst du einen Schluck?«, fragte Jan, und als habe er damit alles nur noch schlimmer gemacht, sprang Stefanie von ihrem Stuhl auf, rief noch einmal: »Ich glaub das einfach nicht!«, und zog Jan ihre Handtasche über den Kopf.

Die Stille auf der Terrasse war unwirklich. Alles hielt den Atem an. Wie ein Standbild, dachte Jan. Dann setzte der Schmerz ein, tief, durchdringend und unerbittlich, und Jan wünschte sich, ohnmächtig zu werden.

Mia kniff die Augen zusammen, sagte: »Ich glaub, mir wird schlecht«, und wandte sich ab.

Jan betastete sein Gesicht wie einen Fremdkörper. Im ersten Moment dachte er, alles sei heil geblieben. Doch dann stellte er fest, dass die Gipsschiene in zwei Teile zerbrochen war, und wusste, dass es seine Nase ebenfalls erwischt hatte. Er legte den Kopf in den Nacken und spürte, wie ihm das Blut in den Rachen lief.

»Saubere Leistung, Stefanie«, sagte er.

Stefanie konnte nicht glauben, dass ihre Tasche eine solche Durchschlagskraft entfaltet haben sollte. »Die Flasche! Ich hab die Flasche ganz vergessen!«

Jan streckte einen Arm aus: »Serviette.«

Stefanie stopfte ihm in die Hand, was an Servietten in Reichweite lag. »O mein Gott! Jan, es tut mir leid. Ich hatte die Flasche einfach vergessen.«

So vorsichtig es ihm möglich war, drückte sich Jan die Servietten aufs Gesicht und richtete seinen Kopf wieder auf. »Was für eine Flasche?«, näselte er.

»Der Champagner. Ich hatte am Flughafen einen Champagner gekauft, weil …« Ihre Augen weiteten sich, sie verbarg ihr Gesicht in den Händen und heulte los wie ein Turbo. »Ich hab die Wohnung gekauft!«

Jan wollte nur noch in einen tiefen, schmerz- und traumlosen Schlaf sinken und zu einer anderen Zeit und an einem anderen Ort wieder erwachen, fern von hier.

Mia beugte sich vor: »Lass mal sehen.«

Jan löste das Serviettenknäuel von seinem Gesicht, das schon wieder ganz blutig war.

»O shit!« Mia sprang auf und rannte zur Toilette. Der Tisch war inzwischen von Menschen umringt. Auch Freya war unter den Zaungästen. Und Caterina. Alle sahen ziemlich angewidert aus.

»Schief?«, fragte Jan. Er wagte nicht, seine Nase zu betasten.

Stefanie hielt sich den Mund zu und nickte. »Du musst sofort in ein Krankenhaus!«

Jan drückte sich wieder die Servietten auf das Gesicht, nahm mit der freien Hand die Weinflasche aus dem Kühler, setzte sie an und trank sie aus.

Als er aufstand, sagte Stefanie: »Ich bring dich.«

»Nein«, antwortete Jan.

»Soll ich?«, bot sich Freya an.

»I call a taxi«, entschied Caterina.

»No!« Jan machte eine abwehrende Handbewegung, die alle zum Schweigen brachte. »Ich gehe zu Fuß. Ich weiß, wo es ist. Und niemand wird mich begleiten.« Stefanie setzte zu einer Erwiderung an, doch Jan war schneller. »Niemand!«

Dottoressa Ferrai begrüßte Jan mit den Worten: »This time I give you medication.«

Endlich jemand, der meine wahren Bedürfnisse versteht, dachte Jan.

Der Behandlungsraum, in dem sie diesmal seinen Kopf in das Styroporkissen drückte und die Nase richtete, unterschied sich von dem gestrigen im wesentlichen dadurch, dass kein Bild von Johannes Paul II. neben dem Leuchtkasten hing. Jan hatte es nicht besonders mit dem Glauben, geschweige denn mit der Kirche. Aber mit Johannes' Beistand war ihm irgendwie wohler gewesen.

Er hörte es rumpeln und knacken in seinem Kopf, spürte, wie die Knochenteile gegeneinander rieben. Aber die Schmerzen waren auszuhalten. Wie Zahnstein entfernen, nur in der Nase. Dottoressa Ferrai benötigte deutlich länger als am Vortag. Immer wieder richtete sie ihren Oberkörper auf und besah sich die Nase. »Hard to tell.« Sie blies ihre Backen auf wie ein Frosch, um zu zeigen, dass Jans Gesicht einfach zu geschwollen war, um eine verlässliche Aussage darüber zu treffen, ob die Nase wieder gerade war.

Als Jan aufzustehen versuchte, knickten seine Beine weg.

»Medication works on all body«, erklärte Dottoressa Ferrai mit ihrer rauchigen Stimme und zog ihn mit sicherem Griff in die Senkrechte.

Jan musste schmunzeln. *Medication works on all body.* Hübscher Satz. Wäre das hier ein Softporno, ging es ihm durch den Kopf, würde er jetzt »Are you sure?« antworten, und die Dottoressa würde ihm die Hose aufknöpfen und sagen: »Looks to me like it works.«

Als Jan in die Nacht hinausstolperte, traf ihn der Sauerstoff wie ein Schlag vor die Brust. Benommen setzte er sich auf einen Blumenkübel und versank zur Hälfte in einer kegelförmigen Grünpflanze. Wo sollte er jetzt hingehen? Ins Hotel zurück? Zu Mia, Stefanie und Freya – und drei Generationen famiglia Angelosanto? Er könnte Umwege gehen, am Strand entlang, in ein anderes Hotel ziehen, sich ein Surfboard schnappen und nach Kroatien rübermachen. Am Ende aber würde er doch wieder ins Hotel zurück müssen. Schließlich konnte er seine Tochter schlecht sich selbst überlassen. Und Stefanie gab es auch noch. Der sollte er wirklich langsam mal reinen Wein einschenken. Schließlich hatte sie die Wohnung gekauft und wusste noch gar nicht, dass er nicht mit einziehen würde. Hoppla, das war neu. Er würde nicht mit ihr zusammenziehen? Nein. Bei reiflicher Überlegung: Nein. Und wenn er ehrlich war, hatte er das von Anfang an gewusst. So war das mit der Wahrheit: Wenn man einmal damit anfing, kam man schwer wieder heraus.

Jan schlich ins Hotel wie ein Einbrecher. Jeden Moment konnten Mia, Stefanie oder Freya hinter einer Säule hervortreten, eine Uzi im Anschlag: »Hier ist deine Fahrt zu Ende, Odysseus!«

Puh. Das Zeug, das Dottoressa Ferrai ihm im Krankenhaus gespritzt hatte, rief komische Gedanken hervor. Und es schlug auf den Kreislauf. Jans Hemd klebte am Rücken vor Schweiß.

Caterina reichte ihm kommentarlos den Schlüssel über den Tresen. Sie wusste nicht genau, was da vorhin vorgefallen war, doch eins schien klar: Jan hatte sich versündigt. Gegen eine Frau. Mindestens eine. Seine Hoffnung auf Gnade war verbrannt. Sie würde ihm nicht zuteil werden. Nicht im Haus von famiglia Angelosanto.

Zu seiner Überraschung fand er die Suite leer vor. Keine Mia, keine Stefanie. Zur Sicherheit sah er sogar im Schrank nach. Als Letztes trat er auf den Balkon. Da unten wimmelte es von Leuten, immer noch. Entlang des Holzstegs, der zum Strand führte, steckten brennende Fackeln im Sand. Die Poolbeleuchtung war eingeschaltet. Einige Nachtschwärmer verwirbelten das Wasser, um sich für die anstehenden Partys in Stimmung zu bringen. Die Restaurantterrasse waberte im Schein der aufgestellten Kerzen, die Lichterkette über der Bar schaukelte träge hin und her. Von Jans Warte aus war das alles sehr hübsch anzusehen. Auf dem Dach des Pavillons, in dem die Bar untergebracht war, hatte man Outdoor-Loungemöbel zu kleinen Grüppchen arrangiert. Ebenfalls sehr adrett.

In einer Ecke hatten es sich drei Frauen bequem gemacht, von denen eine auffällig lange blonde Haare hatte, die zweite eine schwarze Igelfrisur und die dritte Spitze rauchte. Auf dem Tisch in ihrer Mitte standen drei Gläser, neben dem Tisch ein Champagnerkühler mit einer umgedrehten und einer angefangenen Flasche. Offenbar war die große Verschwesterung im Gang. Und offenbar hatte Stefanie einen würdigen Anlass für ihren Champagner gefunden. Wie schön. Beim Anblick der drei Frauen überkam Jan das vage Gefühl, dass dort gerade sein Leben verhandelt wurde. Sein Ableben, um genau zu sein. Wahrscheinlich schmiedeten sie in diesem Moment Pläne für seinen möglichst langsamen und schmerzvollen Untergang.

Dottoressa Ferrai hatte ihm diesmal Schmerz- *und* Schlafmittel mitgegeben. Ein guter Mensch. Einer der letzten. Jan zog sich in die Suite zurück, und weil er nicht wusste, welches die Schmerz- und welches die Schlaftabletten waren, schluckte er jeweils zwei, spülte sie mit einem Verdicchio aus der Hausbar hinunter, ließ sich auf die Schlafcouch sinken und schaltete den Fernseher ein.

Laute Frauen mit beängstigend prallen Brüsten flimmerten über den Bildschirm. Offenbar eine Game-Show. Es gab Kandidaten, die lauter unsinniges Zeug tun mussten, und was immer sie machten, neben ihnen stand eine dieser hysterisch überschminkten Frauen und kommentierte, welchen Knopf der Kandidat gerade drückte, oder wiederholte, was er gerade gesagt hatte. Das Ganze spielte sich in einer geöffneten pinkfarbenen Venusmuschel von der Größe einer Konzertbühne ab. Die Kandidaten waren erwachsene Menschen, mussten aber auf Plüschwürfeln sitzen und wirkten ziemlich verloren. Jan verstand weder, was genau sie tun mussten noch zu welchem Zweck. Am Ende schien es lediglich darum zu gehen, dass die Frauen mit den dicken Titten möglichst oft ihre Silikonbündel ins Bild hielten.

Er tastete nach der Fernbedienung, doch die hatte sich in irgendeine Ritze verkrochen, und zum Aufstehen fehlte Jan die Kraft. Schwer atmend drehte er sich auf den Rücken, schloss die Augen und ergab sich seinem Schicksal.

Jan erwachte, weil es plötzlich still geworden war. Durch die medikamentengepolsterten Windungen seines Gehirns tastete er sich nach und nach an die Realität heran. Der Fernseher. Er lief nicht mehr. Jan erkannte die Umrisse einer Silhouette, direkt vor seinem Sofa.

»Stefanie?«, gurgelte er.

»Nein, ich bin's«, sagte Mia. Ihre Stimme war irgendwie kloßig. Als ringe sie mit den Tränen. Konnten aber auch die Medikamente sein.

»Wo ist Stefanie?«

»Keine Ahnung. Ein anderes Hotel, glaub ich. Caterina hat sie irgendwo untergebracht. Sie fliegt morgen zurück, hat sie gesagt.«

Eine Welle der Erleichterung rauschte durch Jans Körper. Er stützte sich auf die Ellenbogen, betastete die neue Gipsschiene und spürte … nichts. Als klopfe jemand an die Wohnungstür. Geiles Zeug. Danke Dottoressa. Mia stand vor ihm und rührte sich nicht. Jan wartete.

»Du hast mich nie gewollt, stimmt's?«

Jan hatte sich nicht verhört. Sie rang tatsächlich mit den Tränen.

»Freya meint, wenn du mich wirklich gewollt hättest, dann wärst du damals nicht einfach abgehauen.«

Jan hatte damit gerechnet, dass ihm diese Unterhaltung eines Tages bevorstehen würde. Doch er hatte darauf gehofft, dass er in einer besseren Verfassung sein würde als ausgerechnet jetzt. Er wischte sich den Schweiß von der Stirn. Dieser Medikamentencocktail war Schwerstarbeit für seinen Körper. Er war klatschnass, von oben bis unten, und sein Herz schlug, als reiße jemand im Keller die Wände ein. Er stemmte sich gegen die Rücklehne und sortierte seine Gedanken, hier einen, da einen, fing sie ein wie Schmetterlinge.

»Ich glaube nicht«, sagte er, »dass Freya sich ein Urteil darüber erlauben kann, weshalb das damals alles so gekommen ist, wie es gekommen ist.«

»Sag es einfach«, entgegnete Mia. »Du hast mich nie gewollt, stimmt's?«

»Nein, stimmt nicht. Ich habe dich immer gewollt. Als Sergeja mir damals sagte, dass sie schwanger ist, war ich der glücklichste Mensch der Welt. Sagt sich so leicht – der glücklichste Mensch der Welt –, stimmt aber. Kein Mensch auf der Welt hätte glücklicher sein können als ich, unmöglich.« Jan wischte seine Hände am Laken ab und drückte sich einmal mehr drei Finger in die Leiste. Seine letzte Zuflucht. »Weshalb ich dann trotzdem gedacht habe, ich müsste das alles abschneiden? Hab ich viel drüber nachgedacht in letzter Zeit …«

»Und?«

»Ich hatte die Hosen voll. Tut mir leid, Mia, dass ich keine bessere Antwort parat habe. Am Ende ist es so banal wie bescheuert. Ich hatte eine Heidenangst, von meiner Ehe begraben zu werden. Später dann – als ich schon in Frankfurt war, während Sergeja noch ihr Studium in Heidelberg zu Ende brachte – hatte ich Angst davor, dass du mich ablehnen könntest. Ich hab wie blöd gearbeitet, um über die Runden zu kommen, Sergeja zu sehen hat mir jedesmal komplett das Wasser abgelassen, weil es mir gezeigt hat, was für ein Idiot ich gewesen war, und wenn du dann mal bei mir warst, wusste ich nicht, was ich mit dir machen soll, weil ich einfach mal null Ahnung von Kindern habe … Es gibt tausend Gründe, Mia, und keiner davon ist ein guter. Ich kann das nicht entschuldigen. Fakt ist: Ich war nicht da, also hab ich's verbockt. Punkt. Ich wünschte, ich könnte das rückgängig machen, aber ich kann es nicht. Und alles, was dabei herauskommt, wenn ich darüber nachdenke, ist, dass ich in Selbstmitleid zerfließe, und das ist noch egoistischer als alles andere.«

Mia schluckte seine Sätze, einen nach dem anderen. »Du bist auch überhaupt nicht krank, oder? Dieses Ding da mit deiner Leiste – das ist bullshit.«

Er löste die Hand von seiner Hüfte. »Ja. Das heißt: nein. Bin nicht krank – abgesehen davon, dass ich in der Midlife-Crisis stecke und noch nicht weiß, ob das in eine psychische Erkrankung münden wird oder ich gestärkt daraus hervorgehe.«

»Aber du hast gedacht, wenn du so tust, als wärst du krank, würde ich vielleicht mit dir in den Urlaub fahren, und dass du es so vielleicht hinbiegen könntest, dass Mama zu dir zurückkommt – vorausgesetzt, du schaffst es, dich bei mir einzuschleimen.«

»So, wie du es sagst, klingt es echt schlimmer, als es gedacht war.«

»Ja oder nein.«

»Ich hatte gehofft, dass ihr beide …« Jan unterbrach sich. »Ja«, sagte er, »hab ich.«

»Von allen bescheuerten Ideen, die du in deinem Leben so gehabt hast, war das doch sicher eine der bescheuertsten.«

»Würde ich jetzt nicht widersprechen.«

Mia machte auf dem Absatz kehrt, ging ins Schlafzimmer und schlug die Tür hinter sich zu. Die Stille, die sich anschließend auf Jan herabsenkte, war derart beklemmend, dass er sich wünschte, sie hätte den Fernseher wieder eingeschaltet.

16

In der Mittagshitze drängten sich die Leiber wie Würstchen aneinander. Der Strand hatte sich in einen kilometerlangen Grill verwandelt, hier zwei nussölmarinierte Nackensteaks, da drei Nürnberger, unter dem Schirm die Oversizebouletten und ganz vorn die fettfreien Filets, längst zäh und schwarz von allen Seiten. Temperatur: kurz vor vierzig Grad. 39,3, um genau zu sein. Bei Fieber wurde es da kritisch. Unwillkürlich dachte Jan an sein Origami-Brathähnchen.

Bei diesen Temperaturen bewegte sich nur noch, wer nicht anders konnte. Und das waren die Ginos dieser Welt. Schläfrig und satt hingen sie auf ihren Liegen, zugleich aber von schwelender Geilheit umwabert und bis zum Stirnband mit Testosteron aufgeladen. Beim Anblick schwitzender Schenkel mussten sie sofort Abkühlung im Meer suchen. Und da sie unablässig auf der Suche nach schwitzenden Schenkeln waren, mussten sie sich eben alle fünf Minuten auf Betriebstemperatur runterkühlen. Ansonsten: an Ohnmacht grenzende Trägheit. Nur hin und wieder blätterte ein heißer Luftstoß in den Seiten eines im Sand liegenden Buchs.

Mia und Jan lagen im Schatten der Markise auf dem Balkon und schwiegen sich an. Eine ganze Weile ging das jetzt so. Inzwischen dröhnte Jan das Schweigen in den Ohren. Mia rauchte. In Jans Gegenwart hatte sie das vorher noch nie gemacht. Es gab keinen Grund mehr, einander etwas vorzumachen. Jan hatte, als er aufgewacht war, den Armreif, den er ihr zum Geburtstag geschenkt hatte, neben dem Papierhuhn auf dem Boden liegen sehen. Da war klar gewesen: Die Sache war durch. Es gab nichts mehr zu sagen.

Er hatte Mia auf der kleinen Dachterrasse gefunden, wo sie, einen Orangensaft im Schoß und die Füße auf der Brüstung, vor der Plexiglaswand saß und ins Nichts starrte. Sie wolle seinen Schmuck nicht. Von ihr aus könne er ihn Stefanie schenken oder irgendeiner Frutte. Stefanie sei übrigens ganz in Ordnung. Und wahrscheinlich würde sie den Schmuck gar nicht wollen. Also irgendeine Frutte.

Jan wollte wissen, was eine Frutte ist.

»Frutten sind Frutten«, Mia blickte weiter stur auf das Meer hinaus. »Das kann man nicht erklären. Prollige Zicken mit weißen Jeans und einem Blick, der dir sagt: Du bist es nicht.«

»Also kann man es doch erklären.«

»Lass gut sein, Jan.«

Da hatte er kapituliert. Als er sie fragte, ob es etwas gebe, das er noch für sie tun könne, antwortete Mia: »Ich will nach Hause, Jan.«

Also war er zur Rezeption gegangen, hatte Caterina gesagt, dass sie auschecken wollten, und sie gebeten, herauszufinden, wann der nächste Flieger nach Frankfurt gehe. Bis er wieder auf dem Zimmer war, hatte Mia bereits gepackt.

Vor etwa einer Stunde dann hatte es an der Tür geklopft, und eine schüchtern lächelnde Olivia hatte Jan davon in Kenntnis gesetzt, dass alle Flüge, die heute noch nach Deutschland gingen, restlos ausgebucht waren und sie deshalb nur zwei Plätze für morgen habe reservieren können. Mi dispiace …

Jan und Mia würden es also noch einen Tag miteinander aushalten müssen. Und so, wie sich das hier anließ, gab es keinen Grund, anzunehmen, dass sich eine der kommenden vierundzwanzig Stunden freudvoller gestalten würde als die vergangene. Vor ihnen lag ein hartes Stück Arbeit.

Mia drückte die Zigarette aus und stand auf.

»Wo willst du hin?«, muffelte Jan durch eine Nase, die wie ein Klumpen Ton an seinem Gesicht klebte.

»Surfen.«

Er blickte zum Strand hinunter. Ein Wellengang wie in der Badewanne. Mia könnte den ganzen Tag da draußen herumdümpeln, ohne dass eine Welle vorbeikäme. Was ihr offenbar lieber war, als weiter mit Jan auf dem Balkon herumzuliegen. Er hörte sie durchs Zimmer gehen, ins Bad, ins Schlafzimmer. Schließlich klickte die Tür ins Schloss.

Jan hatte erwartet, dass er sich allein auf dem Balkon endlich entspannen würde, doch das Gegenteil war der Fall: Er wurde von einer pulsierenden Unruhe erfasst. Und dann wurde ihm klar, weshalb er eben so besorgt geklungen hatte: *Wo willst du hin?* Die Angst, sich selbst überlassen zu sein, war zurückgekehrt. Konnte er echt nicht haben im Moment. Wahrscheinlich, kam es ihm in den Sinn, wollte niemand sich selbst überlassen sein, egal, ob mit Midlife-Crisis oder ohne. Hatte er sich noch nie Gedanken drüber gemacht. Jetzt jedoch traf ihn diese banale Erkenntnis wie der Lichtstrahl von ganz oben: Kein Mensch wollte sich selbst überlassen sein.

Jan trank tagsüber keinen Alkohol. Hatte er nie gemacht. Sich bereits mittgas vorsätzlich die Sinne einzutrüben, ergab keinen Sinn. Saß man allerdings mit einer zweifach gebrochenen Nase bei 39,3 Grad in einem Hotel in Riccione, mit einer Tochter, die einen gerade in die Wüste geschickt hatte, und einer Zukunft, die in Scherben lag … Nein. Nüchtern betrachtet, gab es absolut keinen Grund, nicht zu trinken. Im Gegenteil: Jan fand, es gab eine Menge gewichtiger Gründe, die es geboten erscheinen ließen, heute möglichst frühzeitig mit dem Trinken zu beginnen. Die Bar war ein Ort, an dem Gefahren lauerten. Das wusste Jan inzwischen. Doch von hier oben, bei Tageslicht, nahm sie sich völlig harmlos aus. Außerdem: Odysseus hatte ganz andere Gefahren gemeistert, hatte Meeresungeheuern und Zyklopen getrotzt.

Dottoressa Ferrai hatte das Gipsgitter größer ausgeschnitten als beim ersten Mal. Auch mit dem Tape war sie großzügiger verfahren. Die weißen Klebestreifen bedeckten Jans halbes Gesicht. Er konnte seine Sonnenbrille aufsetzen, doch sie passte nicht über die Gipsschiene und stand so weit von seinem Gesicht ab, dass er aussah wie ein dämliches Tier aus der Muppet-Show. Aber auch nicht dämlicher als ohne Sonnenbrille. Er setzte sich ans Ende der Bar und versuchte, sich unsichtbar zu machen. Was nicht einfach war. Wer übersah schon ein mannsgroßes Tier aus der Muppet-Show? Doch einen Versuch, fand er, war es wert.

Seine Bemühungen waren von mäßigem Erfolg gekrönt. Die Kinder, die permanent die Bar belagerten und »Gelatti« verlangten, nahmen keinerlei Notiz von ihm. Bei den übrigen Hotelgästen, die sich mit Orangina, Cola und allem, was klebrig und süß war, versorgten, klappte es nicht ganz so gut. Etwa die Hälfte bemerkte ihn, die meisten davon identifizierten ihn als den Typen, der gestern Abend von einer Hammerblondine eine Champagnerflasche über den Schädel bekommen hatte, zwei Männer erkundigten sich augenzwinkernd, ob seine Nacht ebenso turbulent verlaufen sei wie das Abendessen.

Jan bestellte einen Hendrick's, auf Eis, mit Gurke oder ohne, scheißegal. Adriano ließ sich nichts anmerken. Natürlich wusste auch er, was sich gestern auf der Restaurantterrasse zugetragen hatte, wusste von den drei Frauen, die anschließend auf dem Dach der Bar Jans Untergang mit Champagner begossen hatten. Wie bei den alten Griechen: Hera, Aphrodite und Athene, und am Ende lag Troja in Schutt und Asche.

Doch nichts davon drang nach außen. Bei Adriano drang vermutlich niemals etwas nach außen. Mit dezentem Schwung zauberte er eine Papierserviette aus dem Handgelenk und stellte den Hendrick's darauf ab, mit Gurke selbstverständlich. In seinem weißen Halbarm-Hemd mit der Bügelfalte im Ärmel bediente er vom Kleinkind bis zum Rentner alle mit derselben souveränen Verbindlichkeit. Hätte er Epauletten auf den Schultern getragen und eine Mütze auf dem Kopf, hätte er auf dem Traumschiff mühelos als Stewart anheuern können.

Wow! Das war eindeutig die beste Idee gewesen, die Jan seit langem gehabt hatte: Gin auf Eis bei 39,3 Grad im Schatten, dazu eine Handvoll Schmerzmittel. Wie war Dottoressa Ferrai nur auf die Idee gekommen, die Medikamente »harmonierten« nicht mit Alkohol? Jan fand, mit Hendrick's auf Eis harmonierten sie ganz vorzüglich. Ein Weichzeichner, der selbst dem verpfuschten Leben von Jan Bechstein einen impressionistischen Anstrich verlieh.

Er nippte vorsichtig an seinem zweiten Hendrick's, als er eine vertraute Stimme vernahm: »Versuchst du, deine Schmerzen zu betäuben, oder deine Probleme zu ertränken?«

»Stefanie!«

Sie deutete ein Lächeln an: »Wie geht's?«

»Ich dachte, …«

»Du dachtest was?«

Was er dachte, war, dass sie bereits abgereist wäre. Doch dann fiel ihm ein, was Olivia gesagt hatte: dass alle Flüge für heute restlos ausgebucht waren. »Wie hast du mich gefunden?«

»Du sitzt hier …« So versöhnlich hatte ihre Stimme noch nie geklungen.

»Ich hatte gehofft, ich hätte mich unsichtbar gemacht.«

»Hat nicht geklappt, wie es scheint.« Sie lächelte. Mein Gott, sie hätte jeden haben können. Sie kam einen Schritt auf ihn zu.

Jan hob schützend einen Arm: »Nicht die Nase!«

»Sei nicht albern.«

Dieselben perfekt manikürten Finger, die gestern Abend den Stuhl vom Nachbartisch so achtlos über die Terrasse geschleift hatten, zogen jetzt mit vollendeter Eleganz einen freien Barhocker heran. Stefanie trug eine weiße Leinenhose, in der ihre Beine noch länger wirkten, als sie es ohnehin waren, und eine hellblaue Bluse, die aussah, als habe sie sie mit Fotoshop auf ihren Oberkörper modelliert. Ihr blondes Wallehaar fiel in weichen Bögen über die rechte Schulter und kam sanft auf ihrer Brust zu liegen. Ein Bein auf dem Boden, das andere leicht angewinkelt, glitt sie auf den Hocker und bestellte »un aqua minerale, per favore«. Selbst Adrinao ließ seinen Blick einige verräterische Sekunden lang auf ihr ruhen.

»Ich habe nachgedacht«, begann sie. Die kleine San Pelle-grino-Flasche kreiste in ihren Fingern langsam um sich selbst. »Über mich. Über dich. Und über uns.«

Schon sonderbar: Neuerdings hörte Jan aus den einfachsten Sätzen Drohungen heraus.

»Auch ich habe Fehler gemacht«, fuhr sie fort. »Du hast dich von mir unter Druck gesetzt gefühlt. Mein Kinderwunsch, die Wohnung ... Das war zu viel für dich, und ich habe zu spät gemerkt, wie sehr dich das belastet.«

Jan wartete ab.

»Was ich sagen will, Jan, ist: Ja, du hättest mir Mia niemals verschweigen dürfen, und ja, du hast mein Vertrauen miss-braucht, und ja, dein ganzes Handeln war von diffusen Ängsten geleitet, die rational betrachtet kindisch sind. Aber: Ich glaube verstanden zu haben, worin die Ursachen dafür zu suchen sind, und deshalb«, sie hielt inne, als habe sie den Satz in Gedanken nicht schon hundertmal zu Ende gedacht, »bin ich bereit, dir zu verzeihen. Oder es wenigstens zu versuchen. Ich bin bereit, dich zurückzunehmen, Jan. Einen Neuanfang zu wagen. Eine eigene Familie zu gründen. Und wenn du für dich das Gefühl hast, jetzt noch nicht so weit zu sein, dann warten wir eben noch ein Jahr. Oder auch zwei.« Ihre dezent geschminkten Lippen schlossen sich um den Strohhalm und ließen ihn wieder frei. »Aber länger sollte es natürlich nicht mehr dauern.«

»Stefanie ...« O Mann, der war schwer. Wahrheit. Hatte man erst einmal damit angefangen ... »Es tut mir leid. Es tut mir wirklich leid. Aber ich will nicht zurückgenommen werden.«

Jan hätte mit geschlossenen Augen gespürt, wie sich ihr Rück-grat versteifte. Sie konnte der liebe- und verständnisvollste Mensch der Welt sein – solange die Dinge liefen, wie sie es wollte.

»Du weißt nicht, was gut für dich ist«, sagte sie.

»Schon möglich.«

»Jan ...« Sie ergriff seine Hand. »Sei nicht dumm. Ich bin das Beste, was dir je passiert ist. Und das weißt du.«

»Schon möglich.«

»Du bist ein Kindskopf. Deine Mutter hat auch gesagt …«

Jetzt wurde auch Jans Rückgrat steif wie ein Brett. »Können wir bitte meine Mutter aus dem Spiel lassen?«

Stefanies Hand löste sich von seiner. Langsam stellte sie die Flasche ab und lehnte sich eine Handbreit zurück. Als brauche sie etwas Abstand, um sich ein vollständiges Bild von ihm zu machen. Jan beobachtete, wie sich auf ihrem Gesicht ein ungläubiges Staunen ausbreitete.

»Hast du gerade gesagt, du willst nicht zurückgenommen werden?«

»Nicht von dir. Tut mir leid.«

»Du begehst einen Riesenfehler, Jan.«

»Schon möglich.«

Stefanie erhob sich, langsam aber gefasst, ganz Frau von Welt. Ihr gebrochener Stolz jedoch umgab sie wie ein schweres Parfum. Sie konnte es nicht fassen. Eine Frau wie sie wies man nicht ab. Jan kam der Gedanke, dass genau das der Grund war, weshalb sie ihn zu halten versuchte: Weil sie es nicht ertragen konnte, verlassen zu werden.

»So einfach lasse ich dich nicht gehen«, sagte sie mit wackeliger Stimme.

Hatte ich befürchtet.

Er blickte ihr nach, wie sie sich, grazil und hochgewachsen, erhobenen Hauptes Richtung Strand schlängelte, den schmalen Plattenweg wie einen Catwalk unter sich, mit traumwandlerischer Sicherheit, trotz Gegenverkehr und Sandalen mit sechs Zentimetern Absatz, um schließlich von den weißen Schirmen verschluckt zu werden.

Erstaunlich, wie viel Zeit man an einer Bar zubringen konnte, sofern es nichts anderes zu tun gab. Jan hatte das früher nie verstanden. Aus »Gabi's Treff«, der Äppelwoi-Kneipe unten in seinem Haus in Frankfurt, wankten seit Jahren jede Nacht um eins dieselben Gestalten heraus. Zeitverschwendung, hatte Jan immer gedacht. Jetzt, hier, an der Strandbar in Riccione, leicht angetütert und mit gebrochener Nase, einer warmen Brise im Nacken und Schatten, die langsam über den Sand krochen, dem Licht die Schärfe nahmen und den ausklingenden Tag milde stimmten, untermalt vom flüsternden Gurgeln des Pools … Doch, das ließ sich eine Weile aushalten. Nicht für immer, wahrscheinlich, aber ein, zwei Jahre sicher.

Seine Wohnung in Frankfurt erschien ihm sehr weit weg, verwaist. Allerdings hatte er auch in den vergangenen Monaten nicht besonders viel Zeit dort verbracht – in dieser Wohnung, die so sehr von seinem mangelnden Gespür für Ambiente und seiner nicht vorhandenen Liebe zum Detail zeugte, wie Stefanie meinte. Stefanie. Mit der er nun definitiv nicht mehr zusammenziehen würde. Weshalb er in den kommenden Monaten Gelegenheit genug haben würde, sich um das Ambiente und die Details seiner Wohnung zu kümmern. Schöne Aufgabe für lange Winterabende. Vielleicht würde er auch mal in »Gabi's Treff« vorbeischauen, wenngleich er bezweifelte, dass Gabis Ambiente mit dem des »Bella Caterina« konkurrieren konnte. Doch wer weiß: Möglicherweise konnten blinkende Geldspielautomaten, wenn man lange genug davor saß, den gleichen Zauber entfalten wie Sonnenuntergänge über dem Meer. Vielleicht war eine Wand voller blinkender und piepsender Geldspielautomaten der einzig wahre Ort, an dem ein Mann das tragische Ausmaß seiner Existenz in seiner ganzen Bedeutungslosigkeit erfassen konnte.

»Guten Abend.«

Freya. Überraschung ging anders. »Guten Abend.«

»Ist der frei?« Sie deutete auf den Barhocker, auf dem Stefanie vorhin gesessen hatte.

»Bitte.«

Jan begann, eine romantische Nachsicht gegenüber Freyas Ritual zu entwickeln, dieser spitzfingrigen Art, eine Zigarette aus der Packung zu ziehen, sie in die Spitze zu drehen und sich von

Adriano Feuer geben zu lassen. Schließlich konnte sie sich ihren Adelstitel schlecht auf den Oberarm tätowieren lassen.

»Wie geht es Ihnen?«

»Ging mir noch nie besser.«

Freya gestattete sich ein Schmunzeln. »Wo haben Sie Mia gelassen?«

»Da bin ich der falsche Ansprechpartner. Am besten, Sie fragen Gino.«

»Eine reizende Tochter, die Sie da haben.«

Hatten träfe es besser, dachte Jan. In diesem Leben würde Mia mit ihm nicht einmal mehr ins Freibad fahren, geschweige denn in den Urlaub. Das Desaster hier würde morgen Abend ihre letzte gemeinsame Unternehmung gewesen sein.

»Sieht so aus, als hätten Sie gestern eine Menge Porzellan zerschlagen.«

Jan lupfte eine Augenbraue. Das musste genügen.

Freya ließ ihren Blick durch die Schirmreihen wandern und zu ihm zurückkehren. »Ihre Freundin, Stefanie …«

»… ist nicht länger meine Freundin.«

Freya zog an ihrer Spitze. Am anderen Ende glomm die Zigarette auf. »Was ist passiert?«

»Sie hat mir angeboten, mich zurückzunehmen, und ich habe abgelehnt.«

Zu seinem Hendrick's hatte sich ein weiterer gesellt. Behutsam nahm Freya ihn vom Tresen. Jan erwartete, nach dem Warum gefragt zu werden, doch Freya hatte eine Menge gesehen im Leben. Sie wusste, wie der Hase lief. Wenn einer wie Jan eine wie Stefanie in die Wüste schickte, konnte es nur einen Grund dafür geben.

»Wer ist sie?«

»Mias Mutter. Meine Exfrau.«

Damit entlockte er sogar Freya ein überraschtes Stirnrunzeln. Männer, die eine bestehende Beziehung mit einer überaus attraktiven Frau beendeten, weil sie zurück zu ihrer Exfrau wollten, waren eher die Ausnahme.

Erst jetzt bemerkte Jan, dass Freyas heutiges Kleid ihre beiden vorherigen noch in den Schatten stellte. Zwar hatte es diesmal für ein jugendfreies Dekolleté gereicht, dafür war die Farbe für den Stoff ausgegangen. Es war praktisch durchsichtig. Also schön: Mit viel gutem Willen hätte man dem Kleid einen Hauch von Rosa attestieren können. Der BH jedenfalls schimmerte nicht nur durch, Jan hätte mühelos die Pflegeanleitung lesen können. Freya war wirklich sehr schlank. Zu schlank für Jans Geschmack. Freudlos schlank. Dünn sein war der neue Bentley, hatte er neulich irgendwo gelesen. Immerhin schien ihr Körper in guter Verfassung zu sein. Wenn man ihr Gesicht mit ihrem Körper in Einklang zu bringen versuchte, wusste man nicht, ob sie eine früh gealterte Mittdreißigerin oder eine gut konservierte Endvierzigerin war. Doch wen kümmerte das heute Abend schon?

»Darf ich raten?«, fragte Freya.

»Nur zu.«

»Ihre Exfrau hat einen anderen.«

»Natürlich.«

»Und Sie sitzen jetzt hier und versuchen, Ihr Selbstmitleid mit Alkohol zu verstärken.«

Jan erhob sein Glas: »Funktioniert eins a.«

Sie prosteten sich zu. »Auf die Liebe«, sagte Freya.

»Bin ich dabei.«

Eine halbe Stunde und einen ganzen Drink später waren sie so weit.

»Komm, mein Guter.« Freya nahm den Zigarettenstummel aus ihrer Spitze und drückte ihn aus. Jan spürte, wie ihr Arm seine Taille umfasste. »Ich zeig dir die Senior-Suite.« Zu Adriano sagte sie: »Schreib es an, ja?«

»Seit wann duzen wir uns?«, fragte Jan.

»Seit zehn Minuten.«

Sie waren auf halbem Weg am Pool vorbeigeschlendert und steuerten das Hotel an, als Mia plötzlich vor ihnen stand und, o Mann, ausgesprochen unglücklich aussah.

»Können wir reden?«, fragte sie Jan.

Freya und er tauschten einen kurzen Blick. »Jetzt?«

»Klar jetzt.«

»Kann das nicht …«

Mia ergriff Jans Hand. »Tut mir leid, Freya«, sagte sie, »aber das hier ist wichtig.« Sie zog Jan Richtung Hotel.

»Du weißt, wo du mich findest«, gab Freya ihm mit auf den Weg.

»Senior-Suite«, blubberte Jan, doch da hatte ihn Mia bereits ins Hotel gezerrt.

17

»Was sollte das denn?«

Jan war nicht gerade untröstlich darüber, jetzt nicht nackt mit Freya über den Perserteppich in der Senior-Suite zu rollen. Dennoch hätte er gern selbst entschieden, was dieser Abend für ein Ende nahm. Oder wenigstens gern das Gefühl gehabt, es selbst zu entscheiden. Mia und er standen ziemlich verloren in der Suite herum. Offenbar hatte keiner von beiden einen Plan, was sie als Nächstes tun sollten.

»Du wolltest doch nicht allen Ernstes mit Freya in die Kiste springen?«, sagte Mia.

»Ich bezweifle, dass man in der Senior-Suite in Kisten schläft.«

»Sei froh, dass ich dich abgefangen habe. Morgen früh hättest du dich unter Garantie scheiße gefühlt.«

»Ich fühle mich seit Tagen scheiße, Mia. Da hätte ich das bisschen mehr auch noch verkraftet.«

Inzwischen stand Mia vor der Balkontür, die Arme seitlich am Körper, den Blick auf das Meer gerichtet. Sie wirkte seltsam zerbrechlich. Ihre Schultern irgendwie eingesunken.

Jan war so betrunken, dass seine Tochter verdammt oft die Nase hochziehen musste, bevor ihm aufging, dass sie weinte. »Dass du mit mir reden wolltest«, setzte er an. »Das hat gar nichts mit mir zu tun, oder?«

Sie nickte stumm.

Jan zischte durch die Nase. »Endlich mal eine gute Nachricht.«

Mia drehte sich zu ihm um. Ihre Augen waren nicht so verquollen wie seine, aber schön anzusehen waren sie auch nicht. »Können wir nicht was trinken?«, bat sie.

Noch mehr Alkohol? Jan zog die Tür der Minibar auf und hockte sich davor. »Champagner?«

»Von mir aus.«

Er nahm die Flasche heraus. Veuve Clicquot. Seine Kohle rauschte nur so durch. Wie die Brandung. Er fragte sich, was es in seinem Leben möglicherweise noch zu feiern geben könnte.

»Also dann …«

Bevor sie sich jeder auf einer Liege niederließen, warf Jan vom Geländer aus einen Blick zur Strandbar hinunter. Er meinte, ein paar der üblichen Midlife-Crisis-Patienten auszumachen, Freya aber konnte er nirgends entdecken. Sicher rekelte sie sich schon mal warm, auf dem Perser in der Senior-Suite. Von Stefanie war ebenfalls nichts zu sehen. Weg. Vermutlich saß sie irgendwo auf einer einsamen Liege und leckte ihre Wunden. Tja: In diesem Urlaub bekam keiner, was er wollte.

»Warum bleibst du nicht einfach bei Stefanie?«, fragte Mia, als hätte sie seine Gedanken erraten. »Ich find die gar nicht schlecht. Und für ihr Alter sieht die noch krass steil aus.«

»Ich dachte, der Grund, weshalb du mit mir reden wolltest, hätte nichts mit mir zu tun?«

Jan setzte sich auf die freie Liege, köpfte die Flasche und schenkte ihnen ein.

»Wieso denn jetzt?«, fragte Mia nach dem ersten Schluck. »Das mit Stefanie, meine ich. Puh, ganz schön bitzelig das Zeug.« Sie stellte das Glas ab. »Und ganz schön sauer.«

Schön zu wissen, dachte Jan, dass ich das Geld für den Champagner nicht zum Fenster rausgeschmissen habe. »Stefanie? Hab ich auch viel drüber nachgedacht in letzter Zeit …«

»Und?«

Jan ließ die Perlen über die Zunge rollen. »Wolltest du mit einem Typen zusammen sein, den du eigentlich nicht liebst, nur weil der Typ, den du eigentlich liebst, mit einer anderen zusammen ist?«

»Logisch auf keinen«, erwiderte Mia.

»Heißt das ›nein‹?«

»Das heißt, ›auf keinen‹.«

»Warum fragst du dann?«

Mia benötigte keine zwei Sekunden für die Antwort. »Bei dir, das ist doch was ganz anderes: Du bist irgendwie fünfzig oder so.«

»Ich bin sechsundvierzig. Und außerdem: Was hat denn mein Alter damit zu tun?«

»Na, in deinem Alter …« Mia hielt inne. Aus dem Dunkel heraus nahm drohend eine Erkenntnis Gestalt an, etwas, das zuvor noch nie gedacht worden war: »Du meinst, das bleibt jetzt mein ganzes Leben so?«

Jans Kopf fühlte sich an wie eine Gummizelle. Wann immer ein Gedanke irgendwo gegen stieß, machte es »hmpf«. Er erhob sein Glas: »Auf die Liebe.«

Mias Desillusionierungsprozess erreichte einen vorläufigen Höhepunkt: »Das ist ja furchtbar.«

Sie stießen an und tranken.

»Gibt's in dieser Minibar nicht was Vernünftiges zu trinken?«, fragte Mia angeekelt. »Mate-Jägermeister oder so?«

»Ich bin sicher, du findest etwas, das süß und klebrig ist und auf direktem Weg in die Birne geht.«

Mia stand auf, ging in die Suite, klapperte im Zimmer herum und kam mit etwas zurück, von dem Jan lieber nicht wissen wollte, was es war. Musste er den Champagner eben alleine trinken.

»Weshalb wolltest du denn eigentlich mit mir reden?«, fragte er.

»Hm?«

»Du erinnerst dich, vorhin … Der Grund, weshalb ich jetzt auf dieser Liege liege und nicht auf Freya?«

Mia schien sich zu erinnern. Sie trank, schnell und viel. »Du liebst Mama, korrekt?«

»Das hat ja schon wieder mit mir zu tun.«

»Und du willst sie zurück«, fuhr Mia fort.

Jan machte ein Gesicht wie Sean Penn, wenn gerade mal wieder das Leid der Welt auf seinen schmalen Schultern lastete.

»Ich glaube, die einzige Chance, dass Mama zu dir zurück-kommt«, überlegte Mia weiter, »ist, wenn du komplett ehrlich zu ihr bist. Sie hasst es, angelogen zu werden.«

»Ist ein großes Wort: lügen.«

»Du sagst nicht die Wahrheit. Stefanie sagst du nichts von mir, mir sagst du nichts von Stefanie. Du denkst dir sogar eine Krankheit aus, damit ich mit dir in Urlaub fahre … Wie kannst du erwarten, dass Mama dir wieder vertraut, wenn du ihr ständig irgendeinen Scheiß erzählst?«

»Als hättest du mich nicht angelogen.« Jan hörte sich an wie ein beleidigtes Kind. »Erzählst mir, du hättest deine Tage, um dich heimlich von Gino … befingern zu lassen.«

»Ich bin sechzehn, Jan.«

»Ach, und mit sechzehn ist Lügen okay?«

»Hä? Ja, klar.«

Jan blickte sie an.

»Wenn es mit sechzehn nicht okay ist«, erklärte Mia, »wann denn bitte dann?«

»Für dich ist es also okay, zu lügen, aber für mich nicht.«

»Auf keinen.«

»Auf keinen«, wiederholte Jan.

»Korrekt.«

Jan schenkte sich Champagner nach. Und trank ihn aus. Und schenkte sich erneut nach. Und betrachtete sein Glas und die Perlen darin, wie sie nach oben stiegen und auf der Oberfläche kleine Grüppchen bildeten. »Willst du mir nicht langsam mal sagen, weshalb du eigentlich mit mir reden wolltest?«

Diesmal benötigte Mia sehr viel länger für die Antwort. Bei-nahe wäre Jan eingenickt. »Ich weiß nicht, was ich machen soll.«

»Willkommen im Club.«

Mia ignorierte seinen Einwurf: »Willst du den wahren Grund wissen, wieso ich plötzlich doch mit dir in den Urlaub fahren wollte?«

Jan hatte mit Sicherheit nicht so viel von der Welt gesehen wie Freya, aber ganz unerfahren war auch er nicht. »Felix.«

Treffer. Mia musste erst nach der richtigen Antwort suchen. »Woher weißt'n das jetzt?«

Jan hob sein Glas: »Auf die Liebe.«

Mia versank in Gedanken: »Woher weiß ich, ob es der Richtige ist?«

»Wenn es der Richtige ist, dann weißt du es.«

»Woher weißt *du* das denn? Erst hast du gedacht, Mama sei die Richtige, dann hast du gedacht, sie sei die Falsche, jetzt denkst du wieder, sie ist die Richtige.«

»Stimmt nicht. Ich hab immer gewusst, dass sie die Richtige ist. Auch als ich sie verlassen habe.«

»Das macht aber null Sinn.«

Jan antwortete nicht. Wusste er selbst.

»Dann hast du ja damals doppelt Scheiße gebaut«, ging es Mia durch den Kopf.

Wieder ersparte sich Jan die Antwort.

Da ihr Vater sich aus dem Gespräch ausgeklinkt zu haben schien, begann Mia, sich in ihren Überlegungen im Kreis zu drehen: »Woher weiß ich, dass es Liebe ist?«, kam sie auf den Ausgangspunkt zurück. Sie überlegten eine Weile vor sich hin.

Jan war als Erster fertig: »Ich glaube, du weißt es, wenn es keine Alternativen gibt.«

»Hä?«

»Nimm zum Beispiel … Odysseus.«

»Ist der nicht seit hunderttausend Jahren oder so tot?«

»Ist doch egal. Was ich meine ist: Erst kämpft der Typ zehn Jahre lang gegen die Trojaner, anschließend ist er zehn Jahre lang unterwegs: Meeresungeheuer, Zyklopen, Riesen, Sirenen, Stürme, Göttinnen – scheiße, der Typ macht alles durch, was du dir denken kannst. Am Ende aber … Am Ende gibt es nichts, was ihn davon abhalten kann, zu seiner Frau und seinem Kind zurückzukehren. Nichts. Wahnsinn.«

Sie tranken.

»Und das ist der Beweis, dass es Liebe ist?«, fragte Mia.

»Weiß nicht.« Jan dachte nach. Dauerte heute Abend etwas länger als sonst. »Schätze schon, oder?«

Auch Mia dachte nach. »Möglich.« Sie kam auf ihre eigenen Probleme zurück. »Also mit Felix, das ist so: Ich glaub schon, dass er der Richtige wäre. Und dann weiß ich wieder nicht, ob er der Richtige ist, weil …«

Jan wartete. Er hatte noch eine halbe Flasche Champagner vor sich. Keine Eile.

»Der ist irgendwie wie du«, überraschte ihn Mia. »Der ist einfach nicht ehrlich, manchmal, glaube ich. Und deshalb weiß ich nicht, ob ich ihm trauen kann, aber ich will einen Freund, dem ich trauen kann, und zwar immer und nicht nur manchmal, und deshalb ist er der Richtige, aber auch wieder nicht der Richtige.«

»Jetzt erzähl schon«, gab ihr Jan einen Schubs.

»Also, wir waren zusammen. Drei Monate.« Sie betonte die drei, als seien die Irrfahrten des Odysseus ein Urlaub dagegen. »Und ich hab ihm die ganze Zeit über gesagt, dass ich erst mit ihm Sex haben will, wenn ich ganz sicher bin, dass er der Richtige ist und dass er so lange warten muss und dass ich ihm nicht sagen kann, wie lange das dauert.«

»Und was hat er gesagt?«

»Er hat gesagt, es sei kein Problem, und er würde warten, egal, wie lange es dauert.«

»Heißt das, du bist noch Jungfrau?«

Mia warf Jan einen angewiderten Blick zu.

»Blöde Frage«, erkannte er messerscharf.

»Merkste selber, ne?«

»Entschuldige.«

»Also: Wir waren drei Monate zusammen, und ich hab mich die ganze Zeit gefragt, ob er jetzt der Richtige ist oder nicht. Ich meine, immerhin wäre es das erste Mal gewesen, und beim ersten Mal … Egal. So, und dann bin ich ein Wochenende mit Mama in scheiß Karlsruhe bei Einar, und ausgerechnet an dem Tag ist eine fette Party im ›Mädchenheim‹, und Sonntag früh hab ich eine Nachricht von meiner besten Freundin auf Facebook, dass Felix auf der Party mit Mascha rumgemacht hat und dass die beiden zusammen abgezogen sind. Ausgerechnet Mascha, die blödeste Bitch an der ganzen Schule! Ich hab gedacht, ich müsste sterben, als ich das gelesen hab.« Mia stürzte ihr Getränk herunter und rülpste. »Ich hab einen halben Tag gebraucht, bevor ich ihn überhaupt anrufen konnte. Und dann hab ich ihn am Telefon, und er macht auf überrascht, aber er ist es nicht, und mit jedem Mal, das er mir sagt, da wär nichts und da sei nichts gelaufen, klingt er irgendwie unglaubwürdiger, und am Ende hab ich ihm gesagt, dass ich nicht mit einem Typen zusammen sein will, dem ich nicht trauen kann.« Sie stellte fest, dass ihr Glas leer war und hielt es Jan hin, der es widerstrebend mit Champagner auffüllte. »Noch am selben Abend hat er dann seinen Status auf Facebook in ›solo‹ geändert, und ich hab gedacht, ich müsste noch einmal sterben.«

»Und deshalb bist du mit mir in den Urlaub gefahren«, überlegte Jan.

Mia nickte. »Korrekt. Ich dachte, jeder Ort auf der Welt ist besser als die Stadt, in der Mascha und Felix rumlaufen.« Sie fing wieder an zu weinen. Champagner rein, Tränen raus. »Inzwischen glaub ich, dass ich völlig hysterisch war. Ich meine, Mascha selbst hat ihrer Freundin erzählt, dass Felix sie an dem Abend nur nach Hause gebracht hat und dass da nix lief, und das, wo sie ihrer Freundin liebend gerne erzählen würde, dass sie mit ihm im Bett war. Die kann mich nämlich auf den Tod nicht ausstehen. So, und jetzt hab ich langsam das Gefühl, dass *ich* das Problem bin, weil, weißt du, ich hab so eine Panik davor, dass mein Freund was mit einer anderen haben könnte, dass ich mich am Ende gar nicht richtig traue, den entscheidenden Schritt zu gehen. Dabei finde ich das mit dem Fremdgehen nicht mal das Schlimmste. Ich meine, klar, wär schon hyperscheiße, wenn er das machen würde. Aber das ich ihm nicht mehr trauen könnte, das wäre irgendwie noch schlimmer. Ich hab einfach den totalen Horror davor, dass ich dann immer nur darauf warten würde, dass es wieder passiert. Weißt du, was ich meine? Dass dieses Misstrauen nicht mehr weggeht. Hast du mal eine Freundin gehabt, die fremdgegangen ist?«

»Nicht, dass ich wüsste. Kommt aber vor, hab ich mir sagen lassen.«

»Und was kann man dagegen tun?«

»Es nicht so weit kommen lassen?«

»Aber wenn man es nie so weit kommen lässt, theoretisch, dann hat man doch auch nie eine richtige Beziehung, oder? Ich meine, dann ist man doch eigentlich nur feige.«

So weit hatte Jan das Problem noch nie durchdacht. »Irgendwie schon, schätze ich.«

Mia wedelte mit dem Glas. Mehr Champagner. Das schöne Zeug.

»Ich hab's eh verbockt«, schnorchelte Mia in ihr Glas. »Und nächsten Monat ziehen wir nach Karlsruhe, und dann ist sowieso alles für'n Arsch.«

»Du hast es verbockt, weil ihr nach Karlsruhe zieht?«

»Nein. Ich hab es verbockt, weil ich mit Gino im Bett war.«

Bei dem Gedanken daran, wie er in die Remise gestürmt war und die beiden auf dem Sofa gestellt hatte, begann Jans Nase unwillkürlich zu schmerzen. »Da bin ich wohl gerade noch rechtzeitig gekommen.«

»Wie man's nimmt«, entgegnete Mia. »Geschlafen haben wir schon am Tag davor miteinander.«

Jan verschluckte sich am Champagner.

Mia schien seine Überraschung kaum zur Kenntnis zu nehmen: »Ist schon irgendwie schräg, oder?«, sagte sie zu sich selbst. »Drei Monate spar ich mich für Felix auf, um mich dann von einem italienischen Surflehrer entjungfern zu lassen.«

»Gino hat …«

178

»Gino hat mich abserviert«, brachte Mia den Satz zu Ende. »Hat schon wieder die nächste am Start. Hätte mich nicht wundern sollen, vermutlich.«

»Du hast …«

»Irgendwie wusste ich natürlich, dass das für Gino alles nur ein Spiel war. Weiß man ja, wie Surflehrer so ticken. Aber er hat das auch echt überzeugend gemacht, dieses Amore-Ding. Deshalb hab ich mich ja auch drauf eingelassen. Ich dachte, wenn ich weiter so rumeiere wie bisher, dann drehe ich noch völlig durch. Ich wollte nicht ewig auf den Richtigen warten und dann mit dreißig noch als Jungfrau rumlaufen. Ich bin immerhin sechzehn! Aber als ich ihn dann vorhin mit Stefanie gesehen habe – ich meine, die ist mal mindestens doppelt so alt wie ich –, da hätte ich mir schon irgendwie ein bisschen mehr … Würde gewünscht.«

»Stefanie?«

»Shit, hab ich Stefanie gesagt? Tja, da musste ich auch erst mal schlucken … Na, egal. Spielt jetzt keine Rolle mehr, oder?« Sie trank den Champagner, als wäre nichts. »Langsam schmeckt mir das Zeug«, stellte sie fest.

»Du hast Gino mit Stefanie gesehen?«

»Hm-m. Ich wollte noch mal zu ihm – wo wir doch jetzt morgen schon abreisen. Aber er war nicht da, also bin ich ihn suchen gegangen, und da hab ich ihn gesehen, wie er Arm in Arm mit Stefanie den Weg runterkam, und in dem Moment hab ich mich dann schon gefragt, ob das so eine gute Idee war, mich ausgerechnet von so einem entjungfern zu lassen.« Sie rülpste erneut. »Ist noch Champ… Ey, Jan, was ist denn los? Wo willst du denn jetzt hin? Jan? Jetzt warte doch mal …«

18

Das erste, was Jan erblickte, nachdem seine Hand diesmal den Schalter ertastet und das Licht im Gartenhaus eingeschaltet hatte, war ein nackter Frauenhintern. Ein ausgesprochen wohlgeformter Frauenhintern, der ihm noch dazu sehr vertraut war, weil er nämlich Stefanie gehörte, die gerade rittlings auf einem Mann rumjuckelte, von dem Jan wusste, dass es nur Gino sein konnte, auch wenn er nicht viel mehr von ihm sah als seine Beine und die Fußsohlen. Der Mann, der erst seine Tochter defloriert hatte, um jetzt seine Freundin zu vögeln, okay, Ex-Freundin, was auch immer, scheiß drauf. In jedem Fall: Erst die Tochter, dann die Freundin. Und exakt als er diesen Gedanken hatte, setzte Jans Gehirn aus.

Wie in Zeitlupe flogen Stefanies Haare umher, als ihr Oberkörper emporschnellte, sie den Kopf herumriss und entsetzt »Jan!« rief, ohne dem Namen etwas folgen zu lassen. Doch all das nahm Jan gar nicht wahr, denn er stolperte bereits durch die über den Boden verteilten Surfutensilien, hin zu dem speckigen Sofa, auf dem Gino in ziemlich aussichtsloser Position gefangen war, weil sein kleiner Racker nämlich gerade in Stefanie steckte, und noch bevor irgendjemand etwas Reflektiertes hätte sagen oder tun oder auch nur denken können, schrie Jan, was offensichtlich war, nämlich: »You fucker!«, und drückte Gino, begleitet von einem Entsetzensschrei Stefanies, seine Faust ins Gesicht.

Er traf nicht richtig, weil Gino reflexartig seinen Kopf zur Seite drehte, doch er traf gut genug, um Ginos Lippe unter seinen Fingerknöcheln aufplatzen zu lassen und dessen Zähne zu spüren, wie sie sich in seine Finger schrammten. Kurz darauf setzte sein Gehirn wieder ein.

Gino kreuzte die Arme vor dem Gesicht und rief: »Prego, signore!«, Stefanie war aufgesprungen und sah sensationell tragisch aus. Ihre nackten Brüste schimmerten wie die einer Bronzestatue, ihre Brustwarzen stachen Löcher in die Luft. Tolle Brüste, Gino hin oder her. Jan besah sich seine rechte Hand: Über zwei Knöcheln war die Haut aufgerissen, und etwas Weißliches schimmerte durch. Der Schmerz jedoch war nicht mehr als ein fernes Ziehen. Schmerzmittel plus Alkohol plus Adrenalin harmonierten offenbar ganz prima miteinander. Ebenso wirksam war die Mischung aus Wehmut, Bedauern und Selbstmitleid, die Jan gerade zu Kopf stieg. Am liebsten hätte er auf der Stelle losgeheult. Langsam war es wirklich an der Zeit, dass er mal etwas richtig machte, doch egal, mit welcher Absicht er eine Sache anging: Am Ende schien er immer das Falsche zu tun.

Er blickte von Stefanie zu Gino, wieder zu Stefanie und zurück auf seine Hand. »Fuck«, murmelte er, stakste aus der Kammer, löschte das Licht und zog die Tür hinter sich zu.

Mia hatte noch eine Zigarette geraucht, lag auf der Liege und schlief. Die Flasche war leer. Offenbar hatte sie sich dazu überwinden können, das saure Bitzelzeug auszutrinken. Wie selbstlos von ihr. Jan ging ins Bad, ließ sich kaltes Wasser über die Hand laufen und wickelte sich ein frisches Handtuch um die Finger. Auf der Minibar standen drei angebrochene Flaschen: Cola, Bitter Lemon, Wodka. Jan spülte das Zahnputzglas aus, kippte die Reste zusammen, setzte sich auf den Balkon und wartete darauf, dass seine Hand aufhören würde zu bluten und Zeus endlich ein Einsehen mit ihm hätte und ihm die Augen schloss, am liebsten für immer. Oder wenigstens für die nächsten … sagen wir: zwanzig Jahre.

Aus unterschiedlichen Richtungen wehten Musikfetzen vorbei und übertönten die Brandung. Die Strandbars und -diskos fuhren ihre Regler hoch. Jan legte sich auf den Rücken und hoffte, dass ihm die Augen geschlossen würden, doch es geschah nichts, außer dass ihm übel wurde. Zeus war auch nicht mehr das, was er mal gewesen war. Schließlich schloss Jan selbst die Augen. Er lauschte den Geräuschen der Nacht. Zum ersten Mal konnte er den ineinander verschwimmenden Beats etwas abgewinnen. Wie Gedanken, die sich vermischten: Einzeln nahmen sie sich alle furchtbar ernst, aber verrührt ergaben sie einen hübschen Brei und schienen nicht mehr so wichtig zu sein. Der Sound des Lebens, dachte Jan und kam sich angemessen theatralisch vor.

»Ich hab mir was überlegt.«

Mia lag unverändert, hatte nicht einmal ihre Augen geöffnet. Einen Moment lang dachte Jan, er hätte sich ihre Stimme nur eingebildet.

Doch dann sagte sie: »Wenn du bei Mama noch eine Chance haben willst, musst du dir was einfallen lassen, dass sie ihren Urlaub abbricht und herkommt.«

»Ich dachte, wir fliegen morgen zurück.«

»Sind doch eh nur noch ein paar Tage. Vielleicht kommt es auf die jetzt auch nicht mehr an.«

Sechzehnjährige: Achterbahn fahren war Kinderkram dagegen. »Und was ist mit Gino?«

»Soll rummachen, mit wem er will.«

Jan überlegte, was Sergeja dazu bewegen könnte, ihren Urlaub vorzeitig abzubrechen. »Ich soll doch nicht mehr lügen«, sagte er.

»Deshalb werde ich das auch für dich übernehmen. Morgen früh rufe ich Mama an und mache ihr klar, dass sie sofort herkommen muss.«

»Und warum sollte sie das tun?«

»Das weiß ich morgen.«

Nach diesen Worten verstummte Mia, während Jan weiter auf seinem Leben herumkaute wie auf einem Hundeknochen. Sonderbar, wunderte er sich, wie konnte man so müde sein und trotzdem nicht schlafen können? Irgendwann legte sich eine Melodie, die ihm bekannt vorkam, girlandengleich über die vom Strand herüberwummernden Bässe. Musste ein Evergreen sein, gefühlt schon tausendmal gehört. Dann wusste er es: Mozart. Eine kleine Nachtmusik. Sein Handy lag auf dem Tisch neben der leeren Flasche, zuckte und leuchtete und spielte Mozart. Jan wusste, dass es Stefanie war, seine Ex-, Ex-, Ex-, Ex-, Ex-Freundin, die er vor einer Stunde beim Vögeln mit Gino, alias Christiano Ronaldo, alias Touristinnensexmaniac unterbrochen hatte. Hartnäckig, dieser Mozart, ließ einen nicht in Ruhe.

Jan nahm das Handy, um es stumm zu stellen, und sah zu seiner Überraschung Sergejas Namen auf dem Display. Als fürchte er, Stefanie könne sich mit dem Namen seiner Exfrau getarnt haben, nahm er den Anruf entgegen: »Hallo?«, fragte er vorsichtig.

»Jan?«

Womöglich eine Fangfrage. »Eventuell.«

»Hab ich dich geweckt?« Auf jeden Fall war es Sergeja, nicht Stefanie.

»Schön wär's.«

»Wieso ›schön wär's‹?«

»Weil ich seit zwei Stunden einzuschlafen versuche.«

»Was ist mit Mia?«

»Schläft.«

»In ihrem Zimmer?«

»Nein, auf dem Balkon.«

»Bist du sicher?«

»Warte.« Jan beugte sich zu Mia hinüber, fiel aus der Liege und hörte sein Handy über den Boden schlittern. »Hab's gleich!«, rief er, stemmte sich in den Vierfüßlerstand und stupste Mia an. Keine Reaktion. Er entdeckte das Handy unter dem Tisch, zog es hervor und hievte sich zurück auf die Liege. »Ja. Bin sicher.«

»Du klingst ja furchtbar!«

»Danke. Hast du deshalb angerufen?«

Sergeja schien ihm überhaupt nicht zuzuhören. »Hast du getrunken?«

»Aber hallo!«, bestätigte Jan. »Hast du deshalb angerufen?«

»Und was ist mit Mia?«

»Hast du eben schon gefragt.«

»Nein, ich meine: Hat die auch getrunken?«

»Aber hallo!«

»Ihr sitzt auf dem Balkon und betrinkt euch?«

Er wollte nicht mehr. Er wollte keine Erklärungen mehr abgeben, sich nicht mehr rechtfertigen und sich auch nicht mehr entschuldigen. Genug. Er war der Arsch, okay. Und jetzt sollten sie ihn in Ruhe lassen.

»Ich hab bestimmt ein halbes Dutzend Mal versucht, dich anzurufen«, sagte Sergeja, ohne seine Antwort abzuwarten.

Wie schön. »Und sagst du mir jetzt auch, warum?«

Es entstand eine Pause. Musste Sergeja offenbar erst drüber nachdenken.

»Ich hab irgendwie ein ganz blödes Gefühl seit unserem letzten Telefonat«, erklärte sie. »Als wäre bei euch irgendwas nicht in Ordnung.«

»Ah.«

»Sag mal, was ist denn mit dir? Du klingst noch komischer als beim letzten Mal.«

»Ist der Gips«, antwortete Jan. »Sie hat ihn diesmal größer gemacht.«

»Wer?«

Interessant. Sergeja fragte nicht zuerst nach dem Gips, sondern nach der Frau. »Dottoressa Ferrai«, antwortete Jan. »Eine wunderbare Frau. Die einzige, die meine wahren Bedürfnisse versteht.«

»Was denn für einen Gips?«

Hatte Sergeja es doch noch bemerkt. »Für die Nase. Ist größer diesmal. Und mit dem Tape hat sie mir das halbe Gesicht verklebt. Gibt sicher hübsche Bräunungsstreifen. Dafür ist der Sonnenbrand zurückgegangen …«

»Wieso hast du einen Nasengips?«

Blöde Frage, wie Mia gesagt hätte, merkste selber. »Schönheits-OP?«, schlug Jan vor.

»Jan?«

»Ja?«

»Bitte sag mir, was bei euch los ist. Und bitte sag mir die Wahrheit.«

»Bin nicht sicher, ob du die hören willst.«

»Aber ich bin sicher.«

»Ist auch egal. Ich darf sowieso nicht mehr lügen, hat Mia gesagt. Sonst kommst du nie zu mir zurück.«

»Du redest mit Mia darüber, wie ich zu dir zurückkommen könnte?«

»Korrekt.«

»Ich bin nicht sicher, was ich davon halten soll.«

»Du wolltest die Wahrheit.«

»Sag mir jetzt bitte sofort, was bei euch los ist!«

Jan dachte nach. Wo anfangen? Im Hintergrund meinte er, die butterweiche Stimme von Einar zu hören, der sich besorgt erkundigte, ob er die Staatsanwaltschaft einschalten solle.

»Also der Unfall«, setzte Jan an, »der hat sich wiederholt.« Er trank das Gebräu aus Cola, Bitter Lemon und Wodka aus. »Unfall ist eigentlich nicht das richtige Wort, streng genommen: Ich hab mir die Nase gebrochen, neulich, bei der Prügelei mit Gino.«

»Dem Surflehrer?«

»Ach ja, ihr wart ja letztes Jahr schon hier. Dann weißt du ja, wen ich meine.«

»Warum, um alles in der Welt, hast du dich mit Gino geprügelt?«

»Na, weil er Mia entjungfert hat. Das heißt, er wollte eigentlich nur mit ihr schlafen, kam aber nicht mehr dazu, weil ich im entscheidenden Moment reingeplatzt bin. Na ja, und richtig geprügelt haben wir uns auch nicht, nur ein bisschen geschubst, und dann bin ich hingefallen und mit der Nase an einem Surfboard hängengeblieben. So. Und das zweite Mal, das war dann Stefanie, meine inzwischen Ex-Freundin. Die kam hier angerauscht, weil sie eine Wohnung für uns gekauft hat, obwohl … Nein, warte, das führt jetzt zu weit. Stefanie ist also hergekommen und hat mich und Mia dann in flagranti beim Abendessen erwischt, hihi, also, sie hat gedacht, sie hätte uns beim Abendessen erwischt, weil sie nicht wusste, dass ich eine Tochter habe und Mia für meine Geliebte gehalten hat. Und das, wo sie doch die ganze Zeit ihre biologische Uhr ticken hört wie blöd und sie unbedingt Kinder mit mir will, oder wollte, eins wenigstens, und ich doch immer gesagt habe, dass ich keine will. Und dabei hatte ich doch die ganze Zeit schon eins und hab es ihr nur nicht erzählt. Deshalb hab ich ihr ja auch gesagt, dass ich nach Korea fliegen müsste, geschäftlich, und stattdessen saß ich dann mit Mia hier im Hotelrestaurant ...« Jan hatte den Faden verloren.

Sergeja fand einen, an dem sie anknüpfen konnte. »Hat Gino jetzt mit Mia geschlafen oder nicht?«

»Nicht, als ich reingeplatzt bin. Entjungfert hat er sie aber schon am Vortag, das wusste ich nur nicht. Sonst wär ich auch nicht dazwischengegangen, denke ich. Wäre ja sowieso zu spät gewesen, logisch ... Ach so, ich war ja noch gar nicht fertig: Heute Abend bin ich dann wieder dazwischengegangen, hab mir aber nicht noch mal die Nase gebrochen. Sonderbar, wenn man drüber nachdenkt ...«

»Zwischen Gino und Mia?« Sergejas Stimme schwang sich in Regionen auf, wo die Luft langsam dünn wurde.

»Nein, zwischen Gino und Stefanie. Allerdings gab es da diesmal nichts mehr dazwischenzugehen, weil ... Is ja klar: Die steckten schon ineinander. Aber ich schätze mal, dass sie das mit Gino nur gemacht hat, weil sie gefrustet war, also Stefanie jetzt, obwohl, Mia eigentlich auch, aber das ist eine andere Geschichte. Jedenfalls war es, weil ich ihr heute Mittag an der Bar gesagt habe, also Stefanie jetzt, dass ich nicht zurückgenommen werden will, jedenfalls nicht von ihr, weil ich nämlich Sergeja liebe, also im Prinzip dich, immer geliebt habe, oder wenigstens immer hätte lieben wollen oder so. Das heißt: Ich weiß gar nicht genau, ob ich es ihr wirklich gesagt oder ob ich es nur gedacht habe. Lässt sich jetzt nicht mehr klären.« Er setzte sein Glas an und stellte fest, dass es leer war. »Ganz schön verrückt, oder? Hallo? Sergeja, bist du noch dran?«

War sie nicht. Jan blickte auf das Display wie auf eine mathematische Gleichung mit drei Unbekannten. Bye, bye, Sergeja, bye, bye, Stefanie, tschüs Leben. Warum hatte sie auch auf die Wahrheit bestehen müssen? Die war echt gefährlich. Wenn man einmal damit anfing …

»Das war's dann wohl«, murmelte Mia schlaftrunken.

Jan antwortete nicht. Wusste er selbst. »Ich wollte nicht, dass du für mich lügen musst«, sagte er.

»Vielleicht sollten wir doch morgen schon fliegen.«

Jan schaltete sein Handy aus, ließ es auf die Tischplatte fallen, lehnte sich zurück und schloss die Augen. Endlich, dachte er. Er spürte es ganz deutlich: Gleich würde er einschlafen.

19

Bis Jan die ersten Signale aus dem Diesseits empfing, brannte die Sonne in Westernmanier vom Himmel herab. Der Strand quoll über vor menschlichem Grillfleisch, und die Luft troff vor Nussöl und Bratfett. Das Geschrei spielender Kinder mischte sich mit den Brunftrufen der Ginos dieser Welt. Jan hatte nicht die geringste Erinnerung an die vergangenen elf Stunden, nicht der kleinste Traumfetzen war hängengeblieben.

Mit geschlossenen Augen befühlte er sein Lager. Eine Liege. Er befand sich auf der Liege seines Balkons. Er schwitzte. Sein gesamter Körper schien von einem fiesen Film überzogen zu sein. Er betastete seine Stirn. Aua. Seine Hand schmerzte, die Fingerkuppen. Wohlbefinden ging anders. Am besten, er nahm eine systematische Bestandsaufnahme vor.

Vorläufiger Schadensbericht: ein Pochen gegen die Schädeldecke, von innen; Kopfschmerzen; Gesicht und Nase schmerzempfindlich, die Haut über den Wangenknochen unter extremer Spannung. Die Fingerkuppen: bluteten nicht mehr, aber ebenfalls großes Aua. Außerdem: frischer Sonnenbrand auf allem, was nicht von T-Shirt oder Shorts bedeckt wurde. Vorläufige Diagnose: Kater der Stufe drei bis vier, beschissener Allgemeinzustand, Leben verwirkt. Vorläufige Therapie: zweimal zwei Schmerztabletten, Schatten. Alles Weitere später. Oder nie. Man würde sehen.

Das Pochen in Jans Kopf verstärkte sich. Er öffnete ein Auge, schirmte es mit der Hand ab und blinzelte zur anderen Liege hinüber. Leer. Mia war vermutlich seit Stunden auf den Beinen. Wieder dieses Pochen. Doch es kam nicht, wie Jan geglaubt hatte, von innen. Und es klopfte auch nicht gegen die Schädeldecke. Es kam von außen. Und hämmerte gegen die Tür.

Stefanie.

Beinahe tat sie Jan noch mehr leid als er sich selbst. Und das wollte etwas heißen. Er erinnerte sich ihrer Worte vom Vortag: »So einfach lasse ich dich nicht gehen.« Kaum hatte er sich dieser Worte entsonnen, wurden sie von dem Bild ihres nackten Hinterns und ihres entsetzten Gesichtsausdrucks überlagert: flehend und wie um Verzeihung bittend – das Gesicht, nicht der Hintern.

Jan setzte, einen nach dem anderen, die Füße auf die heißen Steinfliesen, presste die Handflächen gegen die Schläfen, stand auf und stolperte in die Suite. Es gab zwei Möglichkeiten, was ihn erwartete, sobald er die Tür öffnete: Die reuige Stefanie, die darauf bestehen würde, ihn zurückzunehmen, oder die entrüstete Stefanie, die ihn zum Teufel jagen würde. Jan hätte nicht sagen können, was davon ihm lieber gewesen wäre. Denkbar war auch eine Kombination aus beidem. Bis er die Tür erreicht hatte, wusste er, dass er im Moment weder das Eine noch das Andere noch das Dritte verkraften könnte. Statt zu öffnen, stützte er sich mit den Händen an der Tür ab.

»Es tut mir leid!«, rief er. Seine Stimmte dröhnte in seinem Kopf. »Ehrlich. Ich bin ein Idiot. Und wahrscheinlich hast du recht, und ich mache einen Riesenfehler.« Er legte wieder die Hände an die Schläfen. »Aber ich werde nicht zu dir zurückkommen!«

Eine Stille von tragischer Dimension trat ein. Schließlich rief Sergeja von jenseits der Tür: »Das will ich auch hoffen!«

Allmächtiger! Sie hatte ihren Urlaub abgebrochen und war hergekommen. Jan blickte an sich herab: Ein Häufchen sonnenverbranntes Elend. Und von innen sah er noch schlimmer aus. Er kam sich vor, als sollte er auf einem Klapprad an einem Motorradrennen teilnehmen. Nicht einmal Odysseus hätte da eine Chance.

»Jan«, rief Sergeja, »bitte mach auf.«

Eine List musste her. Odysseus hätte sich eine List einfallen lassen. Suchend blickte Jan sich um: Keine Schafe, unter die er sich hätte binden können, kein Holzpferd, in dem er sich hätte verstecken können. List ade. Hier gab es nur Sergeja und ihn und die Tür zwischen ihnen. Er straffte die Schultern und öffnete.

»Fuck.«

Es rutschte ihm so heraus, unwillkürlich. Was der Kopf eben so produzierte, wenn einem gerade das Herz zerschreddert wurde. Gab es dafür eine biologische Erklärung – dass einem der Ex-Partner immer begehrenswerter erschien, je mehr man sich nach ihm sehnte? Bestimmt hatte jemand diesem Phänomen schon vor Jahrhunderten einen lateinischen Namen verpasst. Jan hätte ihr nicht öffnen dürfen, niemals. Es war wie damals, als er in die Himbeere gebissen und plötzlich ihr ganzes Leben geschmeckt hatte. Und wie damals, schien sie zu schweben. Jan hätte gern gewusst, ob ihre Füße den Boden berührten, doch er konnte sich nicht dazu bringen, nach unten zu blicken, weil er gerade in den Smaragdsee ihrer Augen eingetaucht war. Sogar das Licht im Hotelflur veränderte sich in ihrer Gegenwart. Es war zum Verzweifeln.

Sie hatte sich einen Satz zurechtgelegt. Doch er kam nicht heraus. Jans Anblick nahm ihr vorübergehend den Wind aus den Segeln. Unwillkürlich führte sie eine Hand an die Lippen: »Du siehst ja furchtbar aus!«

Mitgefühl. Balsam für seine geschundene Seele. Nimm mich aus Mitleid, ist mir egal. Hauptsache, wir kommen wieder zusammen. Für zwei oder drei köstliche Sekunden wurden sie von einer Zauberblase eingeschlossen und tauchten hinab in das Reich hinter Sergejas Augen, umspielt von dem zarten Stoff ihres geblümten Kleides. Hier gab es nur sie und ihn und keine Tür mehr dazwischen, gar nichts mehr dazwischen, nur noch sie beide.

Begleitet von demselben Geräusch, mit dem eine Seifenblase zerplatzt, materialisierte sich plötzlich Einar neben ihr. Er musste hinter der Türzarge auf der Lauer gelegen haben, in Khaki-Shorts, frisch gestärktem Halbarm-Hemd, doppelläufigem Jagdgewehr und Tropenhelm. Okay, das Gewehr und den Helm konnte nur Jan sehen, der Vollständigkeit halber. Zu gern hätte Jan ihm die Tür vor der Nase zugeschlagen, doch selbst dazu fehlte ihm die Kraft. Er gab sie frei.

Einar betrat die Suite, als nehme er sie in Besitz. Während Jans Anblick bei Sergeja immerhin Mitgefühl hervorgerufen hatte, reagierte ihr zukünftiger Gatte mit einer gerümpften Nase: »In Verbindung mit Seife kann eine Dusche manchmal Wunder bewirken«, sagte er wie zu sich selbst, während er die Wodkaflasche auf der Minibar inspizierte, als handele es sich um ein Beweisstück.

Du kannst mich mal, dachte Jan. An einem anderen Tag hätte er sich auf ein Wortgefecht mit ihm eingelassen, aber nicht heute und nicht in diesem Zustand. Dann sagte er es: »Du kannst mich mal.«

Ohne eine Reaktion abzuwarten, ging er ins Bad und drückte die zweimal zwei Schmerztabletten aus den Folien, die er sich verordnet hatte.

Aus der Suite war das Scharren von Füßen zu vernehmen. »Bitte, Einar«, hörte er Sergeja sagen.

Bis Jan wieder aus dem Bad kam, hatte Einar, die Flinte voran, seinen Kopf samt Tropenhelm durch die Balkontür gezwängt: »Hier scheint ja eine hübsche Party stattgefunden zu haben.«

Drei ausgedrückte Zigaretten, eine leere Flasche Champagner und ein Origami-Brathähnchen waren offenbar sichere Indizien für orgiastische Zügellosigkeit.

»Einar, bitte«, wiederholte Sergeja.

Doch wer ein richtiger Großwildjäger sein wollte, der ließ sich keine Vorschriften machen. Einar legte sein Jagdgewehr an, zielte und drückte ab. Der Rückstoß ließ ihn durch das Zimmer taumeln, während das Origami-Hühnchen von Schrotkugeln zersiebt wurde. Nein, war natürlich Unsinn. Wahrscheinlich mündete Jans Midlife-Crisis lediglich in die bereits erwartete psychische Erkrankung.

»Jan.« Sergeja klang, als handele es sich in seinem Fall um eine sehr ernst zu nehmende psychische Erkrankung. »Wo ist Mia?«

Jan durchschritt die Suite und öffnete die Schlafzimmertür. »Also hier ist sie nicht.«

Einar hob an, etwas zu sagen, doch Sergeja brachte ihn mit einer Handbewegung zum Schweigen. Das hier war eine Sache zwischen ihr und Jan. »Ich möchte, dass du dir etwas anziehst, und dann möchte ich, dass wir Mia suchen.«

»Und warum?«

Die Frage kam von Mia, die plötzlich in der Tür stand. Wie zuvor Einar. Musste eine Zaubertür sein. Das Tor zu einer anderen Dimension womöglich, wo das Raum-Zeit-Kontinuum aufgehoben war und man einfach sein konnte, wann und wo man gerade wollte.

»Mia!« Sergeja umarmte sie wie nach einer Erdumsegelung. »Bin ich froh, dich zu sehen.«

Einen Moment ließ Mia sich das gefallen, dann drückte sie ihre Mutter sanft von sich weg und kam ins Zimmer. »Hi, Einar.«

»Guten Tag, Mia.«

Mias und Jans Blicke trafen sich: Fragezeichen auf beiden Seiten. Anschließend machte sie etwas mit ihren Augen, das nur für Jan bestimmt war: *Sie ist hergekommen, das ist deine Chance, ergreife sie, und mach was draus. Erfolg ist für jeden da, der ihn sich zu nehmen versteht. Schon vergessen?*

Sie bildeten ein Rechteck. Mias Blick wechselte zu ihrer Mutter. »Ich freue mich auch, dich zu sehen, Mama. Aber was machst du hier?«

»Wir sind gekommen, um dich zu holen. Einar und ich sind der Meinung, dass du den Rest des Urlaubs besser mit uns verbringen solltest …«

Zur Unterstützung des Gesagten strich Einar mit zwei Fingern über die Hausbar und betrachtete die Kuppen, als müssten Kokainreste drankleben. Mia, die beim Hereinkommen noch wie das blühende Leben ausgesehen hatte, löste das Rechteck auf und ließ sich auf das Sofa fallen.

»Hör zu, Mama: Ich bin sechzehn, okay? Und wenn ich will, dass du kommst und mich rettest, dann ruf ich dich an. Oder ich komme selbst.« Einar räusperte sich, doch Mia ließ ihn nicht zu Wort kommen. »Und wenn mich interessiert, Einar, was du so denkst, dann frag ich dich.«

Diesen Ton waren weder Sergeja noch Einar von ihr gewohnt. »Mia«, insistierte Sergeja, »ich erwarte von dir, dass du ...«

»Ich weiß, was du von mir erwartest«, zischte Mia, »aber ich bin nicht deine Marionette! Ich hab keinen Bock mehr, immer nur die gute Tochter zu sein!«

»Aber ...«

»... aber Scheiße, Mama. Von mir aus heirate Einar, und wenn es sein muss, dann ziehe ich auch mit nach Karlsruhe. Aber hör auf, von mir zu erwarten, dass ich mich darüber freue.«

»Neulich hast du mir noch gesagt, dass du es okay findest, mit nach Karlsruhe zu ziehen.«

»Ja. Aber das hab ich doch nur gesagt, weil diese Scheiße mit Felix am Start war ...« Sie warf ihrer Mutter einen mitfühlenden Blick zu. »Kein normaler Mensch würde sich darauf freuen, bei Einar einzuziehen.«

Einars Bürstenhaarschitt erreichte eine neue Festigkeitsstufe. »Eine Dreihundertzwanzig-Quadratmeter-Jugenstilvilla genügt also den Ansprüchen des gnädigen Fräuleins nicht.«

»Mann, Einar.« Mia sprach mit ihm, als sei er einfach *zu* dämlich. »Es geht doch nicht um deine Villa. Es geht darum, dass du einen Herzinfarkt kriegst, sobald Messer und Gabel nicht in einer Flucht liegen. Deine Villa ist ein Dreihundertzwanzig-Quadratmeter-Jugendstil-Knast.«

Jan war erleichtert, vorübergehend aus der Schusslinie geraten zu sein. Wer hätte gedacht, dass er an einem Tag wie diesem noch Gefallen an einem Gespräch mit Einar haben könnte? Und doch war es so. In die Stille hinein ließ er sich neben Mia auf das

Sofa fallen. Schlauer Schachzug. So waren die Fronten klar verteilt: Sergeja und Einar auf der einen, Mia und er auf der anderen Seite. Er wusste, es würde von kurzer Dauer sein, doch für den Moment fühlte er sich richtig wohl.

»Deine Mutter und ich werden heiraten«, stellte Einar fest. Etwas Besseres fiel ihm gerade nicht ein.

»Kann ich drauf verzichten«, entgegnete Mia.

»Ich auch«, mischte Jan sich ein.

Sergejas Augen verschossen Pfeile: »Hör zu, Jan: Ich weiß nicht, was hier in den letzten Tagen vorgefallen ist, und es ist mir auch gleichgültig. Ich gehe jetzt runter in die Lobby und in …«, sie blickte auf ihre güldene Armbanduhr, die sie unter Garantie von Einar bekommen hatte und die so überhaupt nicht zu ihr passte, dass Jan alleine diese Ich-blicke-auf-meine-goldene-Uhr-Geste einen Stich versetzte, »vier Stunden fliegen wir nach Sardinien zurück. Und Mia nehmen wir mit.«

Was für ein Elend, ging es Jan durch den Kopf, wenn man so sehr in eine Frau verliebt war, dass, egal, was sie sagte oder tat, sich einfach alles auf dem langen und verschlungnen Weg bis ins Gehirn in Sexyness verwandelte. Ihre Erregung, auch wenn sie sich gegen ihn richtete, löste bei Jan die pure Lust aus. Dazu noch die junge Frau von damals, die mit der reifen Frau von heute diese atemberaubende Symbiose einging … Am liebsten hätte er sich ihr zu Füßen geworfen und sich mit Handschellen an ihre schlanken Fesseln gekettet.

Sonderbarerweise war es Einars Reaktion – die Art, wie er seine Brust rausdrückte und sich den imaginären Tropenhelm zurechtrückte –, an der Jan bemerkte, dass sich etwas veränderte, dass eine Verlagerung der Energien stattfand. Die Zaubertür hatte wieder zugeschlagen. Diesmal hatte sich Stefanie darin materialisiert. Jan stellte sich vor, wie Zeus auf dem Olymp saß wie auf einer Kommandobrücke, vor sich lauter blinkende Knöpfe, deren Bedeutung er nicht kannte, und sich einen Spaß daraus machte, nach Lust und Laune irgendwo draufzudrücken, um zu sehen, wer sich als Nächstes in der magischen Tür zeigte. Eine echte Frohnatur, dieser Zeus.

Jan wollte etwas sagen, irgendetwas, das machte, dass alles wegging und ihm alle verziehen. Mehr Wünsche hatte er nicht mehr: Absolution und Frieden. Und Sergeja natürlich. Aber die war schon lange kein Wunsch mehr, sondern eine Art Ur-Sehnsucht. Da zog es einen hin, ob man wollte oder nicht.

Er sah Stefanie an: »Schlechter Zeitpunkt.«

Doch das war Stefanie inzwischen selbst aufgegangen. Alles, was sie in den letzen Tagen nicht wahrhaben wollte, was nicht sein konnte, weil es nicht sein durfte – jetzt zog es ihr die Beine weg wie eine Unterwasserströmung. Und das alles nur, weil sie hatte beobachten müssen, wie Jan die Frau in dem Blumenkleid ansah, mit diesem Blick, in dem alles lag, was nicht darin lag, wenn er sie anblickte: ultimatives Commitment und völlige Selbstaufgabe.

Einar machte eine Geste, als bitte er sie in seine Gemächer. »Sie müssen Stefanie sein.«

Gleich kotz ich dir auf deine Safari-Sandalen, dachte Jan.

Stefanie hob abwehrend eine Hand und schüttelte den Kopf.

Sergeja wandte sich zu ihr um, eine Bewegung, für die Raffael seinen kleinen Finger gegeben hätte. »Entschuldigung«, sagte sie, und Jan hörte ihr Mitgefühl für die Unterlegene heraus. »Bleiben Sie ruhig. Wir sind fertig.«

Doch Stefanie sah nicht aus, als wollte sie bleiben. Sie sah aus, als sei sie unfähig zu gehen. Äußerlich waren nur feine Risse erkennbar, doch Jan kannte sie gut genug, um zu wissen, was hinter der Fassade vorging. Sie hatte gesehen, sie hatte verstanden. Jan und sie endeten hier und jetzt.

»Sind wir nicht!« Mia war aufgestanden. Sie rang mit sich. Jan dachte, dass sie Einar möglicherweise noch weniger leiden konnte als er. Sie blickte ihre Mutter an, flehend: »Liebst du ihn überhaupt?«

195

Wow, dachte Jan. Was für eine großartige Tochter. Sie wollte nicht mit nach Karlsruhe, sie hatte Liebeskummer ohne Ende, am größten jedoch war ihre Sorge, dass ihre Mutter sich unglücklich machen könnte.

Sergeja konnte ihre Erschütterung nicht verbergen. Bis eben war sie in der Offensive gewesen, jetzt sollte sie sich plötzlich rechtfertigen. »Würde ich ihn sonst heiraten?«

»Gute Frage«, warf Jan ein. »Würdest du?«

Sergeja sah ihre Tochter an: *Bitte, versteh mich doch!* »Er trägt mich auf Händen«, erklärte sie.

Jetzt hielt es auch Jan nicht mehr auf dem Sofa. »Ich habe … Ich würde …«

Sergeja konnte ihn nicht länger ignorieren: »Wag dich nicht zu weit aufs Eis, Jan!«

Stefanie, die noch immer im Türrahmen stand, nickte abwesend.

Mia ließ nicht locker: »Du liebst an Einar, dass er dich liebt? Ist das alles?«

»Es ist mehr, als dein Vater gemacht hat«, wehrte sich Sergeja. »Und den habe ich auch geheiratet.« Sie machte zwei Schritte auf Mia zu, die aber zurückwich. »Ich will eine zweite Chance, Mia. Auf alles. Und das will Einar auch.«

Jan sah aus dem Augenwinkel, wie Stefanie sich am Türrahmen abstützte. Sergeja und sie wollten beide dasselbe. Nur dass Sergeja es bekommen würde, sie nicht.

»Ich habe dich auch geliebt!«, rief Jan. Dann, leiser: »Und tue es noch.«

Stefanie implodierte. Jedem im Raum war klar: Mit Sergeja würde Jan auf der Stelle eine Familie gründen, mit ihr nicht.

»Und?«, fragte Sergeja.

»Ich hab's versaut«, gestand Jan.

»Und genau das wird Einar nicht tun.«

»Du vertraust ihm mehr als mir?«

Sergejas Gesicht war Antwort genug für zwei Leben.

Einar witterte seinen großen Auftritt: »Die Treulosigkeit ist eine Lüge der ganzen Person«, zitierte er und schickte gleich noch den Urheber hinterher. »Jean de La Bruyère.«

Jan hatte keine Ahnung, wer Jean de La Bruyère war, aber er spürte deutlich, wie seine letzten moralischen Skrupel den Weg alles Irdischen gingen. »Du bist genau so ein Lügner wie alle anderen«, entgegnete er.

Einar glaubte sich auf der sicheren Seite, der Seite von Recht und Gesetz. »Ich bin Richter!«

Okay, das war's, dachte Jan. »Ach halt die Klappe!«, rief er. »Kommst hier rein und machst auf Großwildjäger, dabei taugst du bestenfalls zum Oberförster!« Jan imitierte eine Mickey-Mouse-Stimme: »›Zuletzt, in New York, bin ich den Marathon in drei Stunden sechsundzwanzig gelaufen‹.«

Einars Augen verengten sich. Vorsichtshalber schob er neue Patronen in die Gewehrläufe: »Problem damit?«, fragte er.

Jan behielt seine Kastratenstimme bei. »›Problem damit?‹« Er wechselte wieder in das Ich-hau-dir-gleich-eine-rein-Register: »Nein, hab ich kein Problem mit. Ich frage mich nur, weshalb du mir weismachen willst, du würdest den Marathon in drei sechsundzwanzig laufen, wenn du in Wirklichkeit vier Stunden vierzehn gebraucht hast. Ist im Internet nachzulesen. Da stehen sämtliche Zeiten aufgelistet. Auch die von Doktor Einar Schmähling: Vier Stunden, vierzehn Minuten.«

Schlagartig versiegte Einars Sprachquell, er schluckte wie ein Fisch auf dem Trockenen.

Sergeja bemühte sich um Schadensbegrenzung und darum, die Situation wieder unter Kontrolle zu bekommen. »Jan, bitte, was soll das? Wir wollen doch nur …«

»Was das soll?«, schnitt Jan ihr das Wort ab. Er hatte anderes vor. Er wollte keine Schadensbegrenzung, er wollte Havarie! »Das kann ich dir sagen: Ich bin ein Arsch, hab ich kapiert, und ich hab eine Menge Fehler gemacht. Aber ich bin's leid, mir ständig eure moralische Überlegenheit aufs Brot schmieren zu lassen. Mag ja sein, dass ich hier der große Vertrauensmissbraucher bin, aber viel besser seid ihr auch nicht. In Wahrheit sind wir alle Lügner.«

Einar hatte seine Sprache wiedergefunden und legte seine Flinte auf Jan an: »Sergeja würde niemals …«

»Schon klar«, brüllte Jan, »bei euch beiden ist das anders, verstehe schon.« Er sah Sergeja an: Bereit für die Klippe? Dann wollen wir doch mal sehen, wie sich der freie Fall so anfühlt: »Deshalb hast du Einar ja auch gleich gesagt, dass wir miteinander im Bett waren – neulich, nach dem Gastspiel in Frankfurt. Weißt du nicht mehr? Am vierzehnten Februar, Valentinstag. Bruckner. Erst waren wir essen und dann sind wir bei mir im Bett … Ach, du hast Einar gar nichts davon gesagt? Ups, tut mir leid, ich dachte, bei euch würde das anders laufen.« Mit seinem Blick verstopfte er die Läufe von Einars Gewehr. »Bestimmt hat sie dir nur deshalb nichts gesagt, weil du ja im Februar noch gar nicht von deiner letzten Frau geschieden warst. Da zählt das noch nicht als Fremdgehen, oder – wenn der andere noch verheiratet ist?«

Von hier an ging alles relativ schnell. Während sich Einar noch im freien Fall befand und auf den Aufschlag wartete, taumelte Sergeja an Stefanie vorbei aus dem Zimmer. Sehr kurz wurde es sehr ruhig.

Dann sagte Mia, was sie bereits vergangene Nacht auf der Terrasse gesagt hatte: »Das war's dann wohl.«

Stefanie schien sich zu fragen, wie sie hierhergekommen war. Eine der eingegangenen Informationen hatte in ihrem Kopf einen Gedanken ausgelöst, der jetzt selbstständig seine Kreise drehte: »Im Februar … Da waren wir doch schon vier Monate zusammen …«

Jan blickte Mia an. Er hatte sein Pulver verschossen. Jetzt wusste er nicht mehr weiter.

»Hinterher«, sagte Mia.

Jan verstand nicht.

»Mama!«

»Hm? Oh!« Er setzte sich in Bewegung. »Tut mir leid«, entschuldigte er sich ein letztes Mal bei Stefanie, dann lief er in den Flur, wo er als Erstes mit Freya zusammenstieß. Schon wieder hatte Zeus eins von den lustigen Knöpfchen gedrückt.

Jan gestikulierte den Flur hinunter: »Ich muss …«

»Wenn du mich suchst …«, antwortete Freya.

Jan lief bereits weiter: »Senior-Suite«, rief er, »ich weiß.«

Er erreichte den Fahrstuhl rechtzeitig, um seine Hand in den Türschlitz zu stecken. Einen Moment lang spiegelte sich sein verquollenes Gesicht samt Nasengips in der Messingtür, dann glitt sie zurück, und Sergeja erschien wie ein exotischer Vogel im goldenen Käfig, der letzte seiner Art, und alles an ihr zwitscherte: »Befreie mich!« Jan stemmte seinen Fuß gegen die Tür, um zu verhindern, dass sie sich wieder schloss und ihm sein Gesicht vorhielt.

»Was?«, zischte das Vögelchen.

Die Tür versuchte, seinen Fuß aus dem Weg zu schieben, zog sich aber sofort wieder zurück. Der Moment der Wahrheit. Sein oder nicht sein.

»Ich liebe dich«, sagte Jan.

Sergeja sah ihn an, eine Träne stahl sich aus ihrem linken Auge und lief quälend langsam die Wange hinab. Dann sagte sie: »Nimm den Fuß aus der Tür.«

3 … 2 … 1 … Anhand der LED-Anzeige über dem Knopf verfolgte Jan, wie Sergeja sich von ihm entfernte. Die Fahrstuhltür konfrontierte ihn nicht nur mit seinem entstellten Gesicht, zudem spiegelte sich der schemenhafte Umriss eines weiteren Kopfes im Messing. Als das »E« aufleuchtete, drehte Jan sich um: »E« wie Einar. Er stand vor ihm.

»Was willst *du* denn noch?`«, fragte Jan. Er war der Mann, der nichts mehr zu verlieren hatte.

Hinten im Flur sah er drei Frauen stehen: Mia, Stefanie und Freya. Wahrscheinlich würden sie ihr Urteil verkünden, sobald das hier vorbei war.

Einar war ganz der Richter, seine Souveränität genoss oberste Priorität, immer: »Jan, Sie tun mir ehrlich leid.«

Jan legte langsam seinen Kopf auf die Seite. Wenn es auf dieser Welt etwas gab, das er ganz sicher nicht brauchte, dann war es Einars Mitleid. »Vier Stunden, vierzehn Minuten«, entgegnete er.

Einar nahm umständlich seine Brille ab, klappte die Bügel ein und verstaute sie in seiner Brusttasche. Was sollte das denn geben? Wollte er sich allen Ernstes prügeln? Muss ich dich eben doch noch umhauen, dachte Jan. Doch dazu hatte er keine Gelegenheit. Etwas zuckte an seinem Auge vorbei, wie ein Wimpernschlag, und noch bevor sich der Schmerz in seiner ganzen Grausamkeit in sein Gehirn gebohrt hatte, sank Jan bereits auf die Knie, hielt sich die zerschmetterte Gipsschiene und schmeckte das Blut in seinem Mund.

Zwei Handbreit vor seinem Gesicht standen Einars unbefleckte Safarisandalen wie in einer Schaufensterauslage. Jetzt sammelten sich davor Blutflecken auf dem polierten Travertin. Aufstöhnend seine Hände vor das Gesicht haltend, ließ sich Jan auf die Seite fallen. Wie ein Fötus lag er zu Füßen seines Widersachers. Der trat derweil einen Schritt zurück, winkelte die Arme mit den zu Fäusten geballten Händen an und beugte sich exakt fünfundvierzig Grad vor.

»Taekwondo, erster Dan.« Einar richtete seinen Oberkörper wieder auf. »Wäre ebenfalls im Internet nachzulesen gewesen.«

Seine Schritte entfernten sich Richtung Treppe. Bevor sich Jan auf die Steinfliesen übergab, hatte er noch Zeit für einen letzten Satz: »Vier Stunden vierzehn!«

20

Sie nahmen ein Taxi. Mia begleitete ihn. Jan weigerte sich wie ein störrisches Kind, auch nur einen Meter zu gehen, geschweige denn die drei Straßen bis zum Ospedale Ceccarini. Mia hatte ihre liebe Not, ihn bis vor das Hotel zu zerren.

Im Krankenhaus dann die nächste Weigerung: Jan lehnte es ab, sich von irgendjemand anderem als Dottoressa Ferrai behandeln zu lassen.

Die Frau an der Anmeldung sagte ihm, Dottoressa Ferrai sei zwar im Haus, arbeite jedoch auf Station. Mi dispiace.

Das hatte Jan in den letzten Tagen zur Genüge gehört. »Ist mir scheißegal«, antwortete er.

Es täte ihr sehr leid, erwiderte die Frau in gebrochenem Englisch, doch Dottoressa Ferrai sei wirklich nicht abkömmlich.

»Das werden wir ja sehen.«

Jan ließ sich eine Handvoll Kompressen geben, setzte sich der Anmeldung gegenüber auf die Wartebank, legte seinen Kopf in den Nacken und versuchte, die Blutung zu stoppen. Mia setzte sich neben ihn.

Im Geiste nölte Jan vor sich hin wie ein Hauswart. Die Decke des Wartebereichs war mit den gleichen quadratischen Platten abgehängt, wie er sie in seinem Büro hatte und noch nie leiden konnte. In den Ecken lauerten Kameras. Um das Sonnenlicht auszusperren, waren die Jalousien heruntergelassen worden. Dafür erstrahlte der Raum jetzt in beißendem Neonlicht. Und um der Hitze entgegenzuwirken, ließ man die Klimaanlage auf Hochtouren laufen – mit dem Erfolg, dass jeder fror, der hereinkam. Die Trulla an der Anmeldung, die jetzt der Dottoressa hinterhertelefonierte, trug einen Wollschal, während der Asphalt auf dem Parkplatz davonschwamm. So sind sie, die Italiener, dachte Jan, und dann: Ich geh hier nicht eher weg, als bis Frau Ferrai vor mir steht. So.

Es war Mia, die ihn aus seinem Groll erlöste, indem sie leise fragte: »Wie habt ihr euch eigentlich kennengelernt?«

»Hat Sergeja dir das nie erzählt?«

»Ein bisschen. Sie redet nicht gern darüber.«

»Aber das von dem Flugzeug hat sie dir erzählt.«

»Sie hat gesagt, dass du an Bord einer Maschine warst, die in der Nähe notlanden musste.«

»Eine 747«, näselte Jan, »ein Jumbo. 343 Passagiere. Und alle haben überlebt.« Er richtete den Kopf auf. »Noch drei Monate später waren sie damit beschäftigt, das Flugzeug zu zerlegen und die Einzelteile abzutransportieren – bis nur noch ein paar einsame Sitze auf der Wiese standen, die von den Kühen zerpflückt wurden.«

»Und was ist nach der Notlandung passiert?«

»Sie haben mich vergessen. Hinter der Hütte. Haben alle Passagiere nach Ljubljana geshuttelt und mich vergessen. Also bin ich zu Fuß ins nächste Dorf: Brevicka. Ohne Schuhe, die waren verschwunden ...«

»Und da hast du Mama getroffen.«

»Ich hab sie nicht getroffen.« Jan lief es kalt den Rücken runter, als er sich Sergeja vor dem Gartentor in Erinnerung rief. »Sie stand da, als hätte sie auf mich gewartet.«

»Liebe auf den ersten Blick«, murmelte Mia.

»Manchmal denke ich, ich hab sie schon geliebt, bevor sie aus dem Nebel auftauchte ...« Jan schloss die Augen, legte den Kopf wieder in den Nacken und erzählte: Wie sie tags darauf den Großvater beerdigt hatten und Jan dabei dessen Anzug und Schuhe getragen hatte. Wie Sergeja Waldhorn gespielt hatte und alle Anwesenden weinen mussten wie die Babys. Wie Sergeja und er zwei Wochen später in derselben Kapelle heirateten.

Jan verschluckte sich an dem Blut, das ihm den Rachen hinablief. »Und jetzt heiratet sie diesen Oberförster. In derselben Kapelle ...« Die Kompressen waren durchgeblutet.

Mia reichte ihm neue: »Vorausgesetzt, sie heiraten jetzt noch.«

Jan schien seine Tochter nicht zu hören. »Ich weiß, dass ich ein Idiot war«, fuhr er fort. »Sich von Sergeja und dir zu trennen, dass war der größte Fehler meines Lebens.« Die Klimaanlage brummte wie eine Flugzeugturbine. »Ich kann die Zeit nicht zurückdrehen, Mia, aber wenn ich dich heute sehe, dann wünsche ich mir nichts sehnlicher, als dass ich dabeigewesen wäre und miterlebt hätte, wie du die geworden bist, die du heute bist. Mehr kann ich nicht sagen.«

Jan zog noch immer Bahnen in seinem Selbstmitleid, als Mia fragte: »Mama und Einar wollen da heiraten, wo ihr schon geheiratet habt?«, überlegte Mia.

»Wusstest du nicht? Da, wo Sergeja herkommt, sagt man, die Frau muss in der Kirche heiraten, in der sie getauft worden ist. Sonst bringt es Unglück. Ich glaube ja, dass es diesmal Einars Idee war. Er will die Vergangenheit überschreiben. Würde ich an seiner Stelle auch machen, schätze ich …«

In das folgende Schweigen hinein näherte sich das spitze Klicken hoher Absätze auf dem Linoleum. Dottoressa Ferrai. Inzwischen erkannte Jan sie am Gang. Unter ihrem Arm klemmte seine Patientenakte, der rote Schlauch ihres Stethoskops ragte aus der Kitteltasche. Ihr Parfum flutete den Raum. Sie nickte Mia zu und sah Jan an wie ein Kind, das zum dritten Mal von derselben Mauer gefallen war. Bereitwillig erhob er sich und folgte ihr.

Im Behandlungszimmer wurden sie von einem Kollegen in einem grünen Kittel erwartet. Mit Mundschutz. Er saß am Kopfende der Liege auf einem rollbaren Hocker und drehte an einem Regler, der in der Wand eingelassen war.

»Ist nicht ansteckend.« Jan zeigte auf sein Gesicht.

»This time«, erklärte Dottoressa Ferrai die Anwesenheit des Anästhesisten, während sie einmal mehr Jans Kopf in die Styroporform zwängte, »I make you sleep. But no worry. You will wake up again.«

»I wish I wouldn't«, antwortete Jan.

Dottoressa Ferrai, die sich inzwischen an seiner unverletzten Hand zu schaffen machte, hielt inne. »This young lady outside«, fragte sie. »Your daughter?«

»Yes.«

»So you have at least one good reason to wake up again.«

»She hates me«, sagte er resigniert.

Etwas Kühles kroch seinen Handrücken hinauf, und eine große, allumfassende Entspannung breitete sich in ihm aus. Da steckte eine Kanüle in seiner Hand. Hatte er gar nicht gemerkt. Dottoressa Ferrai war wirklich die Einzige, die seine wahren Bedürfnisse verstand. Von der Kanüle führte ein Schlauch hinauf zu einer Flasche mit farbloser Flüssigkeit, die auf Kopfhöhe an einem Ständer neben dem Bett hing. Dottoressa Ferrai drehte an dem Rädchen, das die Durchlaufgeschwindigkeit dosierte. Von oben herab beschenkte sie Jan mit einem gütigen Lächeln.

»So you have two good reasons«, sagte sie.

Zwei Gründe, überlegte Jan. Warum zwei? Und dann: Nicht schlecht, Dottoressa. Im nächsten Augenblick schlossen sich seine Lider.

Als Jan, zwei Tamponaden in der Nase, mit frischem Gips, neuem Tape und einem Handverband versehen in den Wartebereich zurückkehrte, blickte Mia vom Display ihres iPhones auf. Ihr angriffslustiges Leuchten war zurück. Jan war nicht wohl dabei.

»Ist gar nicht so weit, kilometermäßig.«

Jan fragte sich, ob dieses Gefühl, im falschen Film zu sein, ihn je wieder verlassen würde. Jede einzelne Neonröhre perforierte sein Gehirn.

»Dieses Dorf«, erklärte Mia, »Brevicka. Als Fahrzeit gibt mir Harry vier Stunden sechsundvierzig Minuten an.«

»Wer ist Harry?«

Mia zeigte ihr iPhone vor.

»Ist nicht dein Ernst.«

»Gibt'n Typ in der Parallelklasse«, erklärte Mia entschuldigend. »Ist'n krasser Klugscheißer, sieht aber voll Bombe aus. Genau wie mein iPhone …«

»Ich meine nicht den Namen. Ich meine, dass du nicht allen Ernstes dahin fahren willst – nach Brevicka.«

»Ist gerade mal so viel, wie Einar für einen Marathon braucht.«

»Mach ihn nicht langsamer, als er ohnehin schon ist«, sagte Jan, und beide mussten schmunzeln.

»Ich will da hin, Jan. Ich will wissen, wo alles angefangen hat.«

Jan wollte etwas erwidern, doch Mias Entschlossenheit stand vor ihm wie eine Wand. »Und wie stellst du dir das vor?«

Wieder hielt Mia ihr iPhone in die Höhe. Als hätte Harry ein App, mit dem er einen an jeden beliebigen Ort der Welt beamen konnte. »Gino leiht uns seinen Fiat.«

»Du verarschst mich.«

»Steht draußen auf dem Parkplatz.«

Das ging eindeutig zu schnell für Jan: »Gino?«

»Und sein Fiat.«

Jan wurde von einem Schwindel erfasst: »Das können wir nicht machen.«

»Stimmt«, überlegte Mia, »du musst ja dringend ins Hotel zurück – zu Stefanie und Freya und Einar … Kannst gar nicht genug bekommen, hm?«

Jan kniff die Augen zusammen und schmeckte dem Namen Einar nach: ein satter Schluck saurer, geronnener Milch. »Okay«, sagte er.

»Heißt das, wir fahren?«, fragte Mia ungläubig.

»Du hast klar die besseren Argumente.«

Gino saß auf der Motorhaube und prüfte seinen Bizeps. Als er Mia und Jan bemerkte, sprang er förmlich auf. Der Riss in seiner Oberlippe war mit zwei Stichen genäht worden. Die Fäden standen ab wie Katzenhaare.

»Sorry for that«, kaute Jan die Worte hervor und hielt entschuldigend seine verbundene Hand in die Höhe.

Gino zog die Schultern hoch. Möglicherweise versuchte er sich sogar an einem Lächeln.

Sie rollten vom Parkplatz, als Mia »Runter!« rief und Jan so weit in den Fußraum rutschte, wie der Fiat es zuließ. Sein blutgetränktes Handtuch von vorgestern lag noch hier herum, wie er feststellte.

»Was ist denn?«, fragte er.

»Da stehen Sergeja und Einar am Pförtnerhäuschen!«

»Echt?« Jan tastete nach einem Halt, während seine Gedanken unkontrolliert in seinem Schädel umherschwappten. »Was wollen die denn im Krankenhaus?«

»Na, mich holen!«

Jan stützte sich mit dem Ellenbogen auf der Sitzfläche ab und drückte sich so weit nach oben, dass er einen Blick aus dem Fenster werfen konnte. Nicht gerade unauffällig, aber Sergeja und Einar waren so sehr miteinander beschäftigt, dass Mia ihn im Rollstuhl vom Parkplatz hätte schieben können, ohne dass sie es bemerkt hätten. Es war unschwer zu erkennen: Da verhandelten gerade zwei ihre Beziehung. Einar hatte sich mit vor der Brust verschränkten Armen und verkniffenen Lippen halb von ihr weggedreht, während Sergeja einigermaßen hilflos gestikulierte und dabei auf ihn einredete.

»Sechzig zu vierzig, würde ich sagen«, meinte Mia.

»Dass sie heiraten, oder dass sie nicht heiraten?«, wollte Jan wissen.

»Dass sie heiraten.«

Jan ließ sich wieder in den Fußraum sinken. Werden wir ja sehen, dachte er.

Gino bog in die Straße ein, in der das »Bella Caterina« gelegen war. Einmal mehr hatte Jan das deutliche Gefühl, dass ihm eine entscheidende Information entging.

»Und jetzt?«, fragte er.

»Jetzt haben wir ungefähr zehn Minuten.«

Gino trat auf die Bremse, und Jan knautschte sich im Fußraum zusammen wie eine Ziehharmonika.

»Was machst du denn immer noch da unten?«, hörte er Mias Stimme.

»Ich komm hier nicht raus.«

Kaum hatten Gino und Mia ihn aus dem Fußraum befreit, folgte schon wieder eine Weigerung. Jan war wirklich ein renitenter Odysseus, heute.

»Ich geh da nicht rein.«

Gemeint war das »Bella Caterina«. Was Jan noch vor wenigen Tagen wie ein freundlicher kleiner Familiendampfer zwischen lauter seelenlosen Supertankern erschienen war, wirkte jetzt wie das Boot, das ihn in den Hades schippern sollte. Und da, das wusste er seit Orpheus und Eurydike, war schwer wieder rauszukommen.

»Und wie du da reingehst«, sagte Mia, und schon standen sie im Foyer. Gegen seine Tochter war heute offenbar kein Ankommen.

Es war, wie Jan befürchtet hatte: Auf der Kommandobrücke des Todesschiffs erwartete ihn bereits der Fährmann. Allerdings handelte es sich nicht, wie überliefert, um den greisen Charon, sondern um die gar nicht greise Caterina. Und sie hatte eine Erfüllungsgehilfin bei sich. Olivia. Auf den ersten Blick hätte man Caterina für die perfekte Rezeptionistin halten können. Die Uniform saß millimetergenau, der Schmuck war dezent und geschmackvoll, die Frisur nicht zu jugendlich aber auch nicht zu altbacken. Ihr Augen jedoch verrieten sie. Sie war die Fährfrau, alles klar.

»Ich geh unser Zeug holen, und du machst in der Zeit die Rechnung klar.«

Mit diesen Worten sprintete Mia die Treppe hinauf. Hätte Jan sich denken können. Die letzte Reise trat man immer alleine an.

Er fragte sich, wann Mia begonnen hatte, für sie gemeinsam

207

die Entscheidungen zu treffen. Eigentlich, nachdem Sergeja und Einar aufgetaucht waren. Spätestens jedenfalls, als sie ihn vorhin mit blutender Nase vom Boden aufgelesen und ins Krankenhaus gebracht hatte. Die Rolle der Bestimmerin schien ihr zu liegen. Jedenfalls ging sie ganz darin auf. Jan gefiel das. In seinem Zustand waren Anweisungen das einzig Brauchbare. Aber gleich war ohnehin alles aus. Der Fluss ohne Wiederkehr erwartete ihn. Mit tauben Füßen stakste er zur Rezeption.

»Signor Beck-stain«, begrüßte ihn Caterina und allein diese beiden Worte kühlten das Foyer auf sechs bis acht Grad herunter.

Sie setzte sich ihre an einer Goldkette um den Hals hängende Lesebrille auf und glich seinen Namen mit dem auf der Todesliste ab.

Dann blickte sie empor und leerte in einem langgezogenen Crescendo völlig überraschend ein Füllhorn italienischer Worte über ihm aus, von denen sich die meisten wie Hagelkörner anfühlten. Jan ließ den Eisregen auf sich niedergehen, ohne etwas davon zu verstehen, wartete, bis der Sturm nachlassen würde. Es schien um ihre Tochter zu gehen. Jedenfalls schrumpfte Olivia, die neben ihrer Mutter stand und vorgab, etwas in den Computer einzutippen, mehr und mehr zusammen. Keine Ahnung, was er jetzt schon wieder verbockt hatte.

So unvorbereitet, wie der Hagelsturm über Jan hereingebrochen war, so abrupt hörte er auf. Jan blickte aus narkoseverschleierten Augen zwischen Mutter und Tochter hin und her.

Schließlich erbarmte sich Olivia: »Meine Mutter sagt, dass Sie nicht sagen dürfen, dass ich Sängerin werden kann und dass Sie ein böser Mann sind.«

Inzwischen, so schien es, lud Jan bereits Schuld auf sich, wenn er atmete. Egal. Wenn ihn so oder so die Unterwelt erwartete, gab es keinen Grund mehr, klein beizugeben. Bei gar nichts.

»Olivia«, setzte er entschlossen an, doch im nächsten Moment stockte er.

Seine Lippe war noch taub, die Zunge zäh wie Teig, aber das war nicht der Grund. Er blickte von Olivia, die in ihrem eigenen Dilemma zerlief, zu ihrer Mutter und wieder zurück. Und dann, wie bei einem Hologramm, verstand er. Möglich, dass die Reste des Narkosemittels ihren Anteil daran hatten, jedenfalls offenbarte sich ihm plötzlich die ganze wundervolle Wahrheit dieser Szene, und alle Fragen lösten sich in Wohlgefallen auf. Hinter Caterinas eiserner Fassade – Jan sah es ganz deutlich –, hinter den in Stein gemeißelten Haaren und den gefrorenen Gesichtszügen, da lauerte die nackte Angst. Die Angst, dass Olivia den von ihr vorgezeichneten Weg verlassen könnte, dass die bereits bis ins Detail gemalte Zukunft sich als Illusion erwies, dass dem Lauf des Lebens am Ende kein Zaumzeug anzulegen war. Und Olivia? Sie hatte entschieden. Und tief in ihrem Inneren wusste Caterina es bereits. Sie würde gehen. Und niemand würde sie aufhalten können. Vielleicht noch nicht heute und vielleicht auch nicht morgen. Aber bald. Vielleicht würde sie Sängerin werden, vielleicht auch nicht. Doch sie würde es versuchen, und mehr konnte man nicht tun im Leben.

Jan blickte Olivia an und machte etwas mit seinem Gesicht, von dem er hoffte, dass es ein Lächeln war. Dann wandte er sich Caterina zu. Es tat ihm leid um ihren zerplatzten Traum, doch er hatte das sehr deutliche Gefühl, ihr das jetzt besser nicht zu sagen. Stattdessen lehnte er sich über die Theke, bis Caterinas Nase nur noch zwei Handbreit von seiner Gipsschiene entfernt war. Sie durchbohrte ihn mit einem Blick, der Zyklopen getötet hätte. Aber mit Zyklopen wurde einer wie er spielend fertig.

»The bill, please«, sagte er. »We are checking out.«

In seinem Rücken schoben sich die Lamellen der Fahrstuhltür ineinander, Mia wuchtete seine Tasche und ihren Rollkoffer ins Foyer und schleifte beides zur Rezeption.

»Fertig?«

Jan versuchte, die Visakarte aus dem Fach seines Portemonnaies zu ziehen, doch seine Finger zitterten, und auch das Portemonnaie hielt nicht still. Mia nahm es ihm aus der Hand, zog die Karte heraus und legte sie auf den Tresen.

Während Caterinas Lippen schmaler und schmaler wurden und sie die Rechnung fertig machte, nahm Mia eine von Jans Visitenkarten aus dessen Portemonnaie und kritzelte etwas auf die Rückseite: *Sorry, aber ich komme nicht mit. Mia.* Daneben setzte sie ein Smiley in Herzform.

Als Caterina Jan die Rechnung vorlegte – der Preis, mit dem er sich einen Aufschub seiner Todesfahrt erkaufte, erschien ihm angemessen hoch – reichte Mia ihr die Karte: »Can you give this to my mother, please?«

III

21

Jan fummelte den Zündschlüssel ins Schloss, sortierte seine Beine und startete den Wagen. Das Gefühl in seinen Füßen ließ noch deutlich zu wünschen übrig, und wie es um seine Reaktionszeit bestellt war, würde sich an der nächsten Ampel erweisen. Er umfasste seine rechte Wade und setzte den Fuß auf das Gaspedal. Sofort heulte der Motor auf.

Mia gurtete sich an: »Glaubst du, du schaffst das?«

Jan lief der Schweiß in Rinnsalen von der Stirn und sammelte sich unter der Nasenschiene. Zwei Wochen sollte er sie dranlassen, mindestens. Und schon jetzt, nach drei Stunden, juckte sie, als hätten sich Ameisen darunter eingenistet. Gino stand neben seinem Auto auf dem Bürgersteig und versuchte, unbesorgt auszusehen. Eine armselige Vorstellung. Jan trat die Kupplung durch, rammte den ersten Gang ein und ließ den Fuß vom Pedal rutschen. Der Punto sprang mit quietschenden Reifen aus der Parklücke und jaulte die Straße hinunter. Mias Kopf wurde gegen die Nackenstütze geschleudert. Jan meinte, in einem entgegenkommenden Taxi Sergejas göttliches Profil an sich vorbeifliegen zu sehen.

»Alles bestens«, behauptete er. Im Rückspiegel sah er Gino, der ihnen zaghaft nachwinkte. »Echt nett von ihm, uns sein Auto zu leihen.«

»Ist eben ein krass steiler Typ.«

Die größten Probleme auf dem Weg zur rettenden Autobahn bereiteten Jan die beiden Kreisverkehre. Beim ersten touchierte er den Bordstein, beim zweiten musste er eine Extrarunde einlegen. Doch schließlich erreichten sie die Mautstation, ohne größeren Schaden angerichtet zu haben. Der Papierstreifen, den Jan aus dem Automaten zog, erschien ihm wie das Ticket in die Freiheit.

Mia studierte ihr iPhone: »Nach Ravenna geht's rechts.«

Jan sah sie an. Er wusste es wirklich nicht: »Wo ist rechts?«

Auf der Autobahn entspannte sich Jan zum ersten Mal seit ... Hm. War lange her. Der Punto schlingerte ein wenig, was weder am Auto noch an der Fahrbahn lag. Jan bemühte sich, den Wagen auf der rechten Spur zu halten, fuhr konstant neunzig und ließ sich von genervten LKW-Fahrern überholen.

Entschuldigend blickte er Mia an: »Wird ein bisschen länger dauern, fürchte ich.«

Mia grinste. »Haben wir es eilig?«

Da wusste Jan, dass Mia und er von demselben eigentümlichen Freiheitsgefühl infiziert waren. Zwei Ausreißer, die sich in ein Abenteuer stürzten. Kindisch. Aber irgendwie trotzdem cool.

Sie passierten den kleinen Flughafen parallel zu seiner einzigen Landebahn. Jetzt, im Sommer, platzte er für acht Wochen aus sämtlichen Nähten, um den Rest des Jahres im Wachkoma zu verbringen. Bereits vor Stunden musste die Sonne von der adriatischen zur ligurischen Seite Italiens hinübergewechselt sein. Sie schien schräg über Jans Schulter in den Wagen hinein und zeigte den in Schichten sedimentierten Staub auf der Konsole in all seiner Pracht und Herrlichkeit. Von Norden kommend, senkte sich ein Flugzeug herab. Eine Zeit lang sah es so aus, als wolle es auf der Autobahn landen, doch am Ende entschied es sich für den Flughafen.

»Wann geht noch mal euer Rückflug?«, fragte Jan, der durch die Narkose jedes Zeitgefühl verloren hatte.

»Sechzehn fünfzehn.«

»Und wie spät ist es?«

»Kurz nach halb vier.«

Inzwischen lag der Flughafen hinter ihnen, wie alles.

»Könnte knapp werden«, bemerkte Jan.

Wenig später hatte er mit nur leichten Schwindelanfällen eine hinterlistig verschlungene Autobahnabfahrt gemeistert, und sie befanden sich auf direktem Weg nach Ravenna. Die Häuser wurden weniger, im Kutschtempo fuhren sie abwechselnd an Mais-, Weizen- und Rübenfeldern vorbei. Die letzten möglichen Verfolger waren abgeschüttelt. Mia zog eine Packung Zigaretten aus der Tasche und schüttelte sich eine heraus. Die Schachtel war ihm neulich Abend bereits aufgefallen. Rosa. Seit wann gab es Zigaretten in rosa Verpackungen?

»Was sind denn das für Zigaretten?«

»Manitou«, las Mia den Schriftzug. »Rauch-dich-gesund-Zigaretten. Sind ohne Zusatzstoffe.«

Worauf Punk Rock-Schlagzeugerinnen heute so achten, dachte Jan.

Mia hielt ihm die Schachtel hin.

»Du weißt doch«, entgegnete er, »ich hab vor acht Monaten aufgehört. Außerdem bin ich noch von der Narkose komplett bedröhnt.«

Sie steckte sich die Sonnenbrille in ihre Stoppelhaare, wühlte im Handschuhfach und kramte ein Feuerzeug hervor. Kurz darauf blies sie den Rauch aus dem Fenster, und der Geruch indianischer Wildnis umwehte ihre Nasen.

Jan deutete auf ihr iPhone, das auf der Konsole in der Sonne schmorte und langsam in die Staubschichten einsank: »Was sagt denn Harry, wann wir ankommen?«

Mia nahm es und schnippte mit ihrem Daumen über das Display. »Zwanzig Uhr vier.«

»Mit Pausen?«

Mia zog an ihrer Zigarette und warf Jan einen skeptischen Seitenblick zu. »Klar, Jan. Mit Essens-, Pinkel- und Tankpausen.«

Jan nickte versonnen. »Alle Achtung.«

Sie führte ihre Hand vor sein Gesicht und schnippte mit den Fingern. »War ein Witz, Jan. Woher soll denn Harry wissen, wie oft du aufs Klo musst?«

»Du meinst, er kennt mich gar nicht persönlich?«

»Logisch nicht.«

»Beruhigend.«

Eine knappe Stunde, nachdem sie aufgebrochen waren, schien Jans Sensorik wieder einigermaßen verlässlich zu funktionieren. Zumindest das Geradeausfahren klappte, und als sie kurz vor Ravenna die Autobahn wechseln mussten und Mia »rechts« sagte, wusste Jan auf Anhieb, welche Spur gemeint war.

Die Sonne war so weit gesunken, dass ihr Licht die Weizenfelder in golden lodernde Teppiche verwandelte. Nicht lange nachdem sie Ravenna passiert hatten, fuhren sie auf einem schmalen Landstreifen entlang der Lagunen von Comacchio, die verheißungsvoll durch die Bäume leuchteten. Bei Jan stellte sich der Appetit auf eine einsame Terrasse mit Meerblick ein, ohne Stefanie und ohne Freya, dafür in Gesellschaft eines Campari-Orange und einiger Antipasti. Die Landstraße, auf der sie inzwischen vor sich hinzuckelten, kam Jans Bedürfnis nach Entschleunigung sehr entgegen. Sobald sich eine Gelegenheit ergab, den Wagen auf ein Tempo jenseits von hundert Stundenkilometern zu beschleunigen, kündigte sich auch schon die nächste Baustelle an oder der Verkehr wurde so dicht, dass man keine andere Wahl hatte, als sich langsam im Strom treiben zu lassen.

Gegen Abend erreichten sie bei Chioggia das südliche Ende der Lagune von Venedig.

»Hunger?«, fragte Jan.

»Auf jeden.«

Er deutete auf ihr iPhone. »Findet uns dein Harry ein günstiges Restaurant mit Meerblick und gutem Essen, dafür aber ohne Touristen?«

Mia nahm es aus der Konsole, strich mit ihrem Finger über das Display und erweckte es zum Leben. »Unsere Ankunftszeit ist nach hinten verlegt worden«, stellte sie als Erstes fest. »Wir kommen jetzt erst um 22.34 Uhr an.«

»Harry sollte in die Politik gehen – so geschmeidig, wie der sich den gegebenen Verhältnissen anpasst.«

»Restaurants gibt's hier übrigens jede Menge.« Mia blickte auf und sah ein Schild »Porto di Chioggia« über sich hinwegziehen. »Fahr mal ab.«

Chioggia, von dem Jan noch nie zuvor gehört hatte, erwies sich als ein malerisches Lagunenstädtchen, das wie Venedig von Wasserstraßen durchzogen war und leider auch ähnlich viele Besucher anzuziehen schien. Ohne Touristen würde es also nicht gehen. Dachte Jan. Doch als sei sie in den engen Gassen dieser Stadt aufgewachsen, dirigierte Mia ihn zu einem abgelegenen Pier. An einem rotgestrichenen Eckhaus mit malerisch abblätternder Farbe und einer schiefhängenden, grün-weiß gestreiften Markise, sagte Mia: »Pizzeria al porto – hier ist es.«

Jan sah aus, als habe er sich nicht nur die Nase gebrochen, sondern bei der Gelegenheit auch gleich sein Gehirn verloren. »Das hat dir jetzt nicht dein iPhone verraten.«

Mia lächelte: »Mann, Jan: Ich hab keine Ahnung, wo wir hier sind. Aber das Restaurant sieht doch nett aus.«

Er parkte an der Kante des Piers. Ein zu großer Schritt beim Aussteigen, und er fiele ins Wasser. Neben ihm waren Poller zum Vertäuen der Boote eingelassen. Ein Fischkutter schmatzte im Wasser. Drei Männer zogen im Abendlicht die leeren Netze an einer Art Fahnenstange empor, die letzten Handgriffe des Tages. Es roch nach Fisch, Schweiß, Pizza, Zigaretten, Diesel und ehrlicher Arbeit. Sie stiegen aus. An den Tischen vor dem Restaurant wurde bereits getrunken und diskutiert. Wer seinen Kahn für die Nacht festgemacht hatte, der genehmigte sich zwei oder drei wohlverdiente Glas Wein, bevor er zu Frau und Familie nach Hause zurückkehrte. Jan hatte das Gefühl, in einem Film aus den Siebzigern gelandet zu sein. Damals hatte man sich noch nicht so viele Gedanken über das Leben gemacht. Oder hatte zumindest den Anschein erweckt, es nicht zu tun.

Sie wurden von einer freundlichen Frau mit dreißig Kilo Übergewicht und einer speckigen Schürze bedient, die ausschließlich Italienisch sprach, weshalb Jan »pesce, per favore« bestellte, also Fisch, welcher Art auch immer, und Mia »una pizza con prosciutto e funghi«. Und tatsächlich, als das Essen kam, der Abend sich auf den Hafen herabsenkte, die Außenbeleuchtung eingeschaltet wurde und die Halbstarken auf ihren Vespas über das Kopfsteinpflaster knatterten und Mia im Vorbeifahren zotige Komplimente zuwarfen – da meinte Jan mit jedem Stück Fisch den Geschmack der Freiheit auf der Zunge zu haben. Als würde alles noch einmal von vorn beginnen.

Nach einer schuhkartongroßen Portion Tiramisu für Mia und einem doppelten Espresso für Jan zog Mia einmal mehr ihr Smartphone aus der Tasche, ihre Verbindung zur Außenwelt. Vermutlich würde die kommende Generation ausschließlich auf diese Weise kommunizieren und es absonderlich finden, wenn man sich beim Reden tatsächlich gegenübersaß und einander in die Augen sah.

Sie zündete sich eine Zigarette an. »Hundertsiebzig Kilometer haben wir, zweihundertsiebzig müssen wir noch«, stellte sie fest.

Die Displaybeleuchtung machte aus ihren Augen dämonische Höhlen und ließ ihr Gesicht milchig aufleuchten. Zusammen mit dem aufsteigenden Rauch der Zigarette ergab sich ein ziemlich gruseliges Bild.

»Harry weiß so ziemlich alles, oder?«

Mia griffelte über das Display. »Auf jeden Fall weiß er, wo wir heute Nacht schlafen werden …«

Unter Garantie nicht, dachte Jan. »Wo wir schlafen, weiß ich«, sagte er geheimnisvoll.

Mia schob unbeeindruckt ihren Finger hin und her. Sie glaubte nur, was Harry ihr sagte: »In dem Kaff selbst scheint es keine Übernachtungsmöglichkeit zu geben …«

»Dein iPhone weiß eben doch nicht alles.«

Sie zog die Schultern hoch und drückte die Zigarette aus. »Die gute Nachricht ist: Die nächsten 200 Kilometer musst du praktisch nur geradeaus fahren. Weißt du, wo geradeaus ist, Jan?«

»Denke schon«, grinste er.

Sie fuhren in die Nacht hinein. Eine Zeitlang hatten sie noch die untergehende Sonne im Rücken, und die im Auto wabernden Staubpartikel färbten alles blutrot. Dann verloschen im Minutentakt die Farben. Jan schaltete das Licht ein, glaubte kurz, auf dem rechten Auge blind zu sein und erinnerte sich daran, dass einer der Scheinwerfer nicht funktionierte. Sie hatten die Fenster zu drei Vierteln hochgekurbelt. Mia kaute an den Fingernägeln.

Siebzig Kilometer vor Triest tauschte Mia ihre Fingernägel gegen eine neue Zigarette. »Stimmt es, dass Mama und du … Dass ihr neulich miteinander im Bett ward?«

Jan dämmerte, dass seine Tochter nicht nur auf ihren Fingernägeln gekaut hatte. »Ich weiß«, sagte er, als gelte es, jedes Wort abzuwägen, »ich hätte Einar das nicht unter die Nase reiben sollen. War eine bescheuerte Retourkutsche.«

»Und warum hast du's dann gemacht?«

»Eitelkeit? Rachsucht? Keine Ahnung. Manchmal helfen bescheuerte Retourkutschen. Sie bringen einen nicht wirklich weiter, aber für den Moment …«

»Ich meinte, weshalb du mit Mama ins Bett gegangen bist.«

Jetzt war es Jan, der erst einmal eine Weile kauen musste. Schließlich war die Antwort selbsterklärend. Wenn sich ihm die Chance bot, mit Sergeja ins Bett zu gehen – da war etwas anderes nicht mehr denkbar. Stefanie hin oder her. Das hätte er Mia so sagen können. Nur erschien es Jan nicht gerade verantwortungsvoll, seiner sechzehnjährigen Tochter derart schonungslos den Rest ihrer romantischen Illusionen zu rauben.

»An dem Abend führte einfach eins zum anderen«, antwortete er zögerlich. »Am nächsten Morgen kam es mir dann vor, als sei der Weg von Anfang an vorgezeichnet gewesen.« Als Mia jetzt an ihrer Gesundheitszigarette zog, war Jans Verlangen, eine zu rauchen, so groß wie seit Monaten nicht. »Sie hatte dieses

Gastspiel-Konzert«, fuhr er fort. »Hat wahnsinnig geschneit an dem Abend. Brahms, Bruckner ... lauter Schwergewichte. Viel sehen konnte ich von ihr nicht, aber während des Konzerts hab ich manchmal ihr Waldhorn herausgehört. Den Brahms hab ich noch durchgestanden, aber bei Bruckner hat es mich dann mal eben um fünfzehn Jahre zurückgeschmissen. Ich konnte nicht mehr aufhören, an damals zu denken – daran, was für eine unglaubliche Zeit wir gehabt hatten. Immer, wenn sie geübt hat, dachte ich, gleich müsste ein Jäger durchs Zimmer reiten. Bis heute krieg ich das nicht zusammen: So ein zarter Mensch und so ein durchdringender Ton.« Jan musste ein paar Mal trocken schlucken, und Mia war rücksichtsvoll genug, ihn dabei nicht zu unterbrechen. »Nach dem Konzert sind wir dann durch die Straßen gelaufen und haben uns vor den Schneeflocken weggeduckt. Beim Essen kam dann alles zusammen: das Waldhorn, Brahms, die Erinnerungen, die Tragik, das vergebliche Streben, die Schönheit der Schöpfung – der ganz große Scheiß, verstehst du? Und das alles gebündelt und zu Hochglanz veredelt in meinem Gegenüber. Wenn ich ehrlich bin: Ich glaube, nach dem ersten Schluck Wein hab ich den ganzen Abend an nichts anderes mehr gedacht, als daran, wie ich sie ins Bett kriegen könnte. Ich weiß nicht mal mehr, was wir gegessen haben ... Irgendwann hat sie mich dann angesehen mit diesen Wahnsinnsaugen, und ich dachte: Die leuchten bestimmt im Dunkeln, und dann hab ich gesagt: ›Zieh deine Jacke an, draußen schneit's‹, und das hat sie dann tatsächlich gemacht.« Durch seinen Bericht hatte Jan seine Vergangenheit derart zum Leben erweckt, dass er kaum noch Luft bekam. »Haben sie dann tatsächlich gemacht«, brachte er als Letztes hervor.

»Wer jetzt?«, wollte Mia wissen.

»Die Augen«, antwortete Jan, »geleuchtet, im Dunkeln.«

22

Je länger sich die Fahrt hinzog, umso weniger Autos begegneten ihnen. Die meisten Reisenden waren längst in ihre Nester zurückgekehrt. Bis zur slowenischen Grenze versanken Mia und Jan in Schweigen. Einzig, als sie kurz vor Triest dem Wegweiser nach Ljubljana folgten, gab Mia die neue voraussichtliche Ankunftszeit durch: »Null Uhr vierzehn.« Kaum hatten sie anschließend der Küste den Rücken zugewandt und steuerten die umrisshaft aufragenden Berge an, versiegte der Verkehr vollends. Nur einige Verirrte schien es nach Slowenien zu ziehen.

Jan fragte sich, wie er Mias Schweigen zu deuten hatte. Hatte er sich mit seiner Geschichte von Sergeja, Bruckner und ihm endgültig ins Aus geschossen? Oder wuchs in seiner Tochter gerade so etwas wie Verständnis für ihn heran? Vielleicht, so hoffte er, bedeutete ihr Schweigen auch einfach, dass sie müde war.

An der Grenze erstand Jan eine Autobahnvignette für sieben Tage. Allein den Wohncontainer zu betreten, in dem die Verkaufsstelle untergebracht war, machte ihn schlagartig so müde, dass er kaum mehr einen Fuß vor den anderen setzen konnte. Von der Decke hingen zwei Neonröhren, und selbst jetzt, um elf Uhr abends, schnarrte der mobile Air Conditioner in der Ecke auf vollen Touren. Der dienstschiebende Plakettendurchreicher wirkte in seiner Plexiglaskabine, als habe er seit Monaten kein Tageslicht mehr gesehen und vor langem aufgehört, es zu vermissen.

Als er den Container verließ und zur benachbarten OMV-Tankstelle hinüberging, kam es Jan vor, als sei sie der letzte Außenposten der Zivilisation für sehr lange Zeit. Entsprechend großzügig fiel sein Einkauf aus: Der Punto bekam Benzin *und* Öl, Mia wurde mit Schoko-Doughnuts eingedeckt, deren Glasur mehrfach geschmolzen und wieder fest geworden war, dazu gab es verschwitzte Baguettes, Schokoriegel, Wasser und Cappuccini aus dem Automaten.

Den Kaffee in der frisch verbundenen Hand, stand Jan vor dem Pissoir und starrte die Wand an. Es dauerte eine Weile, bis er zwei Dinge bemerkte: Erstens, dass er schon seit geraumer Zeit fertig war, und zweitens, dass er einen Schriftzug anblickte, ohne dessen Sinn zu begreifen:

WENN NICHT
DANN JETZT

Blauer Edding auf weißer Fliese, an der italienisch-slowensichen Grenze, auf Deutsch. Was wollte ihm das sagen? Jan wusste es nicht. Wenn dies die Weissagung war, mit der Odysseus' letzte Etappe überschrieben war, dann würde sich ihr Sinn erst auf der Reise offenbaren. Oder danach. Oder nie.

Ginos Fiat klang erschöpft. Nur widerwillig sprang er an und röchelte heiser vor sich hin.

»Wie weit noch?«, fragte Jan.

»Zweiundachtzig Kilometer«, gab Mia zur Antwort. Es klang wie ein Katzensprung. Dann sagte sie: »Mama hat dreizehn Mal versucht, mich anzurufen. Steht hier.«

»Und?«

Jan meinte, sie lächeln zu sehen. »Hab heute Mittag schon auf lautlos gestellt.«

Mit sirrendem Keilriemen fuhren sie an einer langen Reihe schlafender Lkws vorbei und verließen den gespenstisch beleuchteten Parkplatz.

»Wann hast du eigentlich entschieden, Mama und mich sitzenzulassen?«

Mias Frage traf Jan mit ziemlicher Wucht. Eine ganze Weile schon waren sie bereits zurück im fünften Gang und auf der Autobahn. Er sah Doreen vor sich, wie sie damals am Küchenfenster gestanden und die Gardine zurückgeschoben hatte: *Eines*

222

Tages wird das alles auf dich zurückfallen, mein lieber Sohn. Jetzt war es so weit, Mutters späte Rache.

»Weiß ich nicht genau«, überlegte Jan. »Es gab keinen Streit oder so, und es war auch keine andere Frau im Spiel – falls deine Frage darauf abzielte. Und ich glaube, als ich Sergeja gesagt habe, dass ich gehen würde, da wusste sie es schon.« Er wühlte in seinen Erinnerungen. »Die ersten Zweifel hatte ich kurz vor deiner Geburt: Wir waren bei meinem Bruder zum Kaffee eingeladen, um sein neues Haus zu bewundern – also mein Vater nicht, der war bereits tot, aber Doreen und Sergeja und ich. Uwe und Tanja hatten da schon zwei Kinder und laborierten gerade am dritten herum. Jedenfalls nahm mein Bruder mich irgendwann beiseite und sagte, ich solle mir keine Sorgen machen: Wenn du erst einmal geboren wärst, würde ich die Welt plötzlich mit ganz anderen Augen sehen und verstehen, worauf es wirklich ankommt.« Die Autobahn führte sie an einem spärlich erleuchteten Städtchen vorbei. Auch entlang des Weges gab es also Anzeichen von Zivilisation. »Bis dahin hatte ich mir überhaupt keine Sorgen gemacht. Aber als mein Bruder sagte, wenn das Baby erst einmal da sei, wären alle Zweifel vergessen … Ich glaube, nichts hätte mir mehr Angst machen können. Ich meine, wir standen da, und meine Mutter und Tanja waren auf der Terrasse zugange und richteten den Tisch her wie für ein Fotoshooting, mit Spitzendecke und allem, und ich dachte, wann hat die Frau meines Bruders sich eigentlich in diese wallende Glucke verwandelt? Und plötzlich sah ich ein Leben in apokalyptischer Gleichförmigkeit vor mir, mit Resten von irgendetwas Eingetrocknetem, das überall klebt.«

Sie fuhren auf die A 1, eine nagelneue, mehrspurige Autobahn, die, wie Jan vermutete, von der EU finanziert worden war, um jetzt von ihnen und sonst niemandem befahren zu werden. Der Belag war glatt wie ein frisch aufgezogenes Bettlaken.

»Du magst deinen Bruder nicht besonders, oder?«

»Er ist mein Bruder«, erwiderte Jan.

»Immerhin hast du einen«, konterte Mia.

Jan hätte lieber keinen Bruder gehabt. Aber dann hätte er sich wahrscheinlich einen gewünscht. Am Ende hatte jede Medaille zwei Seiten.

Er wechselte auf die linke Spur und wieder zurück, einfach so. War ja sonst niemand da. Die Autobahn schwang sich in großzügigen Kurven langsam in die Höhe. Am Horizont, in unbestimmter Entfernung, leuchteten die Umrisse der Berge auf. Irgendwo entlud sich ein Sommergewitter. Zum ersten Mal, seit sie in Riccione aus dem Flugzeug gestiegen waren, schmorte die Luft nicht länger in ihrem eigenen Saft, sondern legte sich kühl auf die Haut.

»Bald bekommst ja auch du einen Bruder«, überlegte Jan.

Mia warf ihm einen entsetzten Blick zu. Es klang, als sei Sergeja wieder schwanger.

Doch das meinte Jan nicht. »Na, den Sohn von Einar – wie heißt er noch?«

»Maximilian?«

»Maximilian – genau.«

»Auf den kann ich verzichten«, zischte Mia.

Da hast du es, dachte Jan.

Mia rubbelte auf dem Display ihres iPhones herum und legte es auf die Konsole zurück. »Harry hat keinen Empfang mehr«, stellte sie fest.

Jan war nicht überrascht. Am Ende war man immer auf sich allein gestellt.

Nach einer Weile fragte sie: »Was macht'n der eigentlich so – dein Bruder?«

»Versicherungsmakler«, antwortete Jan. »Aus Überzeugung.«

»Was denn für eine Überzeugung?«

»Er glaubt daran, dass er die Welt dadurch zum Besseren verändert – kein Scheiß. Er ist überzeugt davon, dass du dein Leben sicherer machst, indem du eine Unterschrift unter einen Vertrag setzt.«

»Klingt zwar bescheuert«, gab Mia zu, »aber auch irgendwie ziemlich harmlos.«

Jan nahm die rechte Hand vom Lenkrad und bewegte die verbundenen Finger. Alles an ihm brauchte eine Pause. »Er weiß sich eben gut zu tarnen. Das Gefährliche an ihm ist, dass er alles weiß, auf jede Frage eine Antwort hat und immer alles richtig macht. Uwe ist so … gut, dass es dir die Schuhe auszieht. Und weißt du was: Ich glaube ihm nicht. Der Typ ist so makellos wie die Steuererklärung eines Casinobetreibers: Du weißt, das stimmt hinten und vorne nicht, aber du kriegst ihn einfach nicht dran.« Jan legte die Hand zurück ans Steuer und juckelte in seinem Sitz hin und her. Der Hintern schlief ihm ein. Das Alter. Oder auch sein Bruder, der ihm im Arsch steckte: »Wenn er wenigstens seine Sekretärin vögeln würde oder so. Das wäre irgendwie ehrlicher als das, was er jetzt macht. Verstehst du, was ich meine? Mein Bruder hat in seinem ganzen Leben noch nichts anderes gemacht, als die Wünsche von anderen zu erfüllen und den Ansprüchen anderer gerecht zu werden. Da geht der voll drin auf. Ich zweifle daran, dass der überhaupt noch weiß, was eigene Bedürfnisse sind. Das einzige Bedürfnis, das er hat, ist, der ›Gute‹ zu sein – egal, ob in seinem Job, für Doreen, seine Kinder oder seine Frau. Ist wie eine Standarte, die er vor sich her trägt.« Jan umklammerte eine imaginäre Fahnenstange. »Mag ja sein, dass ich ein notorischer Lügner bin und mich aus allem rauswinde, aber das ist immer noch ehrlicher, als die Nummer, die mein Bruder abzieht.« Er bemerkte selbst, wie er sich in Rage redete. Und Mia merkte es ebenfalls. Da kochte ganz schön was hoch. »Und dann ist er auch noch so scheißweise und altklug und … verantwortungsbewusst. Das ist es: Die Verantwortung. Sein Lieblingsthema. Wie oft ich mir das schon anhören musste: ›Jan, irgendwann muss ein Mann die Verantwortung für sein Leben übernehmen. Sonst übernimmt das Leben die Verantwortung für ihn.‹« Danke Doreen, dachte Jan, danke Uwe und danke Einar. Und dann sagte er: »Fickt euch alle.«

Als klar war, dass dies das »Amen« unter Jans Gebet war, fragte Mia: »Was ist eigentlich eine Standarte.«

»So genau weiß ich das auch nicht«, gab Jan zu. »Früher war es, glaube ich, die Fahne, die beim Krieg ins Feld geführt wurde, damit die Soldaten wussten, wo sie hingehören.«

»Dein Bruder trägt also die Fahne des Guten vor sich her, damit er weiß, wo er hingehört.«

»Nicht schlecht.«

Erste schwere Tropfen zerplatzten auf der Scheibe. Das Gewitter, das in den Bergen sein Unwesen trieb, streckte seine Tentakel nach ihnen aus. Die Einschläge kamen näher. Dachte Jan. In Wirklichkeit raste das Unwetter direkt auf sie zu. Drei Kurven später waren sie vollständig darin eingetaucht, und das Wasser bewegte sich als geschlossene Decke die Autobahn hinab Richtung Tal. Zeus verschleuderte seine Blitze wie in einem cholerischen Vollrausch.

»Was gibt'n das jetzt?«, fragte Mia, blickte aus dem Fenster und entzifferte mühsam ein Schild, das die Abfahrt nach Logatec ankündigte: »Hier müssen wir runter, glaube ich.«

Harry hatte noch immer keinen Empfang, doch Mia meinte sich zu erinnern, dass sie im Kreisverkehr rechts abbiegen mussten und dass am Ende des Ortes eine Straße abzweigte, die hinauf in die Berge führte. Sie fanden beides, den Kreisverkehr sowie die abzweigende Straße. Auf einem Wegweiser war Ziri angegeben, der Nachbarort von Brevicka, wie Jan sich erinnerte.

Schnaufend arbeitete sich der Punto eine verschlungene Straße durch dichten Wald hinauf. Der Regen trommelte unvermindert auf das Autodach, nahm aber nicht mehr zu. Auch Blitz und Donner stagnierten auf hohem Niveau. Mehr schien Zeus nicht draufzuhaben.

Als plötzlich Mozarts kleine Nachtmusik erklang, schrie Mia auf, und Jan hüpfte praktisch aus dem Sitz. Ein Blitzeinschlag in der Motorhaube oder eine auf der Straße campierende Wildschweinfamilie hätten sie nicht stärker erschrecken können. Seit sie die Grenze passiert hatten, war jede digitale Verbindung zur Zivilisation gekappt gewesen, und jetzt klingelte Jans Handy? Es war wie der Ruf aus einer anderen Welt. Wahrscheinlich Zeus, der eine Hotline hatte.

Jan fummelte mit der verbundenen Rechten sein Handy aus der Hosentasche, während er mit der Linken ihr einäugiges Gefährt die gewundene Straße hinaufkurbelte. Mia überprüfte unauffällig ihren Sicherheitsgurt.

Zeus hatte keine Hotline. Es sei denn, er saß in Frankfurt in Jans Büro. Die Nummer seines Showrooms leuchtete auf dem Display, nachts um halb zwölf.

Nach kurzer Bedenkzeit brachte Jan Mozart zum Schweigen und nahm den Anruf entgegen: »Hallo?«

»Jan?«

»Karin!«

»Guten Abend, Jan.«

Die Stimme seiner Sekretärin hatte mehr Gravitation als ein Kontrabass. Ihrem Mann ist etwas zugestoßen, ging es Jan durch den Kopf, dem Erwin. Doch weshalb sollte Karin dann bis Mitternacht im Büro sitzen?

»Was machen Sie denn um diese Zeit noch im Büro?«

War nicht einfach: mit links die Serpentinen hinaufzukriechen und gleichzeitig mit rechts zu telefonieren.

»Ich habe gerade meine Kündigung geschrieben«, setzte Karin ihn in Kenntnis.

Jan kamen Dinge wie Telefon, Versicherung und Internet in den Sinn. »Was denn für eine Kündigung?«, fragte er, während er den Punto durch eine Spitzkehre steuerte und einen Blick über den Rand erhaschte. Sehr weit unter ihnen und gleichzeitig sehr weit weg glommen die Lichter eines Dorfes in der Dunkelheit. Mia zündete sich nervös eine Zigarette an.

»*Meine* Kündigung, Jan. Ich kündige. Sie werden das Dokument auf Ihrem Schreibtisch vorfinden, zusammen mit einem

Haufen Papierkram und der gesammelten Korrespondenz mit Korea und den Versicherungen.«

Endlich fiel es ihm ein, zwei Tage zu spät: »Ich hab vergessen, die Dokumente zurückzufaxen.«

»Ich habe es Ihnen gesagt, Jan, mehrfach: Ich lüge nicht gern. Für einen Arbeitgeber, der von mir erwartet, dass ich für ihn lüge, bin ich nicht die richtige Angestellte.«

»*Sie* haben Stefanie gesagt, wo ich hingeflogen bin, stimmt's?«

»Da Sie nicht zu erreichen waren und außerdem die Dokumente nicht zurückgefaxt haben, Jan, sah ich mich gezwungen, Ihre Unterschrift zu fälschen. Es ist also alles geregelt. Sofern Sie innerhalb der nächsten vier Wochen zurückkommen, werden Sie Ihre Firma bei relativ guter Gesundheit vorfinden. Der Rest ist meine Sache nicht. Und was Ihr Privatleben angeht: Da haben Sie mich hineingezogen.«

Jan schnürte sich der Hals zu. Ohne seine Sekretärin könnte er den Laden dichtmachen. »Karin, das ist nicht fair. Und das wissen Sie!« Fieberhaft suchte er nach etwas, das sie umstimmen könnte. »Man macht nicht am Telefon Schluss. Sie müssen mir eine Chance geben, mich zu erklären, wenn ich zurück bin.«

»Ich sagte es Ihnen bereits: Wenn Sie zurück sind, werde ich …«

»Das können Sie nicht machen!« Endlich lichtete sich der Wald. Der Serpentine ging der Schwung aus. Vor ihnen schien ein relativ ebenes Stück zu liegen. So weit das Licht des Scheinwerfers reichte, sah man eine gerade, leicht abfallende Straße, die beiderseits von Büschen gesäumt war. »Ich kann Ihnen das erklären, Karin! Sie haben ja keine Ahnung, was hier los war. Ich musste ins Krankenhaus, dreimal, we…«

»Jan!«, schrie Mia.

Am linken Fahrbahnrand teilte sich das Gebüsch, und ein riesenhaftes Wesen hüpfte auf die Straße. Jan riss das Steuer herum, der Lichtkegel ihres Scheinwerfers wischte über die Büsche, Jan spürte, wie auf der nassen Straße die Hinterachse des

Punto ausbrach und sie von der Fahrbahn abkamen. Als Nächstes teilte sich direkt vor ihrer Haube das Gebüsch, sie brachen hindurch und hoppelten einen schmalen Abhang hinab. Der zarte, silbrige Stamm einer jungen Birke wurde unter dem Auto begraben, dann blieben sie stehen, und der Punto sank langsam in den lehmigen Boden einer verregneten Weide ein. Nur der Scheibenwischer und der auf das Dach prasselnde Regen waren zu hören.

»Bist du verletzt?«, fragte Jan.

»Glaube nicht«, erwiderte Mia. »Wie sieht's mit dir aus?«

Bevor Jan wusste, ob zu den bestehenden Verletzungen noch neue hinzugekommen waren oder nicht, bemerkte er einen Schatten neben seinem Fenster.

»Siehst du das, was ich sehe?«, fragte er tonlos.

»Kommt darauf an, was du siehst«, erwiderte Mia.

»Ich sehe einen Vogel Strauß, der über ein Feld hüpft.«

»Dann sehe ich das, was du siehst.«

Mit ausgreifenden Schritten federte der Strauß im Lichtkegel des Scheinwerfers die Weide hinunter. Bei jeder Landung spritzte Wasser von seinen Füßen auf. Dann verschwand er in der Dunkelheit. Jan wartete noch einen Moment auf eine Erklärung aus dem Off, die nicht kam, dann schaltete er den Scheibenwischer aus.

Er überlegte noch, was als Nächstes zu tun war, als Karins Stimme zu ihm drang: »Jan, sind Sie noch da?«

Er blickte sich um, konnte sein Telefon jedoch nirgends entdecken. Es konnte überall sein.

»Karin!«, rief er, »Karin, hören Sie mich? Mein Telefon …«

»Ich lege jetzt auf.«

»Karin, warten Sie!«

»Alles Gute, Jan.«

Jan zog die Schuhe aus, krempelte die Hosenbeine hoch und stakste im strömenden Regen um das Auto herum. Der Motor ließ sich starten, und auch das Licht war noch intakt, doch von dieser Weide würden sie nicht ohne Weiteres herunterkommen. Selbst wenn es ihnen gelänge, sich aus dem Morast zu befreien: Spätestens an der Böschung würden sie scheitern, und in jeder anderen Richtung erwartete sie möglicherweise ein Steilhang.

Mit tropfnassen Haaren stieg er wieder zu Mia ins Auto. Von der Stirn herab lief ihm der Regen in die Nasenschiene. Er hätte sich gern gekratzt, doch jede Berührung wurde mit stromschlagartigen Schmerzen geahndet.

»Gibt's eine neue Ankunftszeit?«, fragte Jan.

Mia checkte ihr iPhone. Noch immer kein Empfang. »Harry hat sich fürs Erste verabschiedet, fürchte ich.«

»Sollten wir auch machen.«

Sie kurbelten die Lehnen nach hinten. Jan, dessen Tasche auf der Rückbank stand, kramte im Dunkeln nach seinen Medikamenten und drückte sich blind zwei Schmerz- und zwei Schlaftabletten heraus. Inzwischen erkannte er sie an der Form.

»Tut mir leid«, murmelte er, ohne dass er hätte sagen können, was genau er damit meinte.

»Schon gut.« Mia zündete sich eine Zigarette an. Wenn sie daran zog und die Glut aufleuchtete, konnte Jan ihr Gesicht erkennen. »Willst du eine?«

»Danke, nein«, erwiderte er. »Ich liege einfach hier und warte darauf, dass die Medikamente anfangen zu wirken.«

Mia inhalierte. »Wie konntest du wissen, dass das passieren würde?«

Jan verstand mal wieder gar nichts. Doch er gewöhnte sich allmählich daran.

»Vorhin«, fuhr Mia fort, »da hast du gesagt, dass du schon wüsstest, wo wir heute Nacht schlafen würden …«

»Ich hatte dabei nicht ans Auto gedacht. Und nicht an diese Wiese.«

Kaum hatte Jan das gesagt, erklang Mozarts kleine Nachtmusik. Gedämpft, aber dicht an seinem Ohr.

»Warte.« Mia leuchtete mit ihrem iPhone die Ritzen ab und entdeckte Jans Handy, das zwischen Sitz und Mittelkonsole klemmte. Mit gespreizten Fingern zog sie es heraus und reichte es ihm.

Jan setzte sich auf. »Das glaube ich nicht.«

»Mama?«, fragte Mia.

Jan schüttelt den Kopf.

»Stefanie?«

»Einen hast du noch.«

Mia überlegte. »Deine Sekretärin.«

»Mein Gewissen.«

Jan warf seiner Tochter einen Blick zu, der sie zusammenfahren ließ. Da, wo er angekommen war, hatte man vor nichts mehr Angst. Die beste Gelegenheit, reinen Tisch zu machen.

»Hallo, Mutter.«

»Jan, wo steckst du?« Doreens Stimme schnitt wie ein Skalpell ins Trommelfell. »Sergeja hat bei mir angerufen. Sie ist in höchster Sorge. Sie sagt, du hättest eure Tochter entführt.«

»Blödsinn.«

»Jan, beantworte mir folgende Frage: Ist deine Tochter bei dir?«

»Meine Tochter hat einen Namen«, erwiderte Jan. »Sie heißt Mia. Und ja, sie ist bei mir, und nein, ich habe sie nicht entführt.«

»Wie klingst du denn? Bist du krank? Sag mir jetzt sofort, wo ihr seid!«

»Im Leben nicht.«

»Wie war das, bitte?«

»Ich werde dir auf keinen Fall sagen, wo wir sind. Abgesehen davon, weiß ich es gar nicht.«

»Du weißt nicht, wo ihr seid? Großer Gott, du bist genau wie dein Vater.«

Auf den hatte Jan nur gewartet. Niemand verstand es so wie Doreen, die Nadelstiche an die schmerzhaften Stellen zu setzen. Seelen-Vodoo.

»Mein lieber Herr Sohn, jetzt hör mir mal zu ...«

»Nein!« Jan konnte praktisch sehen, wie sich die Schleusentore seiner Nebennieren öffneten und das Adrenalin in seine Adern schwappte. »Du hörst mir zu!«

»Jan!«

»Stehst du gerade am Küchenfenster?«

»Wie bitte?«

»Du hast mich gehört, Mutter: Stehst du gerade am Küchenfenster?«

»Jan, was soll diese Frage?«

Er saß aufrecht wie eine Puppe: »Stehst du gerade am Küchenfenster und hast die Gardine zurückgezogen?«, rief er in sein Telefon. »Antworte!«

»Schon, aber ich weiß wirklich nicht ...«

»Und siehst du auf die Straße runter?«, schnitt ihr Jan das Wort ab.

»Jan, was ...«

»Was siehst du da unten, Mutter?«

»Wie, bitte?«

»Sag es mir, Mutter: Was siehst du, wenn du aus dem Küchenfenster runter auf die Staße guckst?«

»Was ich da sehe? Ganz einfach: Ich sehe Frau Erpenbeck, die ihren Hund Gassi führt.«

»Bullshit!«

»Was, um Himmels willen, ist denn in dich gefahren?«

»BULLSHIT«, brüllte Jan in sein Handy. Mia hatte sich inzwischen ebenfalls aufgesetzt. »Ich sage dir, was du da unten siehst, Mutter: deine größte Niederlage. Immer hast du so getan, als würdest du da unten die Zukunft sehen, in Wirklichkeit aber war es immer nur die Vergangenheit, die da vorbeigezogen ist. Und zwar DEINE!« Er fuchtelte mit seiner verbundenen Hand Richtung Mia: *Zigarette!* »Da hast du ihn zum letzten Mal gesehen, stimmt's? Am Küchenfenster, die Gardine zur Seite geschoben. So hast du Reinhard das letzte Mal gesehen – als er weg ist, um nicht wiederzukommen. Wie er über die Straße gegangen ist, auf den Parkplatz, ins Auto gestiegen und weggefahren ist. Und so siehst du ihn immer noch, hab ich recht? Jedes verdammte Mal, wenn du aus diesem bescheuerten Küchenfenster guckst, siehst du, wie DEIN MANN DICH VERLÄSST! Und jedes Mal hoffst du darauf, dass er sich doch noch eines Besseren besinnt und zu dir zurückkommt. Um zu bereuen. Bis in alle Ewigkeit.« Wieder gestikulierte er mit der Hand: *Wo zum Teufel bleibt meine Zigarette?* »Doch er wird nicht kommen. Und wenn du eine Million Mal da runterguckst. Er wird nicht kommen, Mutter. Denn er ist tot – auch wenn du ihm das nie verzeihen wirst.« Endlich reichte Mia ihm die angesteckte Zigarette. Jan zog daran wie ein Extrembergsteiger am Mundstück seiner Sauerstoffflasche. »Und jetzt sag ich dir noch was, Mutter: Es ist nicht meine Schuld, dass Reinhard mit einer anderen leben wollte, und es ist auch nicht meine Schuld, dass er gestorben ist, bevor er bereuen konnte, dich verlassen zu haben. Es ist verdammt noch mal NICHT MEINE SCHULD! Und ich bin NICHT WIE MEIN VATER! Ich weiß, dass ich Scheiße gebaut habe, Mutter, aber es ist verdammt noch mal MEINE Scheiße. Deshalb muss *ich* sie auch fressen. Also servier mir in Zukunft nicht immer wieder *deine* Scheiße, sondern friss sie selber!« Er zog noch einmal: »Das Gespräch ist beendet!«

Jan drückte Doreen weg, und dann verfolgte Mia mit ungläubigem Staunen, wie er mit seinem Handy so oft auf das Armaturenbrett eindrosch, bis es in Einzeilteilen durch den Wagen flog. Mit den letzten drei Schlägen stieß er die Wort »NIE – WIE-DER – MOZART!« aus. Anschließend kurbelte er das Fenster herunter und warf den kümmerlichen Rest, den er in der Hand hielt, hinaus in die Nacht.

Ein Schweigen trat ein. Wie ein hängengebliebener Sekundenzeiger. Eine von Jans Fingerkuppen war wieder aufgeplatzt und blutete in den Verband.

»Noch eine«, sagte er schließlich. »Bitte.«

Mia schüttelte eine weitere Zigarette aus der Packung. »Ich dachte, du hättest aufgehört?«, sagte sie, während sie die Zigarette für Jan anzündete.

Wortlos nahm Jan seiner Tochter die Zigarette aus der Hand.

»Blöde Frage?«, wollte Mia wissen.

»Merkste selber.«

Sie lagen gekrümmt in ihren Sitzen. Jan zog an ihrem Joint, blies den Rauch zum Fenstern hinaus und reichte ihn an seine Tochter zurück. Von draußen strömte der satte Duft der feuchten Wiese herein. Mia hatte sich daran erinnert, im Durcheinander des Handschuhfachs Blättchen gesehen zu haben. Am Boden des Fachs hatte sich dann auch noch ein Rest Gras auftreiben lassen. Der Regen hatte nachgelassen, das Gewitter war weitergezogen. Doch Jan war noch am Leben. Und fühlte sich nicht einmal schlecht dabei. Irgendwie würde es weitergehen. Irgendwie ging es immer weiter.

Mia blies den Rauch aus und hielt den Joint hoch: »Wenn das Einar sehen könnte …«

Jan dachte nach: »Kindesentführung, Drogenmissbrauch, Fahrzeugdiebstahl … Der würde mich für zehn Jahre einbuchten, mindestens.«

Die Wolkendecke bekam erste Risse. An manchen Stellen funkelten bereits die Sterne. Durch einen dieser Risse gelang es einer Ansammlung von Nullen und Einsen, sich bis zu Harry durchzuschlagen. Jedenfalls vermeldete Mias iPhone den Eingang einer SMS.

Sie brachte Harry zum Leuchten: »Mein Gott, ist das süß«, murmelte sie, nahm ihr iPhone zwischen beide Hände und legte alles zusammen in den Schoß.

»Felix?«, vermutete Jan.

»Hmm.«

»Und, was schreibt er?«

Jan konnte praktisch sehen, wie ein leuchtender Glücksball in Mia aufstieg.

»Dass er durchdreht, wenn ich nicht langsam mal kapiere, dass wir zusammengehören. Und dass alles andere scheißegal ist.«

Jan schwieg. Die Nummer hatte er bei Sergeja auch versucht. Hatte nicht funktioniert.

»Meinst du, ich muss ihm die Sache mit Gino beichten?«, fragte Mia.

»Ich würde es nicht machen. Aber ich weiß nicht, ob dir das weiterhilft.«

Die Wirkung der Tabletten setzte ein. Und die des Joints. Jan spürte seine Zunge schwer im Mund liegen und wie seine Arme und Beine erschlafften.

Mia blickte dem Rauch hinterher, der aus dem Fenster trieb. Aus den Rissen in der Wolkendecke waren Seen geworden, in denen die Sterne trieben. »Weißt du was?«, fragte sie.

»Hm?«

»Ich glaube, ich hab mich den Sternen noch nie näher gefühlt als jetzt.«

»Glückwunsch«, erwiderte Jan. Dann schlief er ein.

23

»Die Telefonzelle.«

Mia fuhr zusammen. Seit sie die erste Scheune am Dorfrand passiert hatten, war es, als erwarte sie an der nächsten Ecke ein Überraschungsangriff. »Was für eine Telefonzelle?«

Jan deutete zur Straßenecke, an der sie soeben vorüberfuhren: »Die Telefonzelle ist weg.«

»Du kommst zum ersten Mal seit sechzehn Jahren in dieses Kaff, und als Erstes fällt dir auf, dass die Telefonzelle nicht mehr da ist?«

»Da haben sich alle getroffen – vor der Beerdigung. Und vor unserer Hochzeit …«

Jan stellte den Punto auf dem Grünstreifen gegenüber der nicht mehr existierenden Telefonzelle ab. Von dem Kopfstein-pflaster stieg Dampf auf und zog in Schwaden zum Dorf hin-aus. Die Sonne brannte den Regen der vergangenen Nacht aus den Steinen. Von den Bewohnern wagte sich keiner auf die Stra-ße. Offenbar hatten sich alle in ihre Häuser zurückgezogen, um nicht in eine verirrte Kugel zu laufen. Mia checkte ihr iPhone: 11:27 Uhr. Eine halbe Stunde vor High Noon. Eine Katze trabte aus einer Einfahrt, lief diagonal über die Straße, bemerkte das fremde Auto, hielt inne, drehte ab und drückte sich unter einem verrosteten Gartenzaun hindurch.

»Weshalb sind wir noch mal hergekommen?«, fragte Mia.

»Du wolltest den Ort sehen, wo alles angefangen hat.«

Jan hatte sich durch den Cocktail aus Schlaftabletten, Schmerz-tabletten und Marihuana so gewaltsam in einen traumlosen Schlaf befördert, dass er erst erwacht war, als der Punto sich in Bewegung setzte. Seine Lider waren derart verklebt, dass er die Augen mit den Fingern öffnen musste. Als das geschafft war, blinzelte er in die aufgehende Sonne und erkannte einen Umriss vor der Windschutzscheibe, den er als seine Tochter identifizierte. Als Nächstes nahm er ein Motorengeräusch wahr, das Chassis unter ihm knirschte und knackte, und dann schlierte der Punto langsam die Böschung hinauf.

Halb erwartete Jan, den Cousin Sergejas auf dem Traktor zu erblicken, der ihn damals nach Ziri gefahren hatte. Andrej, so hatte er geheißen, genau. Hände wie Schraubstöcke. Sonderbar, an was man sich alles erinnerte: das Päckchen in Jans Schoß, als er auf dem Traktor saß; der Geruch von Hefeteig, Äpfeln, Rosinen und Himbeeren, als er die Alufolie zurückschlug; ein Geschmack wie Weihnachten. »Zavitek«, murmelte Jan. Da hatten Gerüche und Geschmäcker fünfzehn Jahre lang unbeachtet im Keller der Erinnerung herumgestanden, und kaum zog man die Laken ab, hatte man sie mit derselben Intensität in der Nase und auf der Zunge wie damals.

Diesmal jedoch saß auf dem Traktor kein stoppelbärtiger Bauer, sondern ein Junge von vielleicht dreizehn oder vierzehn Jahren, der Andrejs Sohn hätte sein können und der wie selbstverständlich morgens in aller Frühe mit seinem Traktor durch die Gegend fuhr und havarierte Autos aus dem Morast zog. Als der Punto wieder mit allen vieren auf der Straße stand und der Junge den Karabiner der Seilwinde von der Vorderachse löste, nickte er nur kurz, bestieg sein Gefährt und tuckerte von dannen.

In Ziri hatten Mia und Jan dann ihre letzte Pause eingelegt. Die Bushaltestelle von damals gab es noch. Den Bäcker auf der gegenüberliegenden Straßenseite, der die Schüler morgens mit ihrer täglichen Ration Süßigkeiten versorgte, ebenfalls. An einem vergilbten Bistrotisch mit geblümter Plastikdecke nahmen sie ein wortloses Frühstück ein, und dann, ohne zu wissen warum, warteten sie zwei weitere Stunden, bevor sie die letzten fünf Kilometer nach Brevicka in Angriff nahmen.

Als Jan jetzt aus dem Auto stieg und von dem Geruch feuchter Erde und frischer Kartoffeln empfangen wurde, lüftete sich in seinem biografischen Keller ein weiteres Erinnerungslaken. Er blickte die Straße hinauf, die in die Berge führte. Am Ende dieser Straße, verborgen hinter einer Biegung, wartete das Haus von Sergejas Großvater auf ihn. Wenige Wochen nach dessen Tod hatten Sergeja und ihr Vater es verkauft. Seitdem war es an ein berentetes Ehepaar vermietet, das dem Stadtleben den Rücken gekehrt hatte und in Ruhe sein Gemüse ziehen wollte.

Wie war Sergeja nur auf den Gedanken verfallen, dass sie ausgerechnet an diesem Ort noch einmal von vorn anfangen könnte – hier, wo jeder Quadratmeter mit ihrer und Jans gemeinsamer Biografie gepflastert war?

»Ist das die Kirche?« Mia blickte die andere Straße hinauf, die aus dem Dorf führte.

Auf einer Anhöhe am Waldrand leuchtete die kleine Kapelle in strahlendem Weiß, als wolle sie selbst vor den Altar geführt werden. Sie musste neu gestrichen worden sein. Wahrscheinlich, ging es Jan durch den Kopf, wollte Einar, dass bei seiner Hochzeit alles schön sauber war, und hatte dem Priester eine generöse Spende für die Gemeinde zukommen lassen. Jan spürte, wie eine Saite in ihm riss.

Sie gingen zu Fuß. Kaum hatten sie das letzte Haus hinter sich gelassen, mündete das Kopfsteinpflaster in einen Feldweg. An manchen Stellen standen noch Pfützen, und der Boden war lehmig, doch der Hang wies nach Süden, und die Sonne hatte sich bereits das Meiste von dem zurückgeholt, was die Wolken in der Nacht vergossen hatten. Bei jedem ihrer Schritte stoben einige Grashüpfer davon, und einmal meinte Jan zu sehen, wie sich eine Natter ins Gebüsch wand.

Vor der Kapelle angelangt, sehnte sich Jan nach einer Dusche und einem frischen Hemd. Rückblickend erschien ihm die Idee, herzukommen, absurd. Er konnte sich nicht einmal erklären, warum er darauf eingegangen war. Ihre Reise kam ihm schicksalhaft unabänderlich und zugleich komplett bescheuert vor.

Der eingefriedete Bereich mit den Gräbern war noch kleiner, als Jan ihn in Erinnerung hatte. Die Toten des Dorfes beschieden sich mit einer Fläche, die nicht größer war als der Gemüsegarten seines Bruders. Von unten aus dem Dorf wehte kühle Luft den Hügel herauf. Hatte er ganz vergessen: Hier oben wehte stets ein frischer Wind. Er sah Sergejas Hochzeitskleid vor sich, wie es sich gebläht hatte, als sie aus der Kapelle getreten waren. Und er erinnerte sich daran, wie sie bei der Beerdigung ihres Großvaters Waldhorn gespielt und der Wind die Töne über die Berghänge verteilt hatte.

Bevor Jan Gelegenheit hatte, die Klinke zu drücken, wurde die Tür von innen geöffnet. Der Priester erschien – die erste menschliche Begegnung, seit sie in den Ort gekommen waren. Jan erkannte ihn sofort: Es war der Mann, der damals auch Sergeja und ihn getraut hatte. Das Haar war in der Zwischenzeit vollständig ergraut, doch sein Gesicht hatte sich kaum verändert, und auch das goldene Kreuz, das er um den Hals trug, war noch dasselbe. Der Körper allerdings war weitergewachsen und füllte mittlerweile den gesamten Türrahmen aus. Wie ein Baum, der fünfzehn Jahresringe zugelegt hatte.

Mit tiefer Stimme fragte er etwas auf Slowenisch, und Jan war überrascht, als Mia in derselben Sprache antwortete. Anschließend warf der Priester Jan, an den er offenbar keine Erinnerung hatte, einen unbestimmten Blick zu, trat einen Schritt zurück und hielt ihnen die Tür auf. Unwillkürlich verneigte sich Jan, als er an ihm vorbeiging. Auf sonderbare Weise fühlte er sich ertappt.

Stille umfing sie. Jan wartete, bis sich seine Augen an die Dunkelheit gewöhnt hatten. Lediglich zwei mit Bleiglasfenstern versehene Schlitze ließen in schmalen Streifen Tageslicht herein. In der winzigen Apsis kauerte, nur umrisshaft erkennbar, der Altar, vor dem er Sergeja damals den Ring auf den Finger gesteckt hatte. Es roch nach frischer Farbe und morschem Holz. Lange würde es Jan hier drin nicht aushalten.

Der Priester war verschwunden. Jan trat vor das Taufbecken, das ihm damals vorgekommen war, als habe man es an Ort und Stelle aus dem Felsen geschlagen und die Kapelle anschließend darum gebaut. Es war zu groß für die winzige Kirche. Da hätte man Elefanten drin taufen können. Und dann bemerkte er, dass es tatsächlich aus dem Felsen geschlagen worden war. Es stand nicht auf den Steinplatten, es wuchs aus ihnen heraus.

Tastend legte Jan seine Finger auf dreißig Millionen Jahre Stein. »Ich wusste nicht, dass du Slowenisch kannst«, sagte er.

Mias Schuhe scharrten über den Boden. »›Können‹ ist eindeutig übertrieben.«

»Was hast du ihm gesagt?«

»Dass mein Uropa hier begraben liegt. Oder so ähnlich. Mein Slowenisch ist echt ziemliche Gülle.«

»Und was hat er geantwortet?«

»Weiß nicht. Hab ihn nicht verstanden.«

Ein sonderbarer Anblick: Jans und Mias Hände, nebeneinander auf dem Rand des Taufbeckens.

»Hast du gesehen?« Jan deutete auf den Boden. »So lange es diesen Berg gibt, wird es dieses Taufbecken geben.«

»Cool«, kommentierte Mia.

Jan ließ das Becken Becken sein und ging zwischen dem halben Dutzend Sitzreihen hindurch zum Altar. »Es war der Priester, der uns damals getraut hat«, sagte er.

Mia folgte ihm nach. »Wieso hast du nichts gesagt?«

»Er hat mich nicht erkannt, da dachte ich …«

»Wie soll er dich denn erkennen – mit dem Gesicht? Wenn ich nicht wüsste, dass du unter diesem Gips steckst, würde nicht einmal ich dich erkennen.«

»Ich glaube, ich hab mich geschämt«, gab Jan zu. »Eigentlich war ich ganz erleichtert, dass er mich nicht erkannt hat.«

»Wieso geschämt?«

Sie waren vor dem Altar angelangt, über dem ein hölzerner Jesus von der Größe eines Kleinkindes an seinem Kreuz hing. »Als Ehemann hab ich versagt, als Vater bin ich eine Niete …«

Mia stieß ihm in die Seite. Ihr Kinn deutete schmunzelnd auf den dornenbekränzten Jesus, der sich willig in sein Schicksal fügte. »Ich bin sicher, er vergibt dir. Schließlich hat er sich geopfert, um die Sünden der Welt auf sich zu nehmen.«

Jan atmete einmal tief durch, und dann sagte er, was er schon seit Tagen hatte sagen wollen. »Wichtiger wäre mir, wenn du mir verzeihen könntest.«

Statt einer Antwort bekam er nur ein vieldeutiges Schmunzeln.

In einer Nische neben dem Altar wartete ein Eisengestell mit einer einsam vor sich hin brennenden Kerze auf Gläubige, die gegen Einwurf kleiner Münzen Grablichter entzündeten. Jan kramte zwei Euro heraus, ließ sie in eine hohl klingende Kiste mit Schlitz im Deckel fallen, nahm sich ein Grablicht, entzündete es an der brennenden Kerze und stellte es neben sie.

»Bist du gläubig?«, fragte Mia.

»Glaube nicht«, erwiderte Jan.

»Warum machst du das dann?«

»Weiß nicht. Einfach so.«

Mia schien kurz über die Antwort nachzudenken und zu dem Schluss zu gelangen, dass sie das Thema nicht interessierte. Sie zog ihr iPhone aus der Tasche.

»Zwölf Uhr«, stellte sie fest. »Wie wäre es, wenn wir uns langsam auf die Suche nach einem Mittagessen machen würden?«

So schwer es Jan gefallen war, die Kapelle zu betreten, so schwer fiel es ihm nun, sie zu verlassen. Er kam sich vor wie im Zeitraffer gealtert. »Okay«, sagte er und wandte sich dem Ausgang zu. »Aber vorher würde ich gerne noch das Grab von Sergejas Großeltern besuchen.«

»Geht klar.«

Dazu jedoch sollte es nicht kommen. Denn als sie schweigend durch die Sitzreihen gingen, öffnete sich die Tür, und im gleißenden Gegenlicht nahm ein verschwommener Umriss Gestalt an. Der Priester, dachte Jan, doch dann erkannte er, dass dem Umriss zwei Köpfe aufgesetzt waren, und noch bevor er sich darauf einen Reim machen konnte, hatte ihm der milde Südwind Sergejas Geruch zugetragen, Jans Knie gaben nach, und er wusste: Der zweite Kopf konnte nur der von Spülbürste Einar sein. Er hatte Sergeja verziehen. Jan hatte nichts anderes erwartet. In seiner grenzenlosen Güte hatte der oberste Richter Gnade walten lassen und so zugleich dafür Sorge getragen, dass seine künftige Frau bereits vor dem Start bei ihm moralisch in der Kreide stand.

Schwer atmend stützte sich Jan auf dem Taufbecken ab, mit hängenden Schultern und dem dringenden Wunsch, wieder bei Dottoressa Ferrai auf der Liege zu liegen und sie sagen zu hören: »This time I put you to sleep.«

»Bringen wir es hinter uns«, murmelte er.

»Was hast du dir nur dabei gedacht?«

Sie standen in der Mittagssonne vor dem Umfriedungstor, ohne einen Schatten zu werfen. Sergeja gab die impressionistische Lichtgestalt, während der gehörnte aber grenzenlos gütige Einar im Hintergrund auf seinen Einsatz lauerte. Jan war sicher, dass Sergeja ihn eindringlich gebeten hatte, sich herauszuhalten. Am Himmel kreisten riesige Vögel, die Jan noch nie gesehen hatte. Von da oben, dachte er, sahen Sergeja, Einar, Mia und er wahrscheinlich wie eine glücklich trauernde Kleinfamilie aus.

»Jan?«

Er schmunzelte abwesend. Sergeja klang, als spreche sie mit einem unartigen Kind.

»Reg dich ab, Mama«, antwortete Mia an seiner Stelle. »Hierherzukommen war meine Idee.«

Sergeja ignorierte ihre Tochter, sah sie nicht einmal an. »Du kannst doch nicht einfach mit Mia abhauen, wenn wir entschieden haben, dass sie den Rest des Urlaubs mit uns verbringt!«

Jan zog die Schultern hoch. Alles, was er jetzt noch sagte, würde gegen ihn verwendet werden.

»Du hättest uns wenigstens etwas sagen müssen!«, fuhr Sergeja fort.

Immer noch keine Frage, dachte Jan.

»Mal ganz abgesehen davon«, fiel ihr ein, »dass Einar eure komplette Minibar bezahlt hat: zwei Flaschen Champagner, Weißwein, Wodka, Chips und wer weiß was noch alles.«

Jan sah seine Tochter an: ZWEI *Flaschen Champagner?*

Mia verzog entschuldigend die Mundwinkel: *Zur Entjungferung sollte schon ein Champagner drin sein, oder?*

Zu Sergeja sagte Jan entschuldigend: »Ich hab ihr gesagt, sie soll nicht so viele Nüsse essen.«

Mit sehr schmalen Lippen warf Einar ein: »Nicht der Rede wert. Darum soll es jetzt nicht gehen.«

So war er, der Einar. Wollte gerne freigiebig rüberkommen und war der großen Geste zugetan, am Ende jedoch verriet ihn sein verkniffener Paragraphenreitermund.

Sergejas Stimme wechselte vom vorwurfsvollen in das verständnisvolle Register. »Was hast du denn gedacht, wo das alles hinführen würde?«

An Jans Stelle antwortete Einar. »»Ein Schelm macht's besser, als er kann‹«, zitierte er. »Wahrscheinlich hat er geglaubt, er müsste nur genug Unsinn anstellen, damit du zu ihm zurückkommst.«

Hab die Message kapiert, Schlaumeier, dachte Jan. Nicht einmal Sergejas Seitensprung hat dem Gral eurer Liebe eine Delle zufügen können. Eben noch hatte Mia für ihn geantwortet, jetzt war es Einar. An seiner Stelle hätte hier ebenso gut eine Pappschablone stehen können. »Macht eben jeder, was er am besten kann«, konterte er, einfach nur, um auch etwas gesagt zu haben.

»Finden Sie selbst das nicht auch reichlich«, Einar flocht gekonnt eine Pause ein, »kindisch?«

Immerhin mal eine richtige Frage, wenn auch eine rhetorische. Jan zog die Schultern hoch: »Noch nicht drüber nachgedacht.«

Sergeja wäre Einar gern über den Mund gefahren, doch so war er nun mal, der Herr Bundesrichter: Hatte er die Verhandlungsführung erst einmal in seine verantwortungsvollen Hände genommen, gab er sie so leicht nicht wieder preis. Wäre es nach Einar gegangen, hätte ab hier die Unterhaltung den Charakter einer Gerichtsverhandlung angenommen, mit ihm als Vorsitzendem. Doch wie alle Trojaner hatte er seine Rechnung ohne Odysseus gemacht.

»Ich schlage vor«, setzte Einar an, doch weiter kam er nicht.

»Ist mir scheißegal, was Sie vorschlagen«, fiel ihm Jan ins Wort.

Unwillkürlich zuckten Einars Mundwinkel. »Nun gut. Da hier jeder Vermittlungsversuch zwecklos zu sein scheint, nehmen wir jetzt Mia und …«

»Kannst du voll in die Tonne treten!« Mia baute sich vor Einar auf. Ihr Halskettengedöns wogte hin und her. »Für dich zählt immer nur, was *du* willst, Einar. Und du siehst auch immer nur, was *du* sehen willst. Was *ich* will, interessiert hier offenbar keinen – außer Jan.«

So ist's brav, dachte Jan.

Reflexartig zog sich Einar seine imaginäre Robe enger: »Ach, ist das so?«

Sergeja, die noch immer wie eine – wenn auch inzwischen traurige – impressionistische Lichtgestalt aussah, hob ihre Arme in einer Geste, die zugleich »Ruhe« und »auseinander« signalisierte. »Jan: Du hast nicht wirklich geglaubt, dass ich zu dir zurückkommen würde, oder? Also erklär mir bitte, was du mit all dem hier bezweckst.«

Jan neigte seinen Kopf erst auf die rechte, anschließend auf die linke Seite. Dabei knackten seine Halswirbel so laut, dass es jeder von ihnen hörte. »Ich hatte nicht vor, etwas zu bezwecken«, erklärte er. »Aber vielleicht hat dein Schlaumeier ja recht, und ich denke, dass ich nur genug Blödsinn machen muss, damit du zu mir zurückkommst. Ach so: Und ja, ich hoffe, dass du zu mir zurückkommst.«

»Quod erat demonstrandum«, bemerkte Einar.

»Halt die Klappe«, duzte ihn Jan. »Für das Offensichtliche bist du doch eh blind. Du hast ja noch nicht mal mitgeschnitten, dass dein … Mia?«

Seine Tochter wusste sofort, wer gemeint war. »Maximilian«, half sie ihm.

»… dass dein Maximilian ein Berufskiffer ist, der froh sein kann, wenn er mit seinem Auto noch die Toreinfahrt trifft.«

Einar verschlug es vorübergehend die Sprache. Würde nicht lange dauern. Dafür verengten sich die Augen hinter seinen schmalen Brillengläsern zu noch schmaleren Schlitzen.

Jan machte das Gleiche, nur um noch einen draufzusetzen: Starrte ihn an und verengte die Augen. Sollte Einar ihm noch einmal die Nase brechen – ihm doch egal.

»Ich verbitte mir jegliche …«

Sergeja ging dazwischen: »Aufhören!«, rief sie. »Beide. Bitte.«

Sie schloss die Augen, hielt die Arme erhoben wie ein Dirigent, der darauf wartete, dass der Schlussakkord verhallte, atmete durch und blickte Jan an. Ihre Augen, in diesem Licht … Ein Bergsee war nichts dagegen. In diesem Moment hätte Jan sich willig selbst die Nase gebrochen, nur um einmal ihre Lippen zu berühren.

»Du hörst erst auf, wenn wirklich alles Geschirr zerschlagen ist, oder?«, sagte sie.

Jan versuchte sich zu konzentrieren und gleichzeitig Sergejas Blick standzuhalten, ohne sich dabei in die Hose zu pinkeln: »Du hast gesagt, du liebst an ihm, dass er dich liebt. Du hast gesagt, kein Mann habe dich je so geliebt wie er.« Jetzt musste er doch kurz den Blick senken, sonst würde ihm nicht mehr einfallen, was er sagen wollte. »Das ist Bullshit. Ich liebe dich mehr, als dieser Hutständer dich jemals lieben könnte. Und ich hab dich immer mehr geliebt.«

Sergeja führte eine Hand an die Stirn, als habe sie Migräne. »Jan, du hast dich aus dem Staub gemacht, als Mia noch kein Jahr alt war.«

»Aber ich habe es immer bereut, und ich habe nie aufgehört, dich zu lieben.«

Einar hatte die Gesichtszüge von Henry Fonda angenommen. Fehlte nur, dass er mit einer beiläufigen Handbewegung den Mantel zurückschob, um ungehindert seinen Colt ziehen zu können. Doch er zog keine Waffe. Er war Richter. Und als Richter interessierte ihn nur eins: »Beweise.«

Als Jan seinen Duellanten diesmal ins Visier nahm, waren seine Augen die von Charles Bronson in »Spiel mir das Lied vom Tod« – als er in moralischer Überlegenheit den drei Bösewichten gegenüberstand, von denen einer sagte: »Wir haben ein Pferd zu wenig«, und Bronson antwortete: »Nein, zwei zu viel.« Wenige Augenblicke später waren alle tot. Außer Bronson.

Jan fühlte sich von neuer Kraft durchströmt. Eine Irrfahrt war eben erst zu Ende, wenn sie zu Ende war. Odysseus reborn! Er hätte nicht behauptet, es bewusst darauf angelegt zu haben, am Ende aber hatte es wahrscheinlich so kommen müssen. Einar wollte Beweise? Konnte er haben. Konnte er so was von haben! Jan bedachte jeden der drei mit einem finalen Blick, nahm den Pfeil und spannte den Bogen. Ithaka war seine Insel.

Er tastete nach dem Schlüsselbund in seiner Hosentasche und schloss seine Faust darum. »Mitkommen.«

Mit steifen Beinen stapfte Jan Bechstein, Klavierimporteur und im Nebenberuf Sagenheld, den rissigen Feldweg hinunter ins Dorf, hinter ihm Mia, seine persönliche Leibgarde, gefolgt von Sergeja und Einar, die sich verwundert ansahen. Als sie im Dorf eintrafen, meinte Jan verstohlene Blicke hinter erstarrten Gardinen zu bemerken. Eifrige Mütter brachten eilig ihre Kinder in Sicherheit. Ein einsames blaues Bobbycar hoppelte fahrerlos das Kopfsteinpflaster hinab.

Wie einem militärischen Marschbefehl gehorchend, vollzog Jan an der einzigen Kreuzung eine 90-Grad-Drehung, marschierte am Punto vorbei und wechselte die Straße. In einiger Entfernung erhob sich drohend der Felsen, hinter dem sich, wie Jan wusste, die Hochfläche befand, auf der die Boeing notgelandet war. Niemand sagte etwas, nicht einmal Einar, der sich hinter seinem Misstrauen verschanzt hatte und die Klingen seiner Waffen wetzte.

Spätestens vor der letzten Biegung musste auch Sergeja klar geworden sein, welches Ziel Jan ansteuerte: das Haus ihres Großvaters, den Ort ihrer ersten Begegnung – mit der Kammer unter dem Dach, die Sergeja für ihn geräumt hatte, um am Ende das Klappsofa mit ihm zu teilen. Doch was sie hier sollten, darauf konnte sie sich keinen Reim machen. Vor dem Gartentor hielt Jan inne. Hier war sie ihm erschienen, aus dem Nebel heraus, um ihn, den Sterblichen, für immer zu verzaubern.

Jan und Einar nahmen einander gegenüber Aufstellung. Sergeja und Mia ebenfalls. Das Ehepaar Mlakar, das seit fünfzehn Jahren das Erdgeschoss des Hauses bewohnte, war nirgends zu sehen. Aus dem geöffneten Küchenfenster wehte der Geruch von Eintopf herüber. Der Strauch mit den Himbeeren schien unverändert. Gespannte Stille.

Irgendwann zog Sergeja eine Augenbraue in die Höhe und machte eine Kopfbewegung: *Und?*

Langsam nahm Jan die Hand aus der Tasche, die dort steckte, seit sie auf dem Hügel hinter dem Dorf den Schlüsselbund umschlossen hatte. Vor den Augen der anderen trennte er in einer langwierigen Prozedur einen der Schlüssel ab. Dann nahm er vorsichtig Sergejas Hand und drückte ihn in ihre Handfläche.

Sergeja verstand immer weniger.

»Der Schlüssel zu unserer Kammer«, sagte Jan.

Jetzt verstand sie gar nichts mehr.

»Ich hab's gekauft«, sagte Jan, »das Haus. Kaufen lassen, um genau zu sein. Von dem ersten Geld, das ich damals durch den Deal mit den Koreanern verdient habe. Es ist unser Haus, immer gewesen.«

Sergeja taumelte wie ein Boxer, der gerade noch Gelegenheit hat zu begreifen, dass er soeben ausgeknockt wurde. In ihren Augen sammelten sich Tränen. Gleich würden ihre Seen über die Ufer treten.

»Aber da wohnt doch wer ganz anderes?«, sagte sie.

»Die Mlakars. Ein nettes Ehepaar. Hab das Erdgeschoss vermietet. Unter dem Dach aber ist alles unverändert. Und jetzt hast du den Schlüssel dafür.«

Beinahe hätte auch Jan angefangen zu weinen. Als er damals Stefan, seinen befreundeten Anwalt, gebeten hatte, den Hauskauf abzuwickeln, hatte der gesagt: »Da kannst du dein Geld ja gleich im Wald vergraben.« Doch Jan war es egal gewesen. Sergeja war schwanger, sie würden ein Kind bekommen. Und Jan wollte etwas Bleibendes schaffen, einen Pflock einrammen. Etwas, das Wurzeln treiben würde. Schluck das, dachte Jan, Einar meinend, schluck das, und erstick dran.

Mia war die Erste, die ihre Sprache wiederfand. »Das ist ja so was von komplett krass steil«, schnüffte sie.

Ganz ehrlich: Dass Mia ihn komplett krass steil fand, war das Schönste, was Jan in der zurückliegenden Woche widerfahren war. Und er sank nur deshalb nicht vor seiner Tochter auf die Knie, weil er sich diese Geste für Sergeja aufsparen wollte. Demut. Am Ende waren es Demut und Dankbarkeit.

Inzwischen rannen die Tränen relativ hemmungslos Sergejas Gesicht hinab. Jan hätte sie am liebsten gefriergetrocknet und aufgefädelt. Auch sie schien es komplett krass steil zu finden, dass Jan diesen Ort all die Jahre über konserviert hatte. Schmerzerfüllt blickte sie ihn an. Schließlich wanderte ihr Blick hinüber zu Einar: *Was soll ich nur tun?*

Einar wartete lange, sehr lange. Man konnte von ihm halten, was man wollte, aber die Sache mit dem Timing hatte er drauf. Endlich verschwand seine rechte Hand in der Tasche seines sandfarbenen Leinensakkos und kehrte mit einer kleinen, quadratischen Schachtel zurück. Als er sie aufschnappen ließ, funkelten die Eheringe im Sonnenlicht, als hätten sie die ganze Zeit über auf ihren großen Auftritt gelauert. Schlicht und golden und selbsterklärend. Mit sicheren Fingern löste er sie aus den Klammern und nahm Sergejas freie Hand. Das Letzte, was Jan wahrnahm, bevor Einar zu seinem großen Wurf ausholte, waren die Mlakars, die am Küchenfenster standen und sich fragten, was sich da Merkwürdiges vor ihrem Gartentor abspielte.

»Du bist die Frau, auf die ich mein Leben lang gewartet habe«, hob Einar an. »Und ich werde alles tun, alles, um dir der Mann zu sein, den du immer gewollt hast. Und mein größter Wunsch ist«, behutsam legte er erst den einen, dann den anderen Ring, in Sergejas Hand, »mein größter Wunsch ist: Dass du meine Frau wirst.«

Mit diesen Worten schloss er Sergejas Finger um die Ringe und legte seine Hände um ihre. So war sein Versprechen doppelt versiegelt. Sergeja stand da, hilflos wie ein Kind ohne Eltern, in der einen Hand den Schlüssel, in der anderen die Ringe.

»In guten wie in schlechten Zeiten«, fuhr Einar fort. Und nach einer letzten dramatischen Pause: »Bis dass der Tod uns scheidet.«

24

Das schräg einfallende Septemberlicht brach sich in dem schup-
pigen Glasgewölbe und legte sich als diffuser Schimmer über den
Bahnsteig. Blickte man aus der Halle hinaus, sah man ein Ge-
wirr aus gleißenden Schienen, die sich teilten und verzweigten
wie zu einem Delta. Ein vielleicht letztes Mal war der Sommer
mit geschwellter Brust vor den herannahenden Herbst getreten.
Die Stimmen aus den Lautsprechern hangelten sich von Pfeiler
zu Pfeiler und verloren sich in der unter den Bögen aufgestauten
Luft. Ohne Unterbrechung rollten Züge in die Halle ein oder
verließen sie in umgekehrter Richtung.

Mia und Jan warteten vor dem bereitstehenden ICE auf die
Durchsage, die sie zum Einsteigen auffordern würde. Sie hatte ein
neues Piercing, an dem sie herumspielte – in der Unterlippe. Jan
hatte ein Infoblatt aus einem Plexiglaskasten gezogen und nes-
telte daran herum. Bis jetzt sah es so aus, als würde er ein Bügelbrett daraus falten. Erst hatte sich der Menschenstrom Richtung
Ausgang um sie herum und an ihnen vorbei bewegt, jetzt kam er
langsam zurück und versickerte in den Waggons. Ebbe und Flut.

»So schlimm ist Karlsruhe auch nicht«, sagte Jan. Es sollte
nach einem aufmunternden Scherz klingen, war aber keiner.

Statt zu antworten, zog Mia die Schultern hoch. Man würde
sehen.

Das Wochenende war schnell vergangen. Schneller, als Jan lieb
war. Am Samstag hatte er Mia zum ersten Mal in seinen Showroom mitgenommen. Er hatte arbeiten müssen. Samstag war der
beste Tag der Woche, da konnte sein Geschäft nicht einfach geschlossen bleiben. Außerdem wartete im Büro jede Menge Arbeit
auf ihn. Seit Karin nicht mehr da war, schien er dreimal so viel
Post zu bekommen wie vorher.

Wider Erwarten fand Mia den Showroom »cool«. »Ist doch geil – ein eigenes Geschäft. Könnte man was draus machen.« Dass im Schaufenster keine Blumen mehr standen, schien sie nicht zu stören. Sie kannte es ja nicht anders.

Jan erwiderte: »Wenn du nach dem Abi einen Job suchst: Hier ist noch ein Tisch frei.«

»Dann müssen wir aber das Programm erweitern«, meinte Mia, setzte sich auf Karins Stuhl und blickte sich um. »Ne zweite Marke, die richtig gut ist. So was wie eine Premium-Linie …«

Auf Qualität setzen. Sonderbar, aber darüber hatte Jan in den letzten Wochen ebenfalls nachgedacht. Er hatte sogar schon erste Kontakte geknüpft, nach Kanada. Dort hatte sich eine Gruppe von Klavierbauern zusammengefunden und ein kleines Werk gegründet. Ließ sich vielversprechend an.

»Erst einmal muss ich das hier bewältigen.« Er nickte in Richtung der Aktenordner, die sich auf seinem Tisch stapelten. Es gab Dinge, um die er sich nie hatte kümmern müssen: Steuern, Buchhaltung … Und eine Nachfolgerin für Karin einzustellen wäre ihm wie ein Verrat erschienen. Karin. Die Seele seines Geschäfts. Irgendetwas sagte Jan, dass sich die letzte Tür bei ihr noch nicht geschlossen hatte. Nächste Woche hätte sie Geburtstag, neunundfünfzigsten. Zwei Tage, bevor Stefanie siebenunddreißig werden würde. Jan hatte sich vorgenommen, bei ihr vorbeizugehen. Karin, nicht Stefanie. Er hatte ihr einen Quittenbaum besorgt, für den Schrebergarten. Sie liebte Quitten. Der Baum stand bei Jan zu Hause im Flur und versuchte, die Zeit bis zu Karins Geburtstag zu überstehen. Man würde sehen.

»Und?«, fragte Mia, während sie sich auf Karins Stuhl um die eigene Achse drehte. »Kommst du klar?«

Jan verzog einen Mundwinkel: »Du weißt doch, was mein Bruder sagt: ›Irgendwann muss ein Mann die Verantwortung für sein Leben übernehmen. Sonst übernimmt das Leben die Verantwortung für ihn.‹«

»Kotz.«

Die erwartete Durchsage ertönte. Die letzten Fahrgäste verabschiedeten sich von ihren Geliebten, Freunden, Familien. Das Bügelbrett hatte inzwischen seine endgültige Gestalt angenommen: ein Surfboard. Auf der Spitze prangte wie von einem Sponsor das DB-Logo.

»Halt mal kurz.« Jan reichte Mia das Origami-Surfboard, langte in seine Tasche und zog einen DIN A5-Umschlag heraus. Mia fuhr mit der Zungenspitze über ihr neues Piercing, öffnete den Umschlag und entnahm ihm ein dreizehn mal achtzehn Zentimeter großes Foto: sie, auf dem Surfbrett stehend, als sie aus ihrer ersten Tube auftauchte. Und Jan war Zeuge gewesen.

»Danke.« Ohne Vorwarnung umarmte sie Jan, als könne ihr später der Mut dazu fehlen, drückte ihn an sich. »Mach's gut.«

Jan fühlte sich, als bekomme er das Vater-Verdienstkreuz in Silber umgehängt. »Vorsicht«, erwiderte er ihre Umarmung, »mein Nase.«

Sie war inzwischen verheilt. Nur ein Knubbel war geblieben, der Jan für den Rest seines Lebens an diesen Urlaub erinnern würde. Wenn er mit dem Finger darüber fuhr oder sich im Spiegel betrachtete, fühlte er immer einen Anflug von Stolz in sich aufsteigen. Trotzdem behandelte Jan seine Nase nach wie vor, als könne eine unbedachte Bewegung sie zu Staub zermahlen.

Mia und er lösten sich voneinander, er begleitete sie zum Einstieg und wuchtete ihren Rollkoffer in den Waggon.

Gestern Abend – sie waren im Kino gewesen und hatten sich auf Mias Wunsch hin »Die drei Musketiere« angesehen – hatte Jan sie auf einen Mai-Thai in den Fleming's Club ausgeführt. Das Publikum war extrem »nosy« gewesen, wie Mia festgestellt hatte, doch die Aussicht fand auch sie »krasses Zeug«.

Sie hatten über den zurückliegenden Urlaub gesprochen wie über eine gemeinsame Jugenderinnerung. Nur das Ende in Brevicka hatten sie ausgeklammert. Als sei die Reise mit dem Strauß, der im strömenden Regen über die Weide gehüpft und in der Nacht verschwunden war, zu Ende gewesen. Die Sache mit dem Strauß hatte sich übrigens auch später nicht aufklären lassen. Mia hatte nach Straußen in Slowenien gegoogelt, doch ihr iPhone hatte mit keiner zufriedenstellenden Antwort aufwarten können. Nicht einmal Harry wusste auf alles im Leben eine Antwort.

Jan versuchte sich mit der Vorstellung zu trösten, dass er die Götter an diesem Tag gegen sich gehabt hatte. Er hatte es seinem sagenhaften Vorgänger nachgetan, war wie Odysseus an seinen Schicksalsort zurückgekehrt, hatte den Freier seiner Frau zum Kampf gefordert, hatte den Bogen gespannt und mit seinem Pfeil alle zwölf Äxte durchschossen. Sein Ziel aber hatte er dennoch verfehlt.

Im Grunde war die Erklärung ganz einfach: Als sie vor dem Haus von Sergejas Großeltern gestanden hatten und Sergeja in der einen Hand den Schlüssel und in der anderen die Ringe gehalten hatte, da hielt sie in der einen ihre Vergangenheit und in der anderen ihre Zukunft. Tja, und das war es dann gewesen für Jan.

Immerhin war seine Midlife-Crisis nicht in eine psychische Erkrankung übergegangen. Jedenfalls nicht nach seiner Einschätzung. Und als er erfahren hatte, dass Sven, der Makler, der Stefanie die Wohnung verkauft hatte, demnächst bei ihr einziehen würde, war er nicht eifersüchtig, sondern eher erleichtert gewesen. Ein gutes Zeichen, wie er fand.

Bevor Mia in den Zug stieg, hielt Jan sie am Arm zurück, zog mit konspirativem Lächeln ein kleines Päckchen aus der Innentasche seiner Jacke und reichte es ihr. Anders als bei dem Briefumschlag wusste Mia sofort, was es war. Auch wenn es in einer neuen Verpackung steckte: das Armband, das Jan ihr zum Geburtstag geschenkt und das sie ihm im Urlaub zurückgegeben hatte. Sie riss die Verpackung auf, öffnete die Schachtel, legte es an und lächelte.

»Dachte schon, du würdest es nie wieder rausrücken.«

Ein Pfiff ertönte. Jan trat einen Schritt zurück.

»Bis bald«, sagt er.

»Bis bald.«

Die Tür schloss sich. In dem Rundbogenfenster sah Mia wie ein gerahmtes Foto aus. Zum Abschied hob sie die Hand mit dem Armreif und winkte.